蜘蛛女のキス

マヌエル・プイグ
野谷文昭 訳

集英社文庫

目次

蜘蛛女のキス

第一部

1

「少し変ってるの、そこらの女とは、ちょっと違ってるのよね。まだ若い感じ、二十五を超えたぐらいかしら、顔は小さくて猫みたいで、鼻はつんと上を向いて、かわいくて、顔の輪郭は……卵形というより丸顔かしら、額は広くて、頬はふっくらしてて顎の先はとがってるのよ、猫みたいに」

「目は？」

「明るい色よ、確か、緑だったと思う、絵を描くために細めていたわ。モデルをじっと見つめていたのよ。モデルは動物園の黒豹。黒豹は初めは檻の中でおとなしく寝そべっていたわ、でも、若い娘がイーゼルと椅子をがたがたいわせたとたんに、その娘を見て、歩き回り始めたわ、彼女に向かってうなり出したわよ。娘の方はそのとき、絵になんとかうまく陰影をつけようとしてたわ」

「その黒豹は、もっと前に彼女の臭いを嗅ぎつけてもよかったんじゃないか？」

「無理ね、檻の中には、肉のおっきな塊があってね、その臭いしか分からなかったから。黒豹が騒がないように、飼育係は肉を鉄格子のそばに置いといたの、それで外からの臭いは分からなかったというわけ。黒豹が興奮し出したのに気づくと、娘の手の動きはだんだん早くなったわ。黒豹の顔を描いてるんだけれど悪魔の顔にも見えるの。黒豹は彼女を見つめてる。それは雄でね、彼女を八つ裂きにして、食べようというのか、もっといやらしい気持で本能に駆られて見てるのかは分からないわ」

「その日、動物園に客は?」

「ほとんどゼロ。冬の寒い日なんだもの。公園の木はすっかり丸坊主。冷たい風が吹いてるの。客はその娘ぐらいなものよ。自分で持ってきた椅子に腰掛けてるの。その前には画用紙を載せたイーゼルがあったわ。少し離れたところにキリンの檻があって、そばに女の先生に連れられた子供たちが二、三人いたんだけれど、さっさと行っちゃったわ。寒くてたまらなかったのよ」

「その娘は寒くないのかな?」

「そう、寒さも忘れてたわ。別の世界にでもいるみたい。じっと自分に閉じ籠って、黒豹の絵を描いていたわ」

「自分に閉じ籠ってるのなら、別の世界にいるわけじゃない。そいつは矛盾してる」

「そうね。彼女は自分に閉じ籠ってたのね。見つけかけたのよ、自分の世界を。彼女は脚を組んでるの。靴は黒よ。ヒールの高くて太い。靴の先のところが開いていて、黒いペディキュアを塗った爪がのぞいてたわ。光沢のあるシルクのストッキングが肌にぴったりくっついてるものだから、肌がピンクなのかストッキングの方がピンクなのか区別できないのよね」

「すまないが、頼んだことを忘れないでくれ。刺激的な話はやめてほしいんだ。ここでやられたんじゃかなわない」

「言う通りにするわ。それで、続きだけど、彼女は手袋をはめてたの。でも、絵を描き進めるために右のをはずしたわ。長い爪、黒っぽいマニキュアが塗ってあったわ。真っ白な指なのに、寒さで紫色になりかけちゃって。彼女はいったん描くのを止めてね、その手を温めようと、コートの中に突っ込んだわ。コートは厚手の、黒のフラシ天製よ、肩のパッドが大きいの。ペルシア猫の毛みたいにふんわりしたフラシ天だったわ。ちがう、もっと長い毛足よ。彼女の後ろに誰がいたと思う？　誰かが煙草に火を点けようとしてるの。でも風でマッチが消えちゃうのよ」

「誰？」

「あわてないで。マッチの音を聞くと、彼女はぎくっとして、振り返ったわ。見ると感じのいい男なの。ハンサムとまではいかないけれど、人好きのする顔、つばの下がった帽子に、オーバーもズボンもだぶだぶ。彼は挨拶するみたいに帽子のつばに手をやると、彼女に謝り、それから、素晴らしい絵だと言ったの。彼女には彼がいい人間だって分かった、男の顔つきでね、分別のありそうな、落ち着いた男だったの。娘は、風でちょっと乱れた髪を手で整えたわ。カールした前髪をかき上げるのよ。流行(はや)りの肩まで届く髪も、やっぱり先までカールしているの、パーマをかけたみたいにね」

「おれのイメージでは、浅黒い肌で、背は高からず低からず、ぽっちゃりしてて、体の動きは猫みたいで、最高の女だ」

「刺激するなと言ったのは誰だっけ？」

「先を続けてくれよ」

「別にびっくりしなかったって彼女は答えたわ。でもそう言って髪を直したとき、手を放したんで、画用紙が風に飛ばされちゃったの。青年は走ってって画用紙を捕まえると、娘に返してそして謝ったわ。彼女がなんでもないって答えたとき、青年は、言葉の訛(なまり)でもって彼女が外国人なのに気づくの。娘は自分が亡命者であることや、ブダペストで美術を勉強してたんだけど、動乱が起きたとき、船でニューヨークに来たことを彼に話したわ。すると青年は、ブダペストが恋しくないかって訊(き)いたの。そうしたら娘は一瞬眼差しを曇らせたわ、表情が暗くなったの。彼女は都会じゃなくて、山国、あのトランシルバニア地方の出だと言ったわ」

「ドラキュラの故郷だ」

「そう。その山岳地帯には深い森があってね、獣が棲んでるの。獣たちは冬になるとひもじさで狂い出し、里へ下りてきてね、人を殺すようになるのよ。人々はひどく怯えて、戸口に羊や死んだ動物なんかを置いておくの。そうやって命乞いをするわけ。その話をし終ると青年は、また彼女に会いたいって言うの。すると彼女は、明日の午後にはまたここで絵を描いているはずだ、最近は天気さえよければ、いつもそうしてるって言ったわ。次の日の午後、彼は、同僚の建築技師たちや、彼は建築家なの、それにやっぱり同僚なんだけど若い娘と一緒に、仕事場にいたわ。だけど三時になって、陽が傾きかけると、彼は定規やコンパスを置いちゃうの。セントラル・パークの動物園に行きたくなったのよ。動物園はほとんど真っ正面にあって、公園の中を通って行くの。同僚の女は彼に、どこへ行くの、なぜそんなに嬉しそうなのって訊いたわ。青年は彼女を友達扱いしてたのね。でも、隠してたけど、彼女が心の底で青年に恋してることは、見え見えだったのよ」

「しつこい女?」

「ちがう、栗色の髪、人なつこい顔、どこと言って飛び抜けたところはないけど、感じのいい娘よ。青年は、彼女の期待を裏切って、行く先を告げずに出て行っちゃうの。その娘はがっかりするけど、でも同僚には気づかれないようにしてね、それ以上落ち込まないように、仕事に精を出すの。で、動物園の方だけど、まだ暗くなってなかったわ。

冬には滅多にない明るい日で、何もかも、いつになく、くっきりと浮び上がって見えるの。黒い鉄格子、檻の白いモザイク・タイルの壁、砂利も白で、葉の落ちた木は灰色よ。猛獣たちの目は血みたいに真っ赤。でもあの娘、イレーナという名前なんだけど、彼女はいなかったわ。何日も過ぎた。なのに青年は彼女が忘れられない。ところが、ついにある日、高級店の並ぶ通りを歩いていた彼は、画廊のショーウインドーの何かに目を留めるの。黒豹ばかりを描いた誰かの作品が飾ってあったのよ。青年は画廊に入ったわ。そうしたらいたのよ、イレーナが、みんなから祝福を受けているところだったの。その後どうなったかは、よく覚えてないわ」

「思い出してくれよ」

「そう慌てないで……。そのとき、ひとりの女に挨拶されて、彼女がびっくりしたんだっけ……。それはともかく、青年もまたお祝いの言葉を言うの。そしてイレーナがどこか違ってるのに気づく。幸せそうに見えるのよ。眼差しに最初のときみたいな暗さがない。青年がレストランに誘うと、彼女は批評家たちを置いてきぼりにして、一緒に出かけたわ。彼女ったら、初めて外に出る人間みたいなのよ。囚われの身だったのが、今はどこでも好きなところへ自由に行けるといった感じでね」

「だが、青年は彼女をレストランへ誘ったとあんたは言った。だったら、どこにでもというわけじゃない」

「あらあら、そう文字通りに取られちゃかなわないわね。さて、青年はハンガリー料理だかルーマニア料理だかの店の前で立ち止まったわ。すると彼女はまた妙な具合になるのよ。青年は、彼女が喜ぶと思って、同じ国の人がいる店へ連れて行ったの。ところが結果は裏目に出てしまったというわけ。彼は、彼女の様子が変なのに気づいて、理由を尋ねたわ。でも彼女は嘘をつくの、動乱の思い出を話して、いまだにその場に居合せているようだなんて言うの。すると青年は、他の店でお昼にしようと言ったわ。だけど彼女は、青年が貧乏で、暇もあまりないこと、それに今はお昼の時間なので自由だけれど、じきに仕事に戻らなくちゃならないことに気がついたわ。そこで思い切って、レストランに入っちゃうの。何もかも最高。ぐっと落ち着いたムード、美味しい料理。彼女はまた生きてることが楽しくなってくるの」

「彼の方は？」

「満足してたわよ。自分を喜ばせるために、彼女がもやもやした気持をふっ切ったのが見てとれたし、彼女をその店へ連れて行って喜ばせるという、最初の計画通りになったのが分かったんだもの。互いに相手のことを知り、間がしっくり行き出すという、彼の狙い通りになったわけ。有頂天になった彼は、その日の午後はもう仕事に戻らないことに決めたの。そして彼女に、画廊に入ったのは偶然で、プレゼントを買うために別の店を探してたんだって言ったわ」

「同僚の女建築家のための」

「どうして分かったの?」

「別に、まぐれ当りさ」

「あなた、映画見たんでしょ」

「いや、見ちゃいない。本当だ。話を続けてくれ」

「すると娘は、イレーナのことだけど、その店に一緒に行こうと言い出したの。青年は、同じプレゼントを二つ買うお金があるかどうかをとっさに考えたわ。ひとつは同僚の女の誕生祝い、もうひとつはイレーナ用。彼女を完全に手に入れるためにね。街を歩きながら、イレーナが言うの、まだ三時なのにもう暗くなりかけてる、だけど不思議なことに、それに気づいても哀しくならないって。すると青年は、どうして暗くなると哀しくなるんだい、闇がこわいのかいって訊くの。彼女はちょっと考えてから、そうだと答えたわ。目当ての店の前で彼は立ち止まったわ。すると彼女はうさん臭そうにショーウインドーをのぞくの。小鳥屋だったのよ。素晴らしいお店でね、あらゆる種類の小鳥が籠の中にいるのが、外からも見えるの。楽しそうに止り木から止り木に飛び移ったり、ブランコを揺すったり、レタスや餌粒を啄んでるのがいれば、替えたばかりの新鮮な水をちょびちょび飲んでるのもいるし」

「失礼、水差しの水は?」

「あるわよ、トイレに行くんで出してもらったときに、いっぱいにしてきたわ」

「それならいい」

「ちょっと飲む？　きれいで新鮮よ」

「いらない。でもそれで明日のマテ茶は問題なしだ。話の続きを」

「でもそれは悲観的すぎるわ。あたしたちの一日分はあるわよ」

「だが、おれに悪い癖をつけさせないでくれ。シャワーを浴びに行くんで出されたとき、おれは汲んでくるのを忘れちまった。あんたが覚えててくれなけりゃ、おれたちは水無しになるところだった」

「余るほどあるわ、だいじょうぶ……。ところが、二人が小鳥屋に入ったとたん、お店の中はまるで本物の悪魔が入ってきたみたいな大騒ぎになっちゃうの。小鳥たちはもう狂ったみたい、怯えて、目茶苦茶に飛び回ったり、籠に体当りしたりして、翼を痛めるという有様。お店の主人でさえどうすることもできないの。こわがって鳴く声は、禿鷹の金切り声そっくりで、とても小鳥の声なんていうものじゃない。彼女は青年の手をつかむと、外へ連れ出したわ。そのとたん、小鳥たちはおとなしくなっちゃうのよ。彼女は帰らせてほしいと言った。で、二人は次の日の夜会う約束をすると、別れたわ。それから青年はもう一度小鳥屋に入ってみるの。小鳥たちは事も無げにさえずってたわ。それは同僚の女のために、小鳥を一羽買った。それから……、ええと、続きがどうだったか、彼はっきり思い出せないわ。眠くなっちゃった」

「もうちょっとだけ続けてほしいな」

「眠くて映画の筋を忘れてしまったのよ。続きは明日のお楽しみ、いいでしょ?」

「思い出せないんだったら、明日また続ける方がいい」

「朝になったら、マテ茶を飲みながら続きを話してあげる」

「いや、夜の方がいいな。明るいうちは、そういうくだらないことを考えたくない。考えなけりゃならない、もっと大事なことがあるから」

「……」

「おれが本を読んでなくて、しかも黙ってるとすれば、それは考えてるからなんだ。だけど、悪く取っちゃ困る」

「ええ、分かってるわ。邪魔はしないから、心配しなくていいわよ」

「どうやら分かってもらえたらしい。ありがとうよ。じゃあ」

「お休み。イレーナの夢でも見たら」

「同僚の女の建築家の方がおれ好みだ」

「やっぱりそうなのね、じゃあ」

「また明日」


……………………………………………………

…………………………………………………………………………………………

…………………………………………………………………………………………


「青年が小鳥屋に入ったけれど、小鳥たちはこわがらなかった、というところまでだったな。小鳥たちが怯えたのは彼女に対してだったというところだ」

「あたしはそうは言わなかったわ。あなたがそう考えたのよ」

「それからどうなるのかな？」

「さて、二人はその後も会い続け、愛し合うようになった。青年は彼女に首ったけになっちゃうの。まれに見る不思議な女だったからよ。彼女も彼女で、青年に対して愛情を隠さないで、じっと見つめたり優しく撫(な)でたり、彼の腕の中にじっと抱かれたりするの。ところが、青年が強く抱き締めて、いざキスをしようとすると、すっとよけちゃうの、ほとんど唇を触れさせないのよ。彼女は、彼がキスするんじゃなく、自分にキスをさせてほしいと頼むの。とっても優しいキスだったけど、赤ちゃんのみたいで、ふっくらした唇を開こうとしなかったわ」

「これまでの映画にセックス描写はなかったぞ」

「ちょっと待ってよ、いいこと。とにかく彼は、ある晩、例のレストランへ彼女をまた連れて行った。豪華じゃないけど、とってもしゃれたお店で、テーブルクロスは格子縞、すべて木でできていて、ちがう、石造りだったかしら、そうよ、思い出したわ、中はキャビン風だったわ、ガスランプと、テーブルにキャンドルが点っているだけなの。青年がワイングラスを掲げる。飾り気のないグラスよ。そして乾杯するの。その晩、恋心の募った彼は、相手が承知してくれるなら、婚約するつもりだったから。彼女の目に涙が溢れたわ。歓びの涙ね。二人はグラスを合せると、後は何も言わずに口に運び、手を握り合ったわ。すると急に彼女が手を引っこめた。誰かがテーブルに近づいてくるのを見たからよ。それはちょっと見はきれいな女だったわ。でも、すぐに、顔つきにひどく奇妙なところがあるのが分かるの。何か知らないけれど、ぞっとさせるところがあるのよ。つまり女の顔であると同時に、猫の顔でもあったからなのね。目は釣り上がっていて、しかも普通じゃない。どう言えばいいかしら、白目がなく、全体が緑色で、真ん中に黒い瞳があるだけなのよ。肌は真っ白、白粉を塗りたくったみたいにね」

「だけど、確か美人のはずだ」

「そうよ、美人よ。それに服装が変ってるんで、ヨーロッパの女だってことは一目瞭然。バナナ形に編んだ髪を、頭に巻きつけてたわ」

「バナナ形というのは?」

「それは……どう説明したらいいかしら? 編んだ髪を、こう、チューブみたいに頭に巻きつけて、前の方を高くして、後ろに行くにつれて低くなるようにするの」

「大したことじゃない。その先を」

「でも、もしかすると、あたしの記憶違いかもしれない。ヨーロッパじゃよく見かける三つ編みを巻いてたような気もする。それから、足もとまで隠れるロングドレスを着て、肩に狐のストールを掛けてたわ。その女はテーブルのところまで来ると、憎しみをこめるように、というより催眠術でもかけるみたいに、イレーナを見つめるのよ。どっちにしても、悪意にみちた眼差しだったわ。そしてテーブルの脇に立って、奇妙奇天烈な言葉で彼女に話しかけたの。その淑女がそばに来たとき、青年は紳士らしく振舞って、椅子から立ち上がったんだけど、猫に似た女は見向きもしないで、イレーナにまた何か言ったわ。イレーナは、彼女と同じ言葉を使って返事をした。でもひどく怯えてるの。青年には彼女たちの言ってることがちんぷんかんぷんだったわ。すると女が、わざと彼にも分かる言葉を使って、イレーナにこう言ったの。〈すぐにあなただと分かったわ。理由は自分に訊いてみることね。じゃあ近いうちに……〉女は青年をちらっとも見ずに、行っちゃったわ。イレーナはすくんだようになり、目に涙を浮べてた。でも、水溜りの汚れた水みたいに、濁ってたわ。彼女は一言も言わずに席を立つと、白の長いベールを頭から被ったわ。青年はテーブルにお札を一枚置くと、彼女の腕を取って、お店を出るの。二人とも口をきかなかったわ。青年は、彼女がこわそうにセントラル・パークを見やってるのに気づいた。雪が静かに降ってたわ。雪はすべての音を和らげ、車は通りをほとんど音もなく、滑るように走ってる。街灯の光が降りしきる雪を真っ白に照らし出してるの。はるか彼方で、獣が吠えたみたいだった。ありえないことじゃない。同じ公園の中の、そこからあまり遠くないところに、市営動物園があったからよ。彼女は歩けなくなって、青年に抱いてほしいと頼んだわ。青年は彼女を強く抱き締めた。獣の声はもう聞えなくなったみたいだったけれど、寒いからか怖いからか、彼女はぶるぶる震えてるの。そして蚊の鳴くような声で、家に帰って独りで夜を過ごすのが怖いって言うの。そこへタクシーが通りかかった。青年は合図して止め、二人は黙って乗り込んだわ。二人は青年のアパートに行くんだけど、途中もずっと口をきかないまま、やがて目ざす建物に着いたわ。それは、古めかしいアパートなんだけど、手入れが十分行き届いてるの。絨毯が敷きつめてあって、梁のある天井は見上げるように高くて、黒い木の階段には一面に彫刻がしてあったわ。それに入口のその階段のそばには、気候に馴らされて豪華な鉢に仕立てられた大きな椰子の木がそそり立ってるの。鉢には中国の画らしきものが描いてあったわ。椰子の木は背の高い鏡に映ってるんだけど、その鏡のフレームもまた、階段と同じで実に手が込んでるのよ。彼女は鏡を見て、自分の顔を調べたわ。何かを探すみたいにね。エレベーターはないんだけど、青年の住んでるところは二階だったの。絨毯の上を歩いても、まるで雪の上よ、ほとんど音がしない。大きなアパートだけど、かなり地味で、何もかも世紀末に作られたものばかり。そこはかつては青年の母親のものだったのよね」

「で、その男は何をしたんだ？」

「何も。青年は、彼女の胸の裡（うち）に何かがあって、それで苦しんでることが分かってた。彼は、お酒、コーヒー、彼女が好きそうなものを片っ端から勧めたわ。でも彼女は、何もほしがらないで、彼に坐るよう頼んだの。話したいことがあったのね。青年はパイプに火を点けると、絶えず温かい目で彼女を見つめてた。けれど彼女は元気がないの、彼の目を見ずに、頭を彼の膝に載せたわ。そして、自分の生れた山村には恐ろしい伝説が伝わっていて、小さいときからいつもそれを怖がっていたという話を始めたの。どんな内容だったか、あたしはよく覚えてないけれど、確か中世のころの話だったわ。あるとき、何ヵ月も雪が降り続いたんで、そのあたりの村が孤立しちゃって、村人は飢え死にしそうになった。男たちはみんな、確か戦（いくさ）にだったと思うけど、出払っていた。そしてお腹を空かせた森の獣たちが人里へやってきたの。よく覚えてないわ。すると悪魔が現れて、食べ物を持ってきてほしければ、女をひとり出すようにと村人に言うの。そこで女がひとり村を出た。一番勇気のある女よ。悪魔は、飢えて荒れ狂う黒豹を連れていた。女は悪魔と密約を交わして、不死の生を得るの。で、何がどうなったのか、女に猫の顔をした娘ができるのよ。やがて十字軍の戦士たちが戻ってきてね、そして、女の夫だった戦士が家に入るの。戦士は妻にキスをしようとした。すると女は夫を、生きたまま食いちぎってしまったというわけ。まるで黒豹の仕業みたいにね」

「よく分からないな。なんだかえらく雑然とした話し方だ」

「記憶があやふやだからよ。でもそれはどうでもいいの。イレーナの話で、はっきり覚えているのは、その後、山で黒豹女が次々と生れたということだわ。ともかく、その戦士は死んでしまったの。だけど、別の戦士が、彼を殺したのがその女であることに気づき、後を追い始めたわ。女は雪の上を歩いて逃げたのよ。初めのうち、残っていたのは女の足跡だった。ところが森の近くになると、黒豹の足跡に変ってたの。戦士はさらに女の後を追い、森の中に入ったわ。もう日が暮れてるの。でも彼はついに、自分を待ち伏せている誰かの緑色の目が、闇の中で光っているのを見るのよ。彼は剣と短刀で十字を作ったわ。すると黒豹はおとなしくなり、再び女の姿に戻るの。女は催眠術にでもかかったみたいに、半ば眠ったまま目の前に横たわってた。でも戦士は後ずさりしたわ。何かの吠える声が近づいてくるのが分かったから。それは、その女の臭いを嗅ぎつけたほかの獣たちだったの。で、そいつらは女を食い殺しちゃうわけ。戦士は息も絶え絶えに村にたどり着くと、その話をしたわ。そして伝説によると、黒豹女の子孫は絶えないで、今も世界のどこかに隠れているのよ。彼女たちは普通の女に見えるけど、男がキスをすると野獣に変るんですって」

「イレーナは黒豹女なのかい?」

「彼女に分かってるのは、子供のとき、その話がひどくこわかったということだけ。そして自分が黒豹女の子孫かもしれないと、いつもひどく心配していたの」

「で、あのレストランの女が彼女に言ったことは？」

「それよ、青年は彼女にまさにそう訊いたのよ。するとイレーナは泣き出して、彼の腕の中に飛び込むと、レストランの女はただ挨拶のことばをかわしただけだと答えるの。けれどその後で、本当は違うと言って、勇気を奮ってこう話すの。レストランの女は村の方言で、自分が誰だか思い出せ、自分は顔を見ただけでお前が姉妹と分かったと言い、男に用心しろと言ったのだ、とね。青年は笑い出したわ。そしてこう言うの。〈気づかないかな、彼女には、君がその地方の出だと分かったんだ。誰だって自分の国の人間なら見分けがつくからね。ぼくだって、もし中国でアメリカ人を見かけたら、行って挨拶ぐらいするよ。それに、あのレストランの女はやっぱり女だし、いささか昔風なところがあったんで、君に用心しろと言ったんだ。分からないかい？〉すると彼女はほっとして、安心し切ったものだから、彼の腕の中でうとうとしかけたわ。そこで青年は彼女をソファーに寝かせ、頭の下に大きな枕を置くと、自分のベッドから毛布を持ってきてあげるの。彼女は眠ってしまったわ。すると青年は自分の部屋に行き、パジャマにガウンという姿になるの。高級とはいえないけれどよさそうな無地のガウンよ。彼は戸口から、彼女が寝ているのを確かめると、パイプに火を点け、物思いに耽るの。暖炉は赤々と燃えてたわ。ちがう、覚えてないわ。光はきっと、彼の部屋のナイトテーブルの明りが放っていたのね。暖炉の火が消えかけ、熾しか残っていなかったころ、イレーナが目を覚ますの。もう夜が明けかけていたわ」

「寒くて目が覚めたんだ、おれたちみたいに」

「そうじゃないの。別の理由で目覚めたの。あなたがそう言うだろうと思った。彼女は、籠のカナリアが鳴く声で目を覚ましたのよ。イレーナは最初、そばに寄るのをこわがったわ。でも、カナリアの声が楽しげだと分かると、思い切って近づくの。彼女はまじまじと見つめ、ほっとして、深い溜息をついたわ。カナリアが彼女をこわがらないのが嬉しかったのよ。そして台所へ行くと、朝食の用意をするの。いわゆるバター付トーストにシリアルに……」

「食い物の話は止めてくれ」

「それからパンケーキ……」

「冗談でなく、真面目に頼んでるんだ。食い物も裸の女もだめだ」

「分かったわ。そして彼女は青年を起した。彼女が家でとっても楽しそうにするのを見ると彼は喜び、ここでずっと暮す気はないかと尋ねた」

「青年はまだ横になったままだったのかい？」

「ええ、彼女は朝食をベッドに運んできたわ」

「おれは起き抜けに朝食を食べたいと思ったことは一度もないな。何よりもまずしたいのは、歯を磨くことだ。その先を頼む」

「いいわよ。青年は彼女にキスしようとした。けれど彼女は彼を寄せ付けなかった」

「きっと男の息が臭かったんだな、歯を磨いてなかったから」

「まぜっ返すところをみると、これ以上話してもしようがないわね」

「そんなことはない、続けてくれ。ちゃんと聞いてるから」

「青年は彼女に、結婚する気はないかとまた訊くの。彼女は答えたわ。彼を心から愛している、その家からもう出て行きたくない、そこはとても居心地がいい、と。彼女は部屋を見回したわ。黒のビロードのカーテンが光を遮っているの。光を入れようと、彼女はカーテンのところへ行って、引いたわ。後ろにはレースのカーテンがあったけれど、部屋は明るくなるの。すると、世紀末の装飾品が何もかも見えたわ。そんなに素晴らしい品々を一体誰が選んだのかと彼女は尋ねたわ。そのとき確か彼は、そういう装飾品はみんな母親の形見で、とてもいい母親だったから、生きていたら、イレーナを実の娘のように愛しただろう、と答えたと思うわ。イレーナは青年に近寄ると、まるで崇めるように彼にキスをしたわ。聖人にするみたいによ、分かる？　おでこにキスしたの。そして頼んだの、決して捨てないでほしいって。ただひとつの願いは、毎日、目を覚ましたときに、いつも彼が隣にいることだと言って……、だけど本当に妻になるために、心配がすっかりなくなるまで少し時間をくれるように頼んだの……」

「なぜなのか分かるだろう？」

「黒豹になるのをこわがってるからよ」

「そうか、だがおれが思うに、彼女は不感症なんだ、男を恐れているか、でなけりゃセックスについてひどく不自然な考えを持っているんだ、それでいろんな作り話をするのさ」

「黙っててちょうだい。青年は彼女の頼みを聞いてやり、二人は結婚するわけ。そして初夜になると、彼女はベッドで、彼はソファーで寝るの」

「お袋の飾り物を眺めながらか」

「ふざけるならよすわ。真面目に話してあげてたのよ、好きな映画だから。それに、教えるわけにはいかないけれど、あたしがこの映画を本当に気に入ってる理由がほかにあるの」

「教えてくれよ、どんな理由？」

「いやよ、一番大事なところを話そうとしていたのに、笑ったりするんだから、本当のところ、頭にくるわ」

「ちがうよ、映画は気に入ってるさ。だけどあんたはその話をしながら楽しんでる、それでおれもちょっと仲間入りしたかったんだ、分かるかな？　おれは聞きっ放しでいられるタイプの人間じゃない。なのに突然、何時間もあんたの話を黙って聞いていなけりゃならないはめになっちまった」

「あたしはあなたが楽しんで、そして寝つく助けになると思ったものだから」

「その通り、二つとも正解だ。おれは楽しみ、かつ眠りにつける」

「それで？」

「だけど、あんたさえよけりゃ、話を進めながら、途中二人でそれをネタに少しばかり話し合ってみたいんだ。そうすりゃおれもちょっとは口出しできる。もっともだと思わないか？」

「あたしが気に入ってる映画のことでふざけるつもりならいやよ」

「そうじゃない、いいかい、ただ話し合う、それだけのことさ。たとえば、その男の母親をどんな風に想像するのか、あんたに訊いてみたいんだ」

「また笑ったりしなければね」

「約束するよ」

「そうね……分からないな、すごくいい人ね。魅力的で、夫や子供たちをとても幸せにして、いつでも本当にきちんとしていて」

「家事をしているところを想像したのかい？」

「ちがうわ、レースの縁飾りで首の皺が隠れる襟の高い服を着た、欠点のない姿よ。ある種の身分の高い女の人たちに見られるとても素敵なところがあるわ。落ち着いた中にもほんのりお色気が漂っているところ。それは年のせいなんだけれど、でも、彼女たちはやっぱり女だし、人から好かれたいと思っていることが、傍目（はため）に分かるの」

「そうだ、常に欠点がない。完全無欠。下男や下女を使って、雀の涙みたいなはした金のために彼女に仕えるしかない人々から、搾取（さくしゅ）してるのさ。そりゃそうだ、夫とはすごく幸せに暮してただろうよ、だが夫は夫で彼女から搾取してたんだ。自分がして欲しいことをすべて彼女にやらせ、奴隷みたいに家に閉じ込め、自分を待たせる……」

「ちょっと……」

「……法律事務所か診察室から帰ってくるのを、毎晩待たせるんだ。彼女は完全にこの家の方式に従っていて、背くことはなかった。そして息子にもそのくだらない方式を残らず植え付けたんだが、息子は今、黒豹女に出くわしちまったというわけさ。うまく行きゃいいがね」

「でもさ、本当のところ、そういう母親を持ちたいと思わない？　優しくて、いつも身なりに気を配っていて……。さあ、屁理屈はいい加減にしてちょうだい……」

「ちがうったら、ぴんとこないなら理由を説明するよ」

「ほら、あたし、眠くなってきちゃったじゃない。そんなこと持ち出すなんて頭にくるわ。だって、それを持ち出されるまで、あたし、最高の気分だったんだから。映画の話をしてあげてるうちに、この不潔な牢屋のこともほかのこともみんな忘れてたのよ」

「おれだって何もかも忘れてたさ」

「だから何よ？　どうしてあたしが夢みるのを邪魔するの？　あなた自身の夢でもあるのよ。そんなことしてなんになるの？」

「どうやらもっとはっきりと言う必要がありそうだな。ほのめかしても理解してくれないんだから」

「この暗がりの中であなたはほのめかす、それで十分よ」

「説明してやるから」

「ええ、でも明日にして、だってもうくたくたなんだもの、その先は明日……。どうして黒豹女の恋人があたしの相棒にならなかったのかしら、あなたでなしに」

「ああ、そりゃ別の問題だ。それにおれには興味がない」

「そういうこと話すの、怖い？」

「いや、怖かないさ。興味がないってことだよ。何も話しちゃくれないけど、おれにはあんたのことなら全部分かるよ」

「あら、あたしがここにいるのは、年端もいかない子たちを堕落させたからだって話してあげたじゃない、それがすべてよ、心理学の先生みたいなこと言わないで」

「さあ、白状するんだ、パイプをやるんでその男が好きなんだろう」

「ちがうわよ。優しくて、物分かりがいい人だからよ」

「お袋に去勢されちまっただけのことさ」

「とにかくあたし好みなの。で、あなたの方は同僚の女建築家だったわね、女ゲリラみたいなところでもあるの?」

「好みなのさ、そう、黒豹女よりもね」

「お休みなさい、明日わけを教えてちょうだい。今は眠らせて」

「お休み」


……………………………………………………………

……………………………………………………………

……………………………………………………………


「彼女がパイプ男と結婚するところまでだったよ。ではうかがいましょう」

「なんだかふざけた調子ね、なぜなの?」

「別に、さあ始めてくれよ、モリーナ」

「いやよ、あなたこそパイプの青年のこと話してよ、映画を見たんで、彼のことだったらあたしよりよく知ってるんでしょ」

「パイプ男はあんたには向かないよ」

「どうして?」

「どうしてって、あんたが感じてるのが、完全にプラトニックな愛というわけじゃないからさ、そうだろう?」

「もちろんよ」

「なら言うが、青年がイレーナを好きになったのは、彼女が不感症だからさ、なにする必要がない、それで庇って(かば)やったり家に連れてきたりしたんだ、母親がいる家にね、生きちゃいないがそれでもいるんだよ、家具だとかカーテンだとかがらくたに、そう言ったのはあんただろう?」

「続けてちょうだい」

「その男が母親の持ってたものをそっくりそのまま家に残してあるとすれば、それはいつまでも子供でいたいからなんだ、母親の家でね、だから家に連れて帰るのも女じゃない、ままごとの相手の女の子さ」

「でもそれは全部あなたが考えたことよ。その家が母親のものかどうかあたしは知らないわ、そう言ったのは、そのアパートがとても気に入ったから、それに装飾がアンティークな感じなんで母親のかも、って言っただけのことよ。もしかすると家具付で借りてるのかもよ」

「ということは、今話してくれてる映画の半分は作り話か」

「ちがうわ、作り話じゃない、誓ってもいい、でもさ、あなたにもあたしとおんなじように思い浮べてもらうように、ふくらませてるところはあるわよ、そう、ちょっとは面白くしなけりゃ。たとえば家のことだけど」

「本当は自分が住みたい家なんだろう」

「もちろんそうよ。さあ、今度はあたしが我慢する番、どうせみんなとおんなじことを言うんだろうけど」

「ええと……。おれが何を言うって?」

「みんなおんなじよ、耳にたこができるわ!」

「なんの話だ?」

「子供のとき甘やかされすぎたんで、今みたいなあたしになったってこと、ママのスカートにかじりついてたんで今みたいになった、だけど人は必ず立ち直れる、で、あたしに必要なのは女だ、なぜなら女こそ最高の存在だからだって」

「みんなにそう言われるのかい?」

「そうよ、そこであたしはこう答えてやるの……すてき! その通りよ! だって女こそ最高の存在なんですもの……あたし女になりたい。そうするとお説教を聞かないですむの、だって自分の身の上のことぐらい百も承知だからよ、分かりすぎるくらいだわ」

「おれにはそれほどはっきりとは分からないな、少なくとも今あんたが解釈してみせたほどには」

「そう、でも別に解釈してもらう必要なんてないわ、それで、もし聞きたけりゃ映画の続きを話すし、いやなら我慢してちょうだい、あたし独りでぶつぶつやるから、それから、ご機嫌よろしく（サルーティ・タンティ）、さようなら（アリヴェデルチ）、スパラフチーレというわけ」

「スパラフチーレって誰なんだ?」

「オペラ音痴、『リゴレット』に出てくる裏切り者じゃない」

「映画の話をしてからお休みといこう、今は続きがどうなるか知りたいんだ」

「どこまで行ったっけ?」

「初夜のところだ。青年はイレーナに何もしないってところ」

「そうだったわ、青年は客間のソファーに寝る、あら、話さなかったことがあるわ、二人は話し合った結果、彼女が精神分析の医者に診てもらうことで意見が一致したの。そして彼女は通い始めるんだけど、初めて出かけてみると、その医者はものすごくハンサムで、ぐっときちゃうタイプだったの」

「あんたにとってぐっときちゃうタイプって、どんなんだい、知りたいな」

「そうね、長身で、浅黒くて、口髭をたくわえていて、すごく上品で、額が広くて、でもジゴロみたいな半分剃ってある細い髭でなけりゃだめ、うまく言えないけれど、いかにも経験者だって感じの髭よ。そうね、そういう意味では医者の役をやってた俳優はあたしのタイプじゃないわ」

「誰、その俳優?」

「覚えてないわ、主役じゃないから。いい男なんだけれど、あたしの好みからすると痩せすぎなのよ、言ってみれば、ダブルのスーツが似合う、普通のスーツならベストが要るという、そういうタイプなの。女好きのするタイプね。でもその男にはどこか感じられるのよね、よく分からないけど、自分が女にもてることを信じて疑わないのよ、そんなところが現れたとたん……カチンときちゃうの、で、イレーナもやっぱりカチンとくるの、彼女は寝椅子に腰掛けて自分の問題を話し出すんだけれど、落ち着かないのよ、医者じゃなくて男のそばにいる感じがするの、だから怖いのね」

「大したもんだよ、その映画は」

「大したもんだって、どこが？　馬鹿げたところ？」

「いや、筋が通ってるところさ、みごとなもんだ、先を頼む。そんなに疑い深くなるなって」

「イレーナは自分がちゃんとした妻になれるかどうか心配していることを話し始めたわ、そして次回はいろんな夢、怖い夢や黒豹になった夢について話す約束をするの。すべては無事に終り、二人は別れた。だけど次の約束の日、彼女は行かないの。夫に嘘をついて、医者のところじゃなく動物園に行っちゃうのよ、そして黒豹を見るの。まるで魂を奪われたって感じでじっと見てたわ。前に言った厚手のフラシ天のコートを着てね。黒だけど玉虫色に光るやつよ。黒豹の毛も玉虫色に光る黒だったわ。黒豹はばかでかい檻の中を歩き回ってた。でも彼女から目を離さないの。そこへ飼育係が現れてね、檻の片側にある扉を開けるの。でもぱっと開けて、黒豹に肉を放ってやるとまた閉めちゃうんだけど、肉をぶら下げてきた手鉤（てかぎ）に気を取られていたんで、檻の錠前に鍵をさし込んだまま忘れちゃうの。イレーナは全部見てたんだけど、黙ってたわ。飼育係はほうきをつかむと、檻の周りにちらかっている紙屑（くず）や煙草の吸殻を掃除し出したわ。イレーナはそ知らぬ顔で、錠前のところにちょっと近づいていてね、そして鍵を取って眺めるの。大きくて錆（さ）びた鍵よ。彼女はしばらく考えてたわ」

「どうするつもりなんだ？」

「でも飼育係のところへ行って、渡しちゃうの。飼育係は人の好さそうな、優しい感じの年寄りだったんだけれど、彼女にお礼を言ったわ。イレーナは家に戻り、夫の帰りを待った。もう事務所から帰らなくちゃいけない時間だったの。それから話すのを忘れてたことがあるわ、彼女は毎朝、いつでも愛情をこめて、カナリアに餌をあげてたの、水も替えてあげたし、だからカナリアはいい声でさえずってたわ。そしてついに夫が帰ってきた。すると彼女は夫に抱きついて、キスしかけたの。すごくキスしたい気持だったのね、それも口に。彼ははしゃいだわ、多分精神分析の治療が効き出したんだろうって思ったのよ。本当に夫婦になるときが近づいていた。ところが彼はミスっちゃったの、その日の午後にあった診療がどうだったのか訊いちゃったのよ。彼女は、行かなかったものだから、急に罪悪感を感じて気が滅入っちゃったの。そして彼の腕から逃れると、ちゃんと出掛けたし何もかも順調に行ってるって、嘘をついたわ。でも彼の腕から逃げちゃった以上、もはやどうしようもないじゃない。彼は我慢するしかなかったというわけ。そしてある日のこと、彼はほかの建築家たちと仕事をしていた。すると、例の同僚の女が、彼が悩んでいるのに気づいたの。愛し続けていたから、いつでも彼に注意してたのね。彼女は、元気を出すために仕事が終ったら飲みに行こうと言って彼を誘ったわ。だけど彼、断ったの、することがたくさんあるから、残って仕事をするつもりだと言ってね。そしたら彼を愛し続けてる彼女は、自分も残って手伝ってもいいって言ったの」

「その女に惹かれるなあ。変なこともあるもんだ、その女のことについてあんたはなんにも言っちゃいない、なのにおれは惹かれるんだ。想像力ってのは妙なものだ」

「彼女は彼と一緒に残ったわ。でもしつこいからじゃないわよ、彼が結婚した後、もう諦めたのよ、だけど今は友人として彼の助けになりたいと思ってるの。で、二人は残ってそこで仕事をしていたわけ。その部屋は大きくて、事務机や製図用の机がいくつもあったわ。ひとりがひとつ持ってるの。でも今はみんな帰ってしまって、何もかも真っ暗な中にあった。青年の机以外はね。その机は上がガラスで、下から光があたってるの、だから顔は下からの光に照らされてるわけ、壁には体の影が無気味な感じで映ってる、大男の影みたいにね、そして二人のどっちかが線を引くんで定規をつかむと、まるで剣を持ってるみたいに見えるの。でも二人は黙って仕事をしてたわ。時折、彼女は彼をちらっと見るの。彼の心配事がなんなのか知りたくてうずうずしてるのよ、それでも何も訊こうとしない」

「申し分ない。思いやりがあって、控え目で、きっとそれでおれの好みなんだ」

「ところでイレーナの方だけど、待ちに待ってたわ、でもついに思い切って事務所に電話するの。そうしたら別の女が受けてから彼が出るじゃない。イレーナは嫉妬したわ。だけど努めて隠すの。彼が言うには、早い時間に知らせようと思って電話したけど、彼女は留守だった。そりゃそうよ、彼女はまた動物園に出かけてたんだから。自分のしてることがばれちゃうから、彼女は黙ってるしかなかったわ、文句言えないのよ。それ以来、彼の帰りは遅くなり出したわ、何かが彼の帰りを遅らせるの」

「何もかもつじつまが合ってる、みごとだ」

「だったらどういうことになるの……だって彼は十分ノーマルで、彼女と寝たがってるのよ」

「ちがうんだ、まあ聞いてくれ。それまで彼が喜んで家に帰ってたのは、彼女が自分と寝ないことが分かってたからなんだ、ところが今は治療のおかげで可能性がある、それで不安なのさ。彼女が最初のように、女の子も同じだった間、二人はじゃれ合うだけだった、ちっちゃい子みたいにだ。多分そんなふうにじゃれ合ってるうちに、セックスにからんだことも始まるんだ」

「ちっちゃい子みたいにじゃれ合うなんて、冗談じゃないわ、面白くもなんともありゃしない！」

「おれは悪くないと思うけど、あんたの建築家に関する限りはね。矛盾したことを言ってすまないが」

「何が悪くないですって？」

「二人がじゃれ合うみたいに始めることさ、あんまりべたつかずにね」

「さてと、映画に戻るわよ。でもひとつ訊きたいんだけど、だったら彼は今、同僚の女と残るのがなぜ楽しいの？」

「なぜって、彼は、結婚してるから何も起らないと思ってるんだよ、同僚の女とのセックスはもはやありえない、彼が女房の尻に敷かれてることは明らかだからな」

「全部あなたの想像よ」

「あんただって面白くしてるんだ、おれだって」

「続けるわ。ある晩、イレーナは夕食を用意して待っていたの。でも彼は帰ってこない。テーブルは整い、キャンドルが点ってたわ。彼女は知らなかったの。その日は結婚記念日だったんで、彼は午後の早い時間に精神分析の医者のところへ行ったのよ、彼女を迎えにね。会えるわけないでしょ、全然行ってないんだもの。それで彼は、ずっと前からイレーナが通ってなかったことを知るわけ。で、電話してみるんだけど、家にもいないの。もちろんいつもの午後みたいに、我慢できずに出かけたのよ、動物園めざして。がっくりきた彼は事務所に戻ったわ、そして同僚の女に洗いざらい話さずにはいられなくなるの。二人は近くのバーへ飲みに行ったわ。でも目的は飲むことじゃなしに、仕事場を離れてプライベートな話をすることよ。あんまり遅いことに気づいたイレーナは、檻の中の獣みたいに部屋の中を歩き回り始めたわ、そして事務所に電話した。誰も出ない。そこで気晴らしに何かしようとするんだけど、神経はもうぴりぴりしてる。カナリアの籠のそばへ行くと、カナリアはそれを感じて狂ったみたいに羽をばたばたやり出したの。羽がぶつかるのもかまわず籠の中を無闇矢鱈に飛び回ったわ。彼女はたまらず、籠の戸を開けると、手を突っ込んじゃうの。手が近づくのが分かったとたん、カナリアは、矢で射られたみたいに、急に落っこちて死んじゃったの。イレーナは捨てばちな気持になったわよ、そしたらありとあらゆる悪夢が甦ってきた。彼女は家を飛び出したわ。夫を探しに行ったの。助けを求められるのは彼だけしかいない、彼なら自分のことを分かってくれるはずだって。でも事務所の方へ行こうとすれば、バーの前を通らないわけにはいかない。で、二人を見つけちゃうの。彼女、立ちすくんじゃったわ。足が前に出ないのよ。怒りで体がぶるぶる震えてる。嫉妬よ。二人が立ち上がって出てきたんで、イレーナは木の蔭に隠れたわ。見てると、二人は挨拶を交わし、そして別れた」

「どんな挨拶?」

「彼が彼女のほっぺたにキスしたのよ。彼女は縁の下がった帽子を被ってたわ。イレーナの方は被ってなかった、カールした髪が人気のない通りの街灯に近づくたびに輝いて見えたわ、夫の相手の後をつけてたのよ。その女は真っ直ぐ家に通じる道を歩いてたわ。その通りはオフィス街の向かいにある公園、セントラル・パークを抜けていくの。途中、ときどきトンネルみたいなところがあるのよ、だって公園には起伏があるのに、通りの方は真っ直ぐでしょ、だからときどき小高い丘の真下をくぐり抜ける形になってるわけ。普通の通りみたいに車も走ってはいるけど、あまり多くないの。本道というより間道ね。そこを通るバスはひとつだけ。そんなに歩かずにすむから彼女はときどきバスに乗るんだけど、歩いて帰ることもあるの。バスはたまにしか来ないんだもの。そして同僚の女はこのときは歩くことにしたの、頭をちょっと冷やすためにね。というのも青年と話した後、頭がのぼせてたからよ。彼は何もかも彼女に話したの、イレーナが彼と寝ないこと、黒豹女の妄想に取り憑かれてること。彼を愛してるこの女は、本当に混乱してたのよ、だって、彼のことをもう諦めていたのに、今また望みが出てきたんだもの。彼女、一方じゃ嬉しいのよね、すっかりだめになったわけじゃなかったから、でももう一方じゃ怖がってるの、また夢を描いて後で辛い思いをすることや毎度のように空手形で終ることをね。そんなことを考えながら、いくらか急ぎ足で歩いてたわ、寒かったからよ。

あたりに人影はなかった、道の両側は真っ暗な公園、風はなく木の葉一枚そよがない、ただひとつ聞えるのは、同僚の女の後ろの足音だけなの、女物の靴のヒールの音よ。彼女が振り向くと、人影が見えた、だけどちょっと離れてるし、明るさが足りないので誰だか分からないの。でも、そうするうちにもヒールの音は段々早くなってくる。同僚の女はびくつき出したわ。だって分かるでしょ、幽霊のこととか殺人事件のこととかそういう怖い話を聞かされていたら、誰だって敏感になって、どんなことにも飛び上がっちゃうじゃない、で、彼女は黒豹女のことをあれこれ思い出したの、彼女は怖くなってきたんで足取を早めたわ、だけどそこは道のちょうど半分、公園が尽きて家並が始まるところまでは、約四ブロックあるの。だから走り出したりすればなおさらまずいわけよ」

「ちょっと口をはさんでもいいかい、モリーナ?」

「ええ、でもあと少しよ、今夜の分はね」

「ひとつだけ訊きたいことがある、ちょっと気になるんだ」

「どんなこと?」

「怒らないかい?」

「場合によるわ」

「知れば面白いことなんだ。それに後で、もしおれにも訊きたけりゃ訊いてくれ」

「さあ、言って」

「あんたは誰のつもりなんだい？　イレーナそれとも女建築家？」

「イレーナよ、何考えてんのよ。ヒロインなのよ、バカみたい。あたしはいつだってヒロインのつもりよ」

「続きをやってくれ」

「で、バレンティン、あなたは誰のつもり？　あの青年がうすのろに見えるんで困ってるんでしょ」

「笑ってくれ。精神分析医なんだから。だが別にふざけちゃいない、何も言わなかったけど、おれはあんたの選び方には感心してるんだ。先を頼む」

「よかったら後でその問題について話し合いましょ、でなけりゃ明日」

「いいとも、だがもうちょっと続きをやってくれよ」

「もうちょっとだけよ、おいしいところはお預けよ、その方が映画がもっと面白くなるわ。お客さんにはそうしてやらなけりゃ、でないと満足しないのよ。昔のラジオがいつもそうだった。そして今はテレビ小説がそうよ」

「さあ」

「ええと、同僚の女が走っていいのか悪いのか分からないでいるところだったわね。そのうち足音が、つまりもうひとりの女のヒールの音がしなくなったわ、というのも、ほとんど分からないような別の足音に変ってたからよ、今彼女に聞えるのは、猫か、でなけりゃもっとひどいもの。彼女は振り返ったわ、女の姿はなかった、どうして急に消えてしまったのかしら？　でも彼女には別の影が見えた気がしたの、それはすーっと動いたかと思うとやっぱり急に消えちゃったの。そして今聞えるのは、公園の茂みを踏む音、獣の足音よ、それがだんだん近づいてくるの」

「そして？」

「続きは明日。お休みなさい、ぐっすり寝てちょうだい」

「この償いは必ずしてもらうぞ」

「また明日」

「お休み」

2

「料理の腕、なかなかじゃないか」

「ありがとう、バレンティン」

「だが、おかげで悪い癖がつきそうだ。堕落の始まりかもしれない」

「どうかしてるんじゃない、刹那（せつな）を生きるのよ！　楽しみなさいよ！　明日何が起きるかを考えて、食事をまずくするつもり？」

「その刹那を生きるってことだけど、おれには信じられないよ、モリーナ、誰も刹那なんて生きられやしない。そんなことはエデンの園での話さ」

「天国と地獄、信じてる？」

「ちょっと待ってくれ、モリーナ、それを論じるなら、ある程度厳密にやらなけりゃ。もしいい加減にやるんだったら、子供だましの高校生の議論になっちまう」

「いい加減にやるつもりはないけど」

「そりゃ結構、だったらまず、おれに意見を言わせてくれ、問題点を教えておくから」

「聞くわ」

「おれには刹那を生きることはできない、なぜなら政治闘争、ええと、つまり政治活動のことだけど、分かるかい？　それを職務として生きてるからだ。おれはここでどんなことにも耐えられる、そりゃいろんなことがある、……だが拷問のことを思ってみろ、こんなことはなんでもないんだ、……あんたはそれがどんなものか知らないのさ」

「でも想像はつくわよ」

「いや、あんたに想像なんてできやしない……。とにかく、おれはすべてに耐えられる……なぜならやるべきことがあるからだ。社会の変革、それが重要なのであって、感覚的な歓びは二次的なことなんだ。闘争が続く間、おそらく生涯続くだろうが、感覚的歓びを追求するのは適当でない、分かるかい？　なぜなら、おれにとっては本当に二次的なことだからだ。大きな歓びは別にある、それは自分がもっとも崇高なことに奉仕しているのを知ることなんだ、それは……ええと……おれの思想のすべてで……」

「あなたの思想って？」

「おれが理想とするのは、……マルクス主義だ、一言で言ってほしけりゃね。そしてその歓びをおれはどこにいても味わうことができる、この監房でだって、拷問の最中だって。それがおれの強さなんだ」

「じゃああなたの彼女は?」

「それも二次的でなけりゃならない。彼女にとってもおれは二次的なんだ。なぜなら、彼女もまた何がもっとも重要か知っているからだ」

「あなたが彼女に教育したの?」

「いいや、確か二人で一緒に発見していったんだ。おれが言おうとしたこと分かったかい?」

「ええ……」

「あんまりぴんときてないみたいだな、モリーナ」

「そうね、でもあたしのことは無視してちょうだい。もう寝るから」

「冗談言うなよ! 黒豹女はどうなるんだ? ゆうべからおあずけのままじゃないか」

「明日」

「でもどうしたんだ?」

「別に……」

「言ってくれ……」

「いやよ、あたしはばかなの、それだけのこと」

「教えてくれったら、頼むから」

「いい、あたしってこんな人なの、傷つきやすいのよ。それにその夕食作ってあげたでしょ、あたしの割当てを使って、それが最悪だったわ、アボカド、好きなんだけどあなたに半分あげちゃったのよ、明日のために半分残しておくはずだったのに。何に使うのかって……あなたに悪い癖をつけてる人の顔にぶつければいいでしょ」

「まあそう言わないで、あんたは感受性が強すぎるんだ……」

「だったらどうしてくれるの、あたしはこうなのよ、とっても感じやすいたちなの」

「あまりにね。それじゃまるで……」

「なぜ黙ったの？」

「別に」

「言ってちょうだい、あなたが言いかけたこと、あたしには分かるわよ、バレンティン」

「ばかなこと言うなって」

「言ってくれない、あたしが女みたいだって、そう言いかけたんでしょ」

「うん」

「女みたいに優しくてどこが悪いの？　男の人が、でなけりゃなんだっていいわよ、雄の犬だっておかまだって、もし感受性が強くなりたかったら、そうなっちゃいけない理由なんてあるの？」

「さあね、だがそんな風に感受性が強すぎると、男にとっちゃ邪魔になる」

「なんの邪魔に？　拷問するときに？」

「ちがう、拷問する人間を倒すときにだ」

「でもね、もし人がみんな女みたいだったら、拷問する人間なんていないはずよ」

「じゃああんたはどうなる、男無しで？」

「それもそうね。野蛮だけど、好きなんだもの」

「モリーナ……だが今あんたは、みんなが女みたいだったら拷問する人間はいないはずだと言った。それは一種の問題点みたいなものだ、突飛だが、とにかく問題点といえる」

「あんまりな言い方ね」

「あんまりななんだって？」

「人を見下した口のきき方をするってこと、〈一種の問題点みたいなものだ〉なんて」

「そうか、気に障ったなら謝るよ」

「謝ることなんてないわ」

「だったら、もっと楽しそうにして、しっぺ返しはよしてくれよ」

「しっぺ返しですって、どうかしてるわ」

「それなら、なんでもなかったって感じで頼むよ」

「映画の続き、やってほしい？」

「そりゃいい、やろう、やろう」

「野郎ですって？　どこにいるのよ？　どこ、教えてちょうだい、逃がしちゃいや」

「分かったよ、冗談はもういいから話してくれよ」

「どこまでだったっけ……？」

「おれの恋人、女建築家に聞えるのは、もはや人間の足音じゃないというところまでだ」

「そうだったわね、それで彼女は恐ろしさに震え出したの、だけどどうすることもできない、黒豹を見るのが怖いから、振り向こうとしないのよ。また人の足音が聞えやしないかと思ってちょっと立ち止まったわ、でも何も聞えない、あたりはしーんと静まり返ってるの。風か……それとも何かで茂みがそよぐ音ひとつしない。すると彼女は絶望のあまり大声をあげちゃうの。泣き声とも呻きともつかない声よ。そのとき、バスの自動ドアの音が叫びに重なったわ。彼女のそばで止まったところだったのよ。水圧式のドアがエア・ポンプみたいな音を出して開いた、そして彼女は助かったの。運転手は彼女が立ってるのを見て、ドアを開けてやったの。彼、どうしたのかって彼女に訊いたわ。でも彼女は、なんでもない、気分が悪いだけだって答えるの。そしてバスに乗ったわ……。さて、イレーナが家に帰って来たんだけど、髪はくしゃくしゃ、それに靴は泥だらけ。青年はそりゃもうびっくり仰天、なんて言ったらいいか分からないし、自分が結婚した変てこな女をどうしたらいいか分からないのよ。彼女は家の中に入ると彼の様子がおかしいのに気づいたわ。で、浴室へ行って泥まみれの靴を脱いだの。彼女が自分を見ないものだから、彼は思い切って話したわ。医者のところへ迎えに行ったこと、そして彼女が全然通ってなかったのを知ったことをね。それを聞くと、彼女、わっと泣き出しちゃってね、そして言うのよ、もう何もかもおしまいだわ、いつも恐れてた通りになってしまった、妄想に取り憑かれた頭がおかしい女か、さもなきゃもっと悪い……黒豹女になったって。そしたら彼はまた打ち解けてね、彼女を抱いてあげたわ。あなたの言う通り、彼にとって彼女は女の子みたいなものなのね。だって、彼女がそんな風にあけすけで、途方に暮れてるのを見ると、また、心から愛してるって気がしてきたんだもの、彼、彼女の頭を肩にのせてやり、彼の肩よ、髪を撫でてやったの。そして言ったわ、信じるんだ、何もかもうまく行くよって」

「よくできてるな、その映画」

「でもまだ続くのよ、終りじゃないわ」

「そうだろう、そこで終るはずがないと思ったよ。だけど、おれの気に入ってるところがどこか分かるかい？　それがアレゴリー、しかも実にはっきりとしたアレゴリーにみえるところさ、男に身を任すことに対する女の恐怖心のね、なぜならセックスに身を任せれば、いくらか動物的になるからだよ、分かったかい？」

「どういうこと……？」

「そういうタイプの女がいるんだ、感受性が強くて、あまりに精神的で、セックスは不潔だ、罪だと思って育ったのさ、その種の女は歪められている、完全にね、結婚しても大抵不感症なんだ、だって心の中に柵があるんだから、周りの人間に一種の柵か壁を作らされたんだ、そいつは弾丸だって通さない」

「あれなんかじゃ絶対だめね」

「人が真面目に話してるのに、今はあんたの方がふざけてるじゃないか、あんただって同じだってこと、これで分かっただろう？」

「続けたまえ、賢き声で」

「それだけさ。黒豹女を続けてくれよ」

「いいわ、問題は、彼女を説得して信頼を取り戻させ、医者に会いに行かせることなの」

「おれにだな」

「そうよ、でも彼女は、あの医者にはどこか気にくわないところがあるって彼に言ったわ」

「当然さ、だってもし治されでもしたら、夫婦生活、セックスをするはめになるんだから」

「でも夫は、また行くよう説き伏せちゃったの。そして彼女は行ったわ、でもこわごわよ」

「彼女が何を第一に怖がっているのか分かるかい？」

「何？」

「その医者にはセックスアピールがある、あんたはそう言ったね」

「そうよ」

「問題はそこなんだ、なぜかというと彼は彼女を挑発するからさ、それで彼女は治療を任せるのに抵抗してるんだよ」

「なるほどね、そして彼女は診療に行った。誠意をこめて話したわ。自分が一番怖がってるのは、男の人にキスされて黒豹女になることだってね。ここで医者は誤りを犯すの。彼女の恐怖心を取り除いてやろうとするんだけど、そのために、自分自身彼女を恐れてはいないこと、彼女は間違いなく魅力的で可愛い女以外のなにものでもないってこと、それを態度で示すのよ。つまり彼は、どっちかというといやらしい治療法を選んだわけ。というのも彼女にキスしたかったからよ、で、その方法を考えてるうちに、その手を見つけたわけ。でも彼女はその手に乗らなかったわ、それどころか、そうだ、医者の言う通り、自分は正常なんだって思ったの、そしてすぐさま診療室を出ると、嬉しそうに帰って行くの。彼女はその足で真っ直ぐ建築事務所へ行ったわ。その晩、夫のものになろうと心に決めたみたいにね。彼女は幸せだった、そして駆け出したわ、ほとんど息もつかずに事務所に着いた。ところが、戸口ですくんでしまったの。もう遅かったんでみんな帰ってしまってたんだけど、夫と同僚の女だけが残っていて、話をしてるのよ、それも友情のしるしか何か分からないけど手を握り合ってるじゃない。彼が目を伏せて話してるのを、同僚の女は訳知り顔でじっと聞いてたわ。二人とも誰かが入ってきたのに気がつかないの。でもね、ここのところの記憶はあやふやなのよね」

「ちょっと休めば思い出すさ」

「覚えてるのは、プールのシーンがあって、それからその建築事務所のシーン、それともうひとつ、精神分析医の出てくる最後のシーンがあることよ」

「まさか最後に、黒豹女はおれと一緒になるんじゃないだろうな」

「ちがうわよ。慌てないで。とにかく、この最後のところは、そうしてほしければ、覚えてることだけ、かいつまんで話すわ」

「そうしてくれ」

「それで、設計室で彼と同僚の女が話をしていた、けれど二人は話を止めたわ、ドアがきしる音が聞えたからよ。二人は見たけど、誰もいなかったわ、設計室は真っ暗、下から上に向かって照らす、あのちょっと無気味な明りの点（つ）いた、二人の机以外はね。すると動物の足音がしたの、紙を踏む音よ、そう、今思い出した、隅の暗いところに屑籠（くずかご）があるんだけど、それがひっくり返ったのよ、その紙屑を踏む音がするんだわ。同僚の女は悲鳴を上げて、彼の後ろに隠れるの。彼は怒鳴った、〈そこにいるのは誰だ？　誰なんだ？〉そしたら初めて聞えたわ、動物の息づかいよ、喉の奥で唸るみたいな声、分かる？　彼、なんで身を守ればいいか分かんなくて、大きな定規をひとつつかんだわ。そしてほら、なんとなく、イレーナが話したことを思い出すのよ、悪魔も黒豹女も十字架を怖がるという話、机の光のせいで壁に大男みたいな影が映ってる、彼と彼にしがみついた同僚の女の影、その何メートルか先に尻尾の長い獣の影がね。で、彼の手には十字架があるように見えるの。それは彼が製図用の定規を二本、光にかざしたにすぎなかったのよ、でもそのとき恐ろしい唸り声がしたわ、そして怯えた獣が闇の中を逃げて行く足音が聞えたの。ええと、その後も同じ夜だったかしら、確かそうよ、同僚の女は家に帰ったわ。そこはすごく大きくて、女性専用のホテルらしいの、女性のクラブかな、みんなそこに住んでるのよ、地下には大きなプールがあったわ。女建築家はさっきの一件ですごく神経が高ぶってるの。男子禁制のホテルに戻った彼女は、ひどい興奮を鎮めるには、下へ行ってちょっと泳ぐのが一番いいだろうって思うの。もう夜も更けてたから、プールに人気はまったくなかったわ。地下には更衣室があるのよ。彼女は自分のロッカーに服をしまうと、水着を着て、バスローブをはおったわ。彼女がそうしてるうちに、上のホテルの玄関の戸が開いて、イレーナが現れたのよ。彼女は受付の女に女建築家のことを尋ねたわ。受付は怪しみもしないで、今プールへ行ったところだって答えちゃうの。イレーナは女だから、入るのに問題はないし、簡単に通されちゃうわけ。下のプールは真っ暗だったわ。女建築家は更衣室を出ると、明りを点けたわ。プールの照明よ、水中にあるの。髪を丸めて水泳用の帽子を被ろうとすると、そのとき、足音が聞えるじゃない。彼女はびくっとして、守衛さんですかって訊いたわ。返事がない。ぞっとした彼女はバスローブを放ると、水に飛び込んだわ。そしてプールの真ん中から、真っ暗な周囲を見回すの。黒い獣が唸るのが聞えるのよ、荒れ狂ったように歩き回ってるの。姿はほとんど見えないんだけれど、でも影がひとつ、プールの縁を滑るように動いてたわ。唸り声も聞えるか聞えないかぐらいで、たえず喉の奥の方で唸ってるみたいなの、そして緑色に光る目が、プールの中の自分を見たとき、ついに彼女は気が変になったみたいに叫んだわ。そのとき守衛の女が下りてきて、明りを全部点けるのよ、そしてどうしたんですかって、彼女に訊いたわ。ここには他に誰もいないのに、どうしてそんなに大きな声を出したのかって。女建築家は恥ずかしそうにしたわ、自分の恐怖をどう説明していいか分からなかったの、だってそうでしょ、ここに黒豹女が入ってきたなんてどうして言えると思う。だから、そこに人か動物が隠れてる気がしたんだって言ったわ。そしたら守衛は、このばか何言ってるのっていう顔で彼女を見るの、友達が会いに来たというのに、それで怖がってるんだから、足音が聞えたからと言って。そのときよ、二人はずたずたになったバスローブが床に落ちてるのを見つけたの、それから濡れた足で歩いた獣の足跡も……。聞いてるの?」

「ああ、だがなぜか今夜は他のことばかり考えてしまうんだ」

「なんのこと?」

「何ということはないんだが、集中できなくて……」

「でもさ、いいから言ってみて」

「仲間の女のことなんだ」

「名前は?」

「取り立てて言う必要もない。いいかい、あんたに彼女の話は一度もしてないけど、いつでも彼女のことを考えてるんだ」

「なぜ手紙をよこさないのかしら?」

「手紙をよこすかよこさないか、あんたに分かるはずないだろう! 他の人間から来るのが彼女からの手紙だってことだってあるんだ。それともあんたは、シャワーの時間におれのものを調べてるのか?」

「あなた、どうかしてるわよ。でも、あたしに彼女からの手紙、見せてくれたこと一度もないんだもの」

「そうだな、そりゃおれがその話をしたくないからさ、だがそれも分からない、とにかく今はちょっと問題にしたいことがあったんだ……、つまりあんたが、黒豹女が彼女の後を追いはじめたって話し出したら、心配になったんだよ」

「何が心配なの?」

「自分じゃなく、仲間の女のことさ」

「そう……」

「どうかしてるな、こんな話を持ち出すなんて」

「なぜ?　話したいなら話せば……」

「黒豹女が女建築家の後を追いはじめたってあんたが話し出したとき、おれは仲間の女が危険にさらされてるところを想像したんだ。そしたら、気をつけろとも言えないし、あまり危ないことはするなとも言えないし、ここにいる自分がいかに無力か思い知らされたのさ」

「分かるわ」

「考えても見ろよ、彼女が仲間の女だったらどうする、だって仲間の女も今闘ってるんだ。あんたにこんなこと言うべきじゃないんだけどね、モリーナ」

「気にしないで」

「知らない方がいいようなことで負担をかけたくないからな。そう、負担なんだ、それにあんたはすでに自分のことを背負い込んでいるし」

「あたしだってそうよ、おんなじ気持だわよ、ここからじゃ何もできないんだもの。でもあたしの場合、女じゃなくて、つまり若い娘じゃなくて、ママなの」

「あんたの母親は独り暮しじゃないんだろう、それともそうなのかい?」

「伯母と一緒なの、パパの姉にあたる人。でもね、それはママが病気だからなのよ。血圧が高くて、心臓がちょっとおかしいの」

「だがその種のことは長引く可能性がある、何年もかかるかもしれない、いいかい……」

「だけどさ、いやな思いはさせないようにしなくちゃ、バレンティン」

「お袋にどうしてやるつもりなんだ……」

「そう、今度みたいな迷惑はもうかけられないわね」

「どういうことだ?」

「考えてもみてよ、息子がしょっぴかれて恥をかいた上に、その理由ときたら」

「もう考えるのはよせよ。最悪の事態は済んだんだ、そうだろう? 今はお袋さんも慣れていかなけりゃならない、それだけのことさ」

「でもさ、あたしがいないんですごく淋しがってるんだもの。あたしたち、一心同体だったのよ」

「もう考えるなって。でなけりゃ……おれの仲間の女同様、もう危なくないんだって信じることだな」

「だけど彼女の危険は外にあるんじゃない、敵は彼女の中にいるのよ、弱い心臓という敵がね」

「待っててくれてるさ、あんたが出られることだって分かってるって、八年なんていつか経つんだし、それにあんたがすっかりまともになるという希望だってあるじゃないか。それが励みになって待っててくれてるよ、そう考えるんだ」

「ええ、あなたの言う通りだわ」

「さもないと、おかしくなっちまうぞ」

「よかったら、恋人のこともっと話してちょうだい……」

「なんて言ったらいいかな？　女建築家と共通するところは全然ないんだ、なぜ二人を結びつけたのか自分でも分からない」

「美人？」

「もちろん」

「ブスかもね、何を笑ってるのよ、バレンティン？」

「なんでもない、なぜ笑うのか自分にも分からない」

「でも、何がそんなにおかしいの？」

「分からない……」

「きっと何かがあるのよ……何かのことで笑ってるんだわ」

「あんたのこと、それにおれのこと」

「なぜなの？」

「分からないったら、考えさせてくれよ、とにかく説明できないんだから」

「いいわ、でもその笑いは止めて」

「なぜ笑うのかよく分かったら教えるよ、その方がいい」

「映画を最後までやる？」

「ああ、頼む」

「どこまでだったかしら？」

「女建築家がプールで助かったところまでだ」

「そうだったわ、で、どうなったっけ……。今度は黒豹女と精神分析の医者が出会うんだわ」

「すまないけど……。怒らないでくれよ」

「どうしたの？」

「続きは明日の方がいいよ、モリーナ」

「もう少しで終りよ」

「あんたの話に集中できないんだ。悪いな」

「飽きたの？」

「ちがう、そうじゃない。頭が混乱してるんだ。静かにして、この興奮状態が治まるかどうか見たいんだよ。というのもおれが笑ったのは、このヒステリーのせいにすぎないからなんだ」

「好きにして」

「仲間の女のことを考えたい、分からないところがあるんで、それを考えたいんだよ。あんたにもこういうことがあったかどうか知らないけど、つまり、何かが分かりかけてる気がする、もつれた糸の糸口をつかんでる、そして今引っ張らないと……逃げられてしまうんだ」

「分かったわ、じゃあまた明日にしましょう」

「うん、明日にしよう」

「明日でこの映画は終りよ」

「どんなに残念に思ってるか、分からないだろうな」

「あなたもなの？」

「そうさ、もう少し続けばいいと思ってるんだ。ラストが悪かったらどうしようもないぞ、モリーナ」

「でも本当に気に入った？」

「ああ、時間があっという間に経ってしまったじゃないか」

「だけど本当の本当は気に入らなかったんだわ」

「本当だったら、それに終るのが残念だって言ってるだろう」

「でもあんたっておばかさんね、別のを話してあげられるのに」

「本当かい？」

「ええ、とてもとてもはっきり覚えてるのがたくさんあるもの」

「そりゃいい、じゃああんたは、うんと気に入ってるやつのことを考えればいい、おれの方は、考えなけりゃならないことを考える、いいかい？」

「糸口を引っ張れば」

「そうだ」

「でももし糸の束がもつれたりしたら、バレンティーナさん、家庭科は0点ですよ」

「おれのことなら心配しないでくれ」

「分かった、もうおせっかいはやかないわ」

「それからおれのこと、バレンティーナって呼ばないでくれ、おれは女じゃない」

「あたしは定かじゃないわ」

「悪かった、モリーナ、だが証明するつもりはないよ」

「心配いらないわ、要求しないから」

「じゃあ明日、お休み」

「明日ね、お休みなさい」

…………………………

…………………………

…………………………

「さあ聞こう」

「そうね、でもゆうべ言った通り、この最後のところはよく覚えてないの。その同じ夜、夫は精神分析の医者に電話をして、家に来てもらったわ。まだ帰らない彼女を二人で待つの。イレーナをよ」

「どの家なんだ」

「建築家の家よ。そのとき同僚の女が彼に電話をかけてきて、女性用のホテルへ来てほしい、それから警察に行ってくれって言うの、今プールで怖いことがあったからって。するとと青年は精神分析の医者をほんのしばらくの間置いて出かけるの。なんとそこへイレーナが帰ってきて、医者と鉢合わせしちゃうのよ。そのときは夜だった、言うまでもないけど。部屋の明りはテーブルランプただひとつだったわ。医者は本を読んでたんだけど、眼鏡をはずして彼女を見つめるの。イレーナは欲望と嫌悪を同時に感じたわ、だって彼は魅力的だって言ったでしょ、セックスアピールがあるタイプだって。するとおかしなことが起きるの、彼女は医者の腕の中に飛び込んじゃうのよ、というのも、頼るところがなかったからよ、誰からも愛されてない、夫に捨てられたって、そう思ったのね。それを医者は、彼女が自分を性的に望んでると取ったの、おまけに彼女にキスしたら、そして行き着くところまで行ってしまえば、そうしたら自分は黒豹女だなんていう変な考えを、彼女の頭から消し去ることができるだろうと思ったのよ。で、彼女にキスしたの、二人は抱き締め合ったわ、抱き合い、キスを交わした。そのうち彼女は……彼の腕からするりと脱け出ると、目を細めて彼を見つめたわ、彼をほしがると同時に憎んでるみたいに、緑の瞳が輝いてた。彼女は彼から離れると、部屋の反対の隅へ行ったわ。とっても素敵なアール・ヌーヴォーの家具が置かれた部屋よ。ビロードを張った椅子、テーブルにはクローセ編みのテーブルクロス、何もかも素敵なの。でもね、彼女がその隅へ行ったのは、テーブルランプの光がそこまでは届かないからなのよ。そして彼女は床に横になるじゃない、医者は身を守ろうとするんだけど、もう手遅れ、というのもその暗い隅で、すべてが一瞬かすんだかと思うと、彼女は黒豹に変ってたからよ。彼は身を守ろうとして暖炉の火掻き棒をつかむんだけど、そのとき黒豹が飛びかかるの、彼は火掻き棒で叩こうとしたわ、だけどもう黒豹の爪が彼の首を破ってたのよ、血が噴き出して、彼は床に倒れた、黒豹は唸り声を上げ、白いみごとな牙を剝き出したわ、そして今度は彼の顔に爪を立てるの、めちゃめちゃにしちゃうのよ、彼女がほんのちょっと前にキスした頬も口も。そのとき、女建築家はもうイレーナの夫と一緒だったわ、彼は彼女を助けに来たのよ、そして二人はホテルの受付から医者に電話で知らせようとするの、危ないって、もうまちがいない、イレーナの単なる想像じゃなかった、彼女は本当に黒豹女なんだって」

「そうじゃない、彼女は頭がおかしくなったんで人殺しをしたんだ」

「あらそう、だけど電話がいくら鳴っても誰も出なかったわ。精神分析の医者は血の海の中に倒れて死んでたの。そのとき、夫と同僚の女と、それに二人に呼ばれていた警官が家に着いたわ、彼らはそっと階段を昇っていく、ドアが開いている、そして部屋の中で医者が死んでるのを見つけるの。彼女は、イレーナはいなかったわ」

「それで？」

「夫はどこへ行けば彼女が見つかるか知ってるの、そこは彼女が行くただひとつの場所なのよ、それで彼らは、もう真夜中だったにもかかわらず、公園に、もっと正確に言えば動物園に行ってみるわけ。あら、ひとつ話すのを忘れてた！」

「なんだい？」

「その日の午後、イレーナはいつものように黒豹を見に動物園へ出かけたんだったわ、彼女が催眠術にかけられたみたいになる、あの黒豹よ。彼女が行くと、鍵の束を下げた飼育係が動物に餌をやりに来るの。前に話した、忘れっぽいお爺さんよ。イレーナは近づかなかったけれど、全部見てたわ。飼育係は鍵を持って檻のところに行くと、錠を開け、鉄棒を横に引いた、そして扉を開けると、ばかでかい肉の塊を放り込んだわ、それからまた檻の扉の鉄棒を引いて戻したんだけど、錠に差し込んだ鍵を忘れちゃったの。彼の姿が見えなくなると、イレーナは檻のところへ行って、鍵を自分のものにしちゃうのよ。でもそれはすべてその日の午後のこと、今はもう夜よ、そして夫と同僚の女と警官が動物園に駆けつけたときには、医者はもう死んじゃってるの。動物園までは何ブロックもないんだけれど、でもイレーナはもう着くところだったわ、例の黒豹の檻にね。夢遊病者みたいな歩き方よ。手には鍵の束を持ってる。黒豹は眠ってたわ、でもイレーナの臭いで目を覚ますの、イレーナは鉄格子を通して黒豹をじっと見つめたわ。彼女はゆっくりと扉に近づいていく、錠に鍵を差し込む、そして開けるの。そうこうするうちみんながやってきたわ、車が何台も近づいてくる音が聞えるの、その時間にはもう人気はまったくなかったけれど、車がよけるようにサイレンを鳴らしてたわ。イレーナは鉄棒を抜いて扉を開けると、黒豹を自由にしちゃうの。彼女、別の世界に入っちゃったって感じ、顔つきもおかしいのよ、悲壮でしかも恍惚としていて、目は潤んでるし。黒豹は檻からぴょんと飛び出すと、一瞬空中で止まったように見えたわ、そしてその前にはイレーナがいるだけ。黒豹はそのまま一気に彼女を押し倒してしまったわよ。そこへ車がやってくる。黒豹は公園を走り抜けて、車道を横切るんだけど、まさにそのときよ、一台のパトロールカーがフルスピードで通過するの。で、黒豹は轢かれちゃうのよ。車から下りてきたみんなは、黒豹が死んでるのを見つけたわ。建築家は檻まで行ってみた、そして見つけたわ、砂利の上に倒れてるイレーナをよ、そこはまさに彼女と初めて会った場所だったのよ。イレーナの顔は前足の一撃で醜く歪んでたわ。もう死んでたの。同僚の女は彼のところへ行ってね、そして二人は抱き合ったまま歩いて行くわけ、たった今見た恐ろしい光景を忘れようと努めながら。これで終りよ」

「……」

「気に入った?」

「ああ……」

「すごく、それとも少し?」

「終っちゃって淋しいよ」

「しばらく楽しかったでしょ、ちがう?」

「ああ、もちろんさ」

「嬉しいわ」

「おれはどうかしてる」

「どうしたのよ?」

「終ったんで淋しいんだよ」

「でもいいじゃない、他のを話してあげるわよ」

「いや、そうじゃないんだ。言ったらあんたは笑うに決まってるけど」

「さあ、言って」

「おれが淋しいのは、登場人物に情が移ってしまったからなんだ。そして今映画は終った、だからさ、みんな死んだようなものなんだよ」

「結局、バレンティン、あなたにもちょっとは愛する心があったということよ」

「そりゃどっかからかは現れるに決まってるさ、弱さがだよ、つまり」

「それは弱さじゃないわ」

「変だな、人は何かに愛情を感じなきゃやってけないなんて……。まるで……心が愛情を分泌してるみたいだ、ひっきりなしに……」

「そう思う？」

「……胃袋が消化液を分泌するのと同じだ」

「本当にそう思うの？」

「ああ、きっちり締めてない蛇口に似てる。その滴はなんの上にでもひっきりなしに落ちる、止めることはできない」

「なぜ？」

「分からない……多分、器がもう一杯になってるんだ」

「恋人のこと考えたくないのね」

「だがそんなことはほとんど不可能だよ、……だって、彼女にいくらかでも関係のあるものならなんでも愛着を感じてしまうからだ」

「どんな風にか、ちょっと話してみて」

「なんだってくれてやるさ……ほんの一瞬でも彼女を抱けるんだったら」

「じきにその日が来るわよ」

「ときどき、そんな日は来ないんじゃないかと思うときがあるんだ」

「終身刑じゃあるまいし」

「彼女の身に何か起きるかもしれない」

「手紙を書きなさいよ、危ないことはしちゃだめ、君が必要なんだって、そう言うのよ」

「とんでもない。そんな風に考えてたら、変革なんてなんにもできやしない」

「じゃあ、あなたは自分が世界を変えられると思ってるわけ?」

「そうさ、笑われたってかまわない……。こんなこと言えば笑われるが、おれが何よりもまずやらなくちゃならないのは……世界を変革することなんだ」

「でもさ、いっぺんに変えるのは無理よ、それにあなた独りじゃできないし」

「だがおれは独りなんかじゃない!……分かるか?……本当だ、それが重要なんだ!

……今この瞬間だっておれは独りじゃない、彼女と一緒だ、それに彼女やおれと同じことを考えてるすべての人間と一緒なんだ、そうなんだ！……おれはそれを忘れちゃならない。おれが時々つかみそこねてる糸口はそれなんだよ。だが、運よく今はそいつをつかんでる。絶対放すもんか……。おれは仲間のみんなと離れちゃいない、みんなと一緒だぞ！　たった今だってそうだ！……会えなくたって平気だ」

「そこまで信じるなんて、大したものよ」

「ふざけるのもいい加減にしろ！」

「ひどい言い方……」

「だったらうるさがらないでくれ……。まるでおれがなんにでもだまされる夢見男みたいな言い方をしないでほしいな、そんなんじゃないんだ！　おれはバーで政治について軽口をたたく人間じゃない、そうだろ？　ここにいるのがその証拠だ、バーじゃないぞ！」

「悪かったわ」

「いいさ……」

「あたしに恋人の話をしかけてたのに、その後全然なんだもの」

「いや、そのことはもう忘れよう」

「それならそれでいいけど」

「別に話して悪いわけじゃないんだが。彼女の話をしたっておかしくなるわけじゃないし」

「もしおかしくなるんだったらやめて……」

「おかしくはならないよ……。あんたに言わない方がいいのは、彼女の名前だけだ」

「今思い出したわ、女建築家の役をやった女優の名前」

「なんていうんだ？」

「ジェイン・ランドルフ」

「聞かない名前だな」

「昔の女優よ、四〇年代かそのあたりの。あなたの仲間の娘、ジェイン・ランドルフって呼べばいいわ」

「ジェイン・ランドルフか」

「ジェイン・ランドルフ……『第七監房の謎』に出た」

「イニシャルの片方は彼女とおんなじだ……」

「どっち？」

「彼女について、何を話してほしいんだい？」

「あなた次第よ、どんなタイプの娘だとか」

「二十四なんだ、モリーナ。おれより二つ下さ」

「あたしより十三年下ね」

「常に革命的だった。第一に……よし、ためらうのはよそう……第一にセックスに関して革命的だったんだ」

「話してちょうだい」

「彼女はブルジョアの家の出なんだ、ものすごい金持でもないけど、カバジートに二階建の家があってね、広々とした屋敷さ。だが彼女は、子供のときから大きくなるまで、うんざりするほど見てきたんだ、両親が互いに相手をだめにするのをね。父親は母親を欺いていた、でもどういう意味か分かるかな……」

「分からないわ、どういうこと?」

「彼女を欺いたのは、つまり、どうしても他にも女を持たずにはいられないということを、彼女に黙ってたからさ。で、母親は、娘の前で年がら年中彼の悪口を言ってた、常に被害者でいたわけだ。おれは結婚、もっと正確に言うなら一夫一婦制を信じないね」

「でも、すてきじゃない、ひとつのカップルが死ぬまで愛し合うんだったら」

「あんたはそういうのがいいのかい?」

「あたしの夢なの」

「だったらなぜ男が好きなんだ?」

「関係ないじゃない……。あたしはひとりの男と死ぬまで夫婦でいたいと思ってるの」

「とすると、あんた、実のところはブルジョア紳士じゃないか?」

「ブルジョアのレディーざあますわ」

「だが、そんなことは何もかも欺瞞だって分からないかな?　あんたがもし女だったら、そんなことは望まないはずだ」

「あたし、すてきな男性に恋してるの、ただひとつの願いは、その彼のそばで死ぬまで暮すことだわ」

「そりゃ不可能だ、彼が男だったら女を好きになる、まったくあんたときたら、決して目が覚めそうにないな」

「あなたの恋人の話、続けてよ、自分のこと話す気がしないわ」

「よしきた、さっき言ったように……なんていう名前だっけ?」

「ジェインよ。ジェイン・ランドルフ」

「ジェイン・ランドルフは、その家に相応しいレディーとなるように育てられた。ピアノのレッスンにフランス語、それに絵、高等科を終えるとカトリック大学だ」

「建築科ね!　それが二人を結びつけたのね」

「ちがうよ、社会学だ。そこから家庭争議が始まった。彼女は州立大に行きたかったんだけれど、カトリック大に入学させられたんだ。彼女はそこでひとりの男子学生を知った。二人は恋に落ち、関係を持った。その男もやはり親と暮してたんだけれど、家を出てしまったんだ。彼は夜間の電話交換手として雇われ、小さなアパートを手に入れた、そして二人は昼間はずっとそこで過ごすようになった」

「そして勉強はもう止めた」

「その年はあまりやらなかった、最初はね、だがその後、彼女は猛勉したよ」

「でも彼はしなかったのね」

「その通り、働いていたからだよ。そして一年後、ジェインは家を飛び出し、彼と暮すようになるんだ。彼女の家では、初めのうちはもめたけど、やがて認めるようになった。娘たちがすごく愛し合ってるんで、結婚すると思ったんだ。そして男の方は結婚したがってた。ところが、ジェインは、それがなんであろうと前と同じことを繰り返すのはいやだったんだ、それに信用してなかった」

「堕ろしたことは？」

「ある、一度ね。それでがっくりくるよりも、むしろ強くなったんだ。子供を持てば、自分は成熟できない、成長していくことはできないということが、はっきり分かったんだ。自分の自由は制限されるだろうって。彼女はある雑誌社に入って働き出した、編集の仕事だ、情報集めと言うべきかな」

「情報集め？」

「そうだよ」

「いやな言葉」

「編集より簡単な仕事なんだ、たいていは街へ出てって、記事に使えそうな情報を探してくるのさ。その雑誌社で彼女は政治部の男と知り合った。そしてすぐさま、自分には彼が必要だと思ったんだ、というのも、もうひとりの男との関係がうまく行かなくなってたからなんだけど」

「なぜそうなっちゃったの？」

「互いに与えうるものは与え尽してしまっていた。二人とも相手に強く愛着を感じてたけど、それだけで一緒にいるにはあまりに若すぎた、まだよく分からなかったんだ……自分たちが何を望んでいるのか、二人ともね。で……ジェインが、学生の男に提案したんだ、新しい関係を持つことをね。学生はオーケーした、そこで彼女は、雑誌社の同僚とも会うようになったというわけだ」

「彼女、まだ学生のアパートで寝泊りしてたの？」

「そうさ、たまにちがうときもあったけど。そこを出て、完全に編集者と暮すようになるまではね」

「その編集者って、政治的にはどうなの？」

「左さ」

「そして彼女をすっかり教育した」

「いや、彼女は前からずっと変革の必要を感じてたんだ。それはそうと、もう遅いんじゃないか?」

「もう午前二時だわ」

「続きは明日にするよ、モリーナ」

「お返しってわけね」

「ちがうよ、ばかだな。眠くなったんだ」

「あたしは全然。ちっとも眠くないわ」

「お休み」

「お休みなさい」


……………………………………………………


「寝ちゃったかい?」

「寝てないわ、眠くないって言ったでしょ」

「なんだか眠れないんだ」

「あなたは眠くなったって言ったじゃない」

「ああ、だけどその後考えてたんだ、あんたを宙ぶらりんにしちゃったものだから」

「あたしを宙ぶらりんにした?」

「そうさ、続きを話さなかったから」

「心配しないで」

「気を悪くしなかったかい?」

「だいじょうぶ」

「じゃあどうして寝ないんだ?」

「分からないわ、バレンティン」

「いいかい、おれは確かにちょっと眠いんだ、だからすぐに寝ちゃうだろう。それで、あんたが眠くなる方法がひとつあるんだ」

「何?」

「今度話してくれる映画のことを考えるのさ」

「グッド・アイデアだわ」

「だけどいい映画だぞ、黒豹のみたいに。うまく選んでくれよ」

「じゃあ、あなたはジェインのこと、もっと話してくれるのね」

「さあ、そいつはどうかな……。こうしないか、つまりおれが何か話せそうな気がしたら、あんたに話す、それも喜んでね。だけどせがまないでほしいんだ、何を話すかはおれが決める。いいかい?」

「いいわ」

「じゃあ今は、映画のことを考えてくれ」

「分かった」
「お休み」
「お休みなさい」

3

「場所はパリよ、ドイツ軍に占領されて、もう二、三カ月経つの。ナチの軍隊が、凱旋門をくぐって行くわ、みごとに隊列を組んで。どこもかしこも、テュイルリー宮殿なんかと同じように、ハーケン・クロイツの旗がひるがえってるの。兵士たちの分列行進、みんな金髪で、すごくハンサム、彼らが通りかかると、フランス娘たちは拍手喝采よ。人数の少ない部隊がひとつあって、いかにも路地らしい路地を通って行ってね、そして肉屋に入るの。店の主人はわし鼻の老人で、頭が尖ってて、てっぺんにちっちゃな帽子が載ってたわ」

「ユダヤのラビみたいだな」

「顔はまるで悪魔。兵士たちが入ってきて、片っ端から調べ出すのを見ると、彼はものすごく怯えたわ」

「調べるって、何を？」

「何もかもよ、そして秘密の地下室を見つけちゃうの。そこは色々な品物でぎっしり、もちろん闇で手に入れたものよ。店の外には野次馬が集まってきたわ。だいたいはおかみさん連中、それにベレーを被ったフランス男や労働者風の男たちよ、みんなのうのうと暮してた老人のことをあれこれやり合って、そして言うのよ、これでもうヨーロッパから飢えはなくなる、民衆から搾り取って儲(もう)けるやつをドイツ軍が始末してくれるからだって。ナチの兵士たちが店から出てきたわ、先頭で指揮を執ってるのはまだ若い中尉で、いいマスクしてるのよね、その中尉にお婆さんが抱きついて、あんた、ありがとうよ、とかなんとか言うの。そのとき、一台の小型トラックがその路地を走って来たわ、でも助手席に坐ってた男が、兵士たちや人だかりを見つけると、運転してた男に車を止めるように言うの。運転席のその男は、残忍な殺人犯みたいな顔だったわ、ちょっとやぶにらみで、馬鹿と犯罪者の中間って顔なの。助手席の男は、命令してる方だってことが分かるんだけど、振り返ると、荷物にかけてあるシートを直すの、中味は買いだめした食料品なのよ。彼らは車をバックさせると、そこから逃げちゃったわ、ずっと逃げ続けた揚句、やっと命令してる男が車を下りたわ、そしていかにもパリって感じのバーに入るの。彼は脚が悪くて、靴の片方は底がうんと厚くなってるの、銀でできた蹄鉄(ていてつ)みたいなすごく変なものがついてるのよ。それで、闇の卸し屋をやってる肉屋が捕まったって電話で知らせるんだけど、受話器を置くとき、挨拶って感じで、マキ団万歳って言うの、というのもみんなマキ団だったからよ」

「その映画、どこで見たんだい？」

「ブエノスアイレスよ、ベルグラーノ区の映画館でね」

「昔はナチの映画をやってたのか？」

「そうよ、子供のころだったけど、戦時中、宣伝映画が来たのよ。でも見たのは後になって、だってその種の映画はずっとかかってたんだもの」

「どの映画館？」

「ちっちゃなところだったわ、ベルグラーノ区のドイツ系が一番多く住んでる場所にあったの、そのあたり一帯は庭付の大きな家が立ち並んでるのよ、ベルグラーノの川へ向かう方じゃなくて、反対方向、ビジャ・ウルキーサに向かう方よ、ぴんときた？　何年か前に取り壊されちゃって。あたしの家（うち）、近くにあるのよ、といったって、庶民の住む方だけど」

「映画の続きをやってくれよ」

「いいわ。さて舞台は突然変って、パリの素晴らしい劇場よ、絢爛（けんらん）豪華、どこもかしこも黒のビロードが張ってあって、桟敷も階段も手すりにはクロームメッキがほどこされ、その他の手すりも全部クロームメッキでぴかぴか。ミュージック・ホールなのよ、今、出し物が始まったところ、出てるのはコーラスガールだけなんだけど、誰もかれも抜群のプロポーション、忘れられないわ、だってさ、体の半分は真っ黒に塗ってあるのよ、そしてそれぞれ前の娘の腰につかまって踊るんだけど、そこにライトがあたるとみんな黒人娘に見えるの、つけてるのは短いスカートだけ、それは全部バナナを並べてあるのよ、それからシンバルがジャーンって鳴ると、反対向きになるわけ、すると今度はみんなブロンドの白人娘になっちゃうの、バナナに代ってつけてるのはストラスの端切れだけ、ストラスのアラベスクって感じなのよ」

「なんだい、ストラスって?」

「知らないなんて、信じられない」

「知らないよ」

「最近また流行ってるのよね、一見ダイヤみたいなんだけど、実はちゃちなの、きらきら光るガラスの屑みたいなもの、それを使って短い切れとか、宝石をあしらったように見えるコスチュームを作るのよ」

「時間を無駄にしないで、映画の方を頼むよ」

「その出し物が済むと、舞台は暗転するの、そのうち上の方に向かってライトが雲みたいに上がって行ったわ、そして女の人のシルエットが現れるの、とってもすてきで、背が高くて、申し分ないんだけど、ぼんやりかすんでたわ、でもだんだん輪郭がはっきりしてくるのよ、というのは、垂れ下がったチュールの向うから彼女は近づいてくるからよ、で、もちろん、次第にはっきり見えてきたわ、銀ラメの服を着てるんだけど、それがまるでさやみたいにぴちっと体にフィットしてるのよ。あなたが想像するより、もっとすてきな女性だったわ。そして最初はフランス語で、次にドイツ語で歌をうたうの。彼女は舞台の高いところにいたわ、すると突然、彼女の足下を真っ直ぐな光線が稲妻みたいに走るのよ、彼女は一歩ずつ下へ降りて行く、そして一歩降りるごとに、別の光線がさっと走るの、しまいに舞台はすっかりその光線でいっぱいになっちゃったわ、だって実際、光線はそれぞれ階段の一段一段の縁になってたから、で、いつのまにか、光の階段ができあがってたの。桟敷席のひとつに、ドイツ軍の青年将校がひとりいたわ、最初の中尉ほど若くはないんだけれど、でもやっぱりすごくハンサムなの」

「金髪かい？」

「そう、でも彼女はブルネットだったわ、雪みたいに白い肌なんだけど、髪は黒味がかってるのよ」

「体つきはどうなんだい？　いい体してんのかい、それとも痩せてるのかな？」

「ちがうわよ、長身だけど体つきはいいのよ、特別胸が大きいわけじゃないけど、だってそのころは、体の線がすらっとしてるのが流行りだったんだもの。そして挨拶したとき彼女の目とドイツ軍将校の目が合うの。で、楽屋へ戻った彼女は、すてきな花束があるのを見つけるの。ネームカードはついてなかったわ。そのとき、彼女の楽屋の戸を、ブロンドのコーラスガールがノックするの、まさしくフランス娘って娘よ。ところで話さなかったことがあるわ。彼女の歌の文句がすごく変だったの、彼女が歌ったあの曲を思い出すたびにぞっとするわ、なぜって、歌いながらあらぬ方をじっと見てるんだもの、それが楽しそうな眼差しじゃないの、信じられる、まあ無理よ、彼女、怯えてるのよ、それでいながら身がまえるところが全然ないの、まるでなるようになれって感じだったわ」

「どんな歌だったんだい?」

「全然覚えてないわ、確か愛の歌だったと思うけど。でもあたしには印象的だったのよ。それはさておき、楽屋に訪ねてきたブロンドのコーラスガールは、すっかり夢見心地でいたわ、そして何がどうしたのかを話すの、というのも、一番崇拝するスターの彼女に、自分の身に起りつつあることを、いの一番に知ってもらいたかったからよ。子供ができるって言うの。で、当然ながらその歌い手は、レニって名前よ、忘れもしないわ、彼女はびっくりするわけ、なぜならその娘が独身だって知ってたからよ。でもその娘は、心配しないでくれって言うの、子供の父親はドイツ軍の青年将校で、自分をとても愛してくれてる、二人で結婚の準備をするんだってね。そのときコーラスガールの表情がちょっと曇ったわ、彼女、レニに言うの、他に心配なことがあるんだって。レニは彼女に、その青年に捨てられると思ってるのかって訊いたわ。彼女、答えたわ、ちがう、別のこス・ナイ、さっても、ノー！

とが心配なんだって。レニは、どんなことって訊くんだけど、その娘は、なんでもない、くだらないことだと言って、出てっちゃうの。独りになったレニは、自分には祖国の侵略者が愛せるだろうかって考えてみるの、そしてしばらく考え続けて……そのとき、贈られた花束が目に入るわけ、で、付け人の娘に、なんの花かを訊くの、それはドイツ・アルプスの花で、パリに特別に運ばれてきた、すごく高いものだったのよ。そのころ、ブロンドのコーラスガールは、パリの街角を歩いてた、戦時中だったから、夜の通りは真っ暗なの、でも見上げると、古いアパートの建物の一番上の階に明りが点ってるの、すると彼女は嬉しそうに微笑んだわ。彼女、小さな古い時計を持っていて、ペンダントみたいに胸のところに垂らしてたんだけど、それを見るの、ちょうど夜中の十二時だったわ。すると、明りの点った部屋の窓が開いて、初めに出てきたあの青年が顔を出すの、ドイツ軍中尉よ、恋にうつつを抜かしてるって顔で、彼女に向かってにっこりすると、鍵を放ってよこすの、それは道の真ん中に落ちたわ。彼女はそれを拾い上げようとする。でもその通りには、最初から分かってたんだけど、人影らしきものが通ったの。じゃない、車が止まってるんだわ、近くにね、そして闇を通して、誰かが車の中にいるのが辛うじて見えるのよ。ちがう、今思い出したわ！　その地区を歩いてるとき、その娘は誰かにつけられてるような気がするんだったわ、妙な足音が聞えるのよ、まず足音、それから何かを引きずる音」

「脚の悪い男だ」

「その男が現れたのよ、男はクーペが走ってくるのを見たわ、運転してるのは、殺人犯の顔をしたやぶにらみよ。脚の悪い男は車に乗り込み、殺人犯に合図した。車は猛烈な勢いで走り出したわ。そしてコーラスガールが道の真ん中で鍵を拾い上げようと身をかがめたとき、フルスピードで走ってきた車が彼女を轢いちゃうの。車はそのまま走り去って、交通の途絶えた暗い街中へ消えちゃったわ。すべてを目撃した青年は、大慌てで下りてきた。彼女はもう虫の息、彼は彼女の腕を取るの、彼女は何かを言おうとしたわ、それを彼はやっとのことで聞き取るの、心配ない、子供は元気に生れる、父親の自慢になるだろう、彼女はそう言ったの。そして開いたままの目は光を失った、彼女はもうこときれていたというわけ。この映画、好き?」

「まだ分からない。だけど先を頼むよ」

「いいわ。そして次の日の朝、ドイツの警察がレニを訪ねてくるの、知ってることを全部白状しろって言うのよ、彼女が死んだ娘から信頼されてたことは分かってるからって。でもレニはなんにも知らなかった、その娘がドイツ軍の中尉に恋してたこと以外はね。なのに信じてもらえないの、そして何時間か引き留められちゃうのよ、だけど彼女は有名な歌い手だったものだから、電話で命令がくるの、見張りをつけて放してやれ、いつもと同じようにその晩も歌えるようにって。レニはすっかり怯えてたわ、でもその晩歌うのよ、そして楽屋に戻ると、またあったのよ、アルプスの花の束が、彼女がネームカードを探してると、男の声が言ったの、探さなくていい、今度は自分で持ってきたんだって。彼女はぎくっとして振り向いたわ。それは高級将校だったの、でもまだすごく若くて、これ以上は無理ってくらいハンサムなのよ。彼女は、誰なのって訊いたわ、だけどもちろん、気がついてたわ、前の晩、彼女にさかんに拍手を送った男、桟敷席にいた男だってことに。彼はこう言うの、自分はパリでドイツ軍の防諜機関の仕事をしている、個人的にやってきたのは、朝、迷惑をかけたことを詫びるためだって。そこで彼女は、その花は彼の国のかって訊くの、そうしたら彼は、そうだ、ババリア・アルプス地方のだって答えるの、そこは彼の生れ故郷で、頂上が雪で覆われた山の中のすばらしい湖のほとりにあるんだって。だけどあたし、ひとつ言うのを忘れてたわ、彼は軍服じゃなしにタキシードを着ててね、そしてショーの後、夕食に誘うの、パリで一番ちっちゃくて一番すてきなキャバレーによ。そこには黒人のバンドがいたわ、でも暗いんで客の姿はほとんど見えないの、弱いスポットライトがバンドを照らしてて、その光で煙がいっぱいなことが分かるの。バンドは黒人ジャズの古いナンバーを演奏してたわ、彼は彼女に、なぜレニっていうドイツ人の名前と、なんだったか思い出せないけど、フランス人の姓を持ってるのかって訊いたの。すると彼女は、自分は国境地帯のアルザスの出身で、そこではドイツの旗がひるがえったこともあるんだって答えるの。でも彼にこうも言うの、自分はフランスを愛するように教育され、フランスの利益を望んでる、そして外国の占領軍がフランスのためになるかどうか分からないってね。彼は言ったわ、自分はまったく疑っていない、ドイツの義務は、民衆の真の敵からヨーロッパを解放することだ、その敵は時に愛国者の仮面の陰に隠れてるんだって。彼はドイツ産のブランディーの一種を注文したわ、そのときなんだけど、彼女は彼にいやがらせをしようとしたみたいなの、だってスコッチを注文したからよ。彼を受け入れられなかったのよ、ウイスキーをほんのちょっぴりなめると、もう疲れたって言うの、すると彼は、彼女を家まで送ってったわ、運転手付のすごいリムジンでよ。車は彼女の家の前で止まったわ、かわいらしい屋敷なの、そこで彼女は、そのうちまた取り調べの続きをやるつもりなのかって、皮肉をこめて訊いたの。彼は、そんなつもりじゃなかったし、これからもするつもりはないって答えたわ。彼女が車から下りると、彼は彼女の手袋をはめた手にキスをするの。でも彼女はよそよそしくて、氷みたいに冷たい感じだったわ。彼は、独りで住んでいるのが、こわくないかって尋ねたわ。すると彼女、庭の奥に老夫婦が住んでいて、自分の面倒を見てくれるんだって答えるの。でもね、後ろを向いて、家に入ろうとしたときよ、上の階の窓に人影が見えたの、そしてすっと消えたのよ。彼女は震え出したわ、ところが彼の方は、彼女の美しさに目が眩(くら)んだみたいで、何も見えなかったの、だから彼女は、でも今夜は独りでいるのがこわい、どこかへ連れてって、それしか言えなかったわ。で、二人は彼のアパートに行くんだけど、それはもう豪華なところだったわ、だけどえらく変ってるの、壁は真っ白で、絵は一枚も懸かってない、天井は見上げるように高くて、家具は少ししかなかったわ、それは黒っぽい色で、まるで荷造り用の箱みたいなんだけど、すごくいい物だってことは分かるの、それから、装飾の類はほとんどなくて、白の絹モスリンのカーテンに、白い大理石の彫像がいくつかあるぐらいなもの、それもギリシアの彫像でなしに、うんと現代的なやつよ、夢から抜け出てきたみたいな男の姿をしてるの。彼は、変な顔をして彼女を見ている執事に命じて、客間でもてなす仕度をさせたわ。でもその前に、シャンパンを一杯どうだって彼女に訊くの、フランスの極上のシャンパンだ、大地から湧き出た国民の血みたいなものだと言って。すてきな曲がかかってたわ、すると彼女は、彼の国のものでたったひとつ好きなのは音楽だって言うの。窓からそっと風が入ってきたわ、うんと高いところに大きな窓があるのよ、白の絹モスリンのカーテンが風で幽霊みたいに揺れて、そしてキャンドルの火が消えちゃうの、明りはそれだけだったのよ。今は月の光が射し込んでるだけ、その月明りで彼女も彫像みたいに見えたわ、すらっとしてるし、白いドレスが体にぴったりくっついてるんで、ちょうど古代ギリシアの壺を思わせるのよ、もちろんヒップは大きすぎないし、それに白いスカーフがほとんど足下にまで届いてるの、そのスカーフで頭を包んでるんだけど、髪を強く押えつけるんじゃなく、そっと髪の形をなぞるという感じなのよね。彼は言ったわ、あなたはすてきだ、この世のものとは思えない美しさだ、実に素晴らしい運命が待ち受けているにちがいないって。彼の言葉を聞くと、彼女はちょっと身震いしたわ、予感がしたのよ、そして自分の身に何かとても重大なことが起きようとしてる、それはほとんどまちがいなく悲劇的な結末を迎えるんだということを、直感的に悟るわけ。彼女、手が震えてるものだから、グラスを落しちゃうの、グラスは粉々。彼女、まるで女神を思わせる反面、すごくか弱い女でもあるの、で、恐ろしさで震えてるのよ。彼は彼女の手を取って、寒いのかいって訊いたわ。でも彼女はいいえって答えるの。そのとき音楽がフォルティシモになって、バイオリンが厳かに鳴り響くのよ、すると彼女は、そのメロディーが何を表してるのか尋ねるんだったわ。彼は答えるの、それは自分が気に入ってる曲で、今波のようにうねってるバイオリンの音は、ドイツのある川の流れを表してるんだ、その川を神となった男が小舟で下るところなんだって、神と言っても人間にすぎないんだけれど、祖国愛によってあらゆる恐れが消えてるの、それが彼の秘密で、祖国のために闘いたいという想いのために無敵の力を持ってるのよ、神みたいにね、というのも恐れを知らないから。音楽が盛り上がり、感極まった彼の目から涙が流れたわ。そしてここがこのシーンの一番すてきなところなのよ、なぜって、彼が感動してる姿を見た彼女が、神のように不屈に見えるけど、彼もやっぱり人間らしい心の持ち主だったことに気づくからよ。彼は自分の感動を隠そうとして、窓の方へ行ったわ。パリの町の上には満月が懸かってるの、屋敷の庭は銀色に輝いてたわ、真っ黒な木立が、青じゃなくって灰色がかった空をバックに、というのも映画がモノクロだからなんだけど、くっきりと浮び上がってたっけ。それからジャスミンや白く輝く花に囲まれた、ほの白い泉があったわ、そのとき、彼女の顔がクローズアップされるの、色はとってもすてきなグレー、陰影は完璧よ、涙が一粒頬を伝ってたわ。目からこぼれたときはそれほど光らなかったのに、高い頬骨のあたりまでくると、ネックレスのダイヤの粒みたいにきらきら輝いたわ。そこでカメラはもう一度銀色の庭を写すのよ、すると映画館で見てる人間には、今自分が鳥になって、舞い上がったってことが分かるの、なぜかというと、上から庭を見下ろしてるんだけど、それがどんどん小さくなるからなの、白い泉はまるでメレンゲみたい、窓もそう、何もかもメレンゲでできた白いお城、童話か何かに出てくるような、ほら、家を食べちゃう話よ、残念なのは二人の姿が見えないこと、だって、きっと可愛いらしいお人形さんみたいだったろうと思うからよ。この映画、好き？」

「まだ分からない。あんたはなぜそんなに気に入ってるんだい？　完全にその気になってるじゃないか」

「仮にもう一度見てもいい映画をひとつ選べって言われたら、真っ先に選ぶのがこれだからよ」

「でもどうして？　くだらないナチ映画じゃないか、気がつかないのか？」

「ちょっと……言わない方がいいみたい」

「黙らないで。言おうとしたこと、言ってくれよ、モリーナ」

「もういいわ、あたし寝るから」

「どうしたんだ?」

「幸い明りがないから、あなたの顔を見ずに済むわ」

「それがおれに言うはずだったことかい?」

「ちがうわ、くだらないのはあなただってことよ、映画じゃなくて。もう話しかけないでちょうだい」

「済まなかった」

「……」

「本当だ、許してくれよ。そんなに腹を立てるとは思わなかったんだ」

「腹も立つわよ、だって、あな……あなたったら、これがナ……ナチの宣伝映画だってこと、あたしがわ……分からないと思ってるんだから、でもこれが好きなのは、よくできてるからなのよ、おまけに芸術作品だし、あなたには分からないのよ、だ……だって見てないんだもの」

「だけどおかしいんじゃないか、そんなことで泣くなんて?」

「な……泣いて……やるわよ……好きなだけ」

「どうとでもしてくれ。とにかく悪かったよ」

「でも、あなたのことで泣いてるなんて思わないでちょうだい。思い出したのよ、か……彼のことを、彼と一緒だったらって、そしてあたしの大好きなこ……こういう話を、残らず話してあげられたらって、あなたにじゃなくってさ。今日は一日中、彼のこと考えてたのよ。彼と知り合って、今日で三年になるの。だ……だから泣いてるのよ……」

「繰り返しておくけど、悪気じゃなかったんだ。あんたの彼のこと、少し話してくれないか？　そうすりゃちょっとは気が晴れるだろう」

「なんで話さなきゃならないの？　あの人のこともくだらないやつだって、あなたに言わせるため？」

「さあ、話してくれよ、仕事はなんだい？」

「ウェイターなの、レストランの……」

「いい人間かい？」

「そうよ、でも個性的なの、あなたは信じないだろうけど」

「彼のどこがそんなに好きなんだい？」

「色々あるわよ」

「たとえば……」

「正直に言うわ。何よりもまずハンサムだってこと。二番目に、彼、すごく頭が切れると思うからよ、なのにこれまでなんのチャンスもなかったの、で、そこで働いてるというわけ、もっとずっと価値があるのによ。だから力になってあげたいの」

「彼の方は援助してほしいと思ってるのかい?」

「それ、どういう意味?」

「あんたに援助させるのかどうかってことさ」

「あなたって魔法使いかなんかみたい、なぜそんなこと訊くの?」

「さあ」

「痛いところ突くのね」

「彼はあんたに援助してほしくないんだ」

「いい顔しなかったわ、以前はね。でも今は知らない、どう思ってんのかしら……」

「あんたに面会に来たボーイフレンドだけど、あれが話してくれた彼じゃないのかい?」

「ちがう、面会に来たのはガールフレンド、あたしみたいな男よ。だって彼、ウェイターの方だけど、彼は、ここの面会時間には仕事しなきゃならないんだもの」

「会いに来たこと全然ないのかい?」

「そうなの」

「可哀そうに、働かなけりゃならないのか」

「ねえ、バレンティン、彼、仲間の誰かと仕事の順番を交替できると思わない?」

「認めちゃもらえないだろうな」

「お互いに庇い合うには、あなたたちっていいわね」

「あなたたちって誰のことだ?」

「男よ、みんないい仲間よ、同じ……」

「同じ、なんだって?」

「売女の子だってこと、あなたのママには申し訳ないわね、なんの罪もないんだもの」

「いいか、あんただっておれと同じ男なんだ、ふざけるのはよせよ……。差別しないでくれ」

「あたしに迫ってほしいの?」

「いや、付かず離れずにしてほしいね」

「ねえ、バレンティン、はっきり覚えてるんだけど、彼、奥さんを劇に連れて行くんで、一度仲間と順番を交替したことあるのよ」

「結婚してるのか?」

「そうよ、彼、ノーマルな男だもの。何もかも始めたのはあたし、彼にはなんの罪もないわ。あたしの方から彼の生活に係り合ったのよ、でもさ、あたしはただ助けてあげたかっただけなのよね」

「どんな風にして始まったんだい？」

「ある日レストランに行ったの、そして彼に会ったわけ。すっかりのぼせちゃったわよ。だけど話せば長くなるから、また今度にするわ、でも話さない方がよさそう、止めとくわ、あなたに何を言われるか分かったものじゃないし」

「そりゃないだろう、モリーナ、まったくの誤解だよ、おれが訊いたのは、ええと……なんて説明すりゃいいんだ？」

「好奇心からよ、それが訊いた理由だわ」

「そうじゃない。あんたを理解するには、あんたにどんなことがあったのかを知る必要があると思ったからなんだ。このブタ箱にこうして一緒にいるんだったら、お互い、分かり合った方がいいじゃないか、あんたみたいな好みを持つ連中についちゃ、おれ、ほとんど知らないんだ＊」

「それならどんな風だったか話してあげるわよ、でもざっとよ、退屈させたくないから」

「なんていう名前なんだい？」

「名前はだめ、あたしだけの秘密」

「ならいいさ」

「彼のもので大事に取っておけるのは、あたしの中によ、それだけなんだもの、喉のところにしまってあるの、あたしだけのためにね。死んだって言わないわよ……」

「知り合ったの、かなり前？」

「三年前の今日、九月十二日よ。その日、レストランに行ったの。でもこんなこと話すなんて」

「ならいいさ。いつかその気になったら聞かせてくれ。でなけりゃ話さなくていい」

「なんだか気恥ずかしくて」

「そう……心の奥深いところに触れるときって、そういうものさ」

「あたし、仲間と、商売女二人と一緒だったの、若くて、手に負えないって感じの。でも可愛いくて、それにすごく頭のめぐりがいいのよ」

「二人って、女の方かい？」

「ばかね、あたしが商売女って言ったらゲイのことじゃない。そのうちのひとりが、ウェイターにひどく絡んだのよ。その相手のウェイターが彼だったわけ。あたしは最初、見てくれはすごくいいと思ったけど、それだけのことだったわ。だけどさ、彼、その娘から厚かましいこと言われたのよ、なのにかっとならないのよね、その娘にまともな返事をしたわ。あたし、感心しちゃった。だってさ、ウェイターっていうのは、ぴいぴいしてて、常にコンプレックスがあるのよね、自分たちは使われてるっていう、だもんだから、不躾なこと言われるとまともな応対ができなくなっちゃって、どうしたって腹を立てながら給仕してるのが傍目に分かっちゃうのよ、言ってること分かる？　ところが、彼の場合は全然なの、どうして料理が注文通りじゃないのか、ちゃんと説明して聞かせるわけ、それもあんまり品よくやるもんだから、いちゃもんつけた娘(こ)がまるでアホに見えたくらい。でも決して慇懃(いんぎん)無礼じゃないのよね、そんなのとはまるっきりちがうの、情況を完全につかんでるのよ。あたしにはすぐぴんときたわ、彼には何かがある、本物の男だってね。で、次の週、今度はおんな独りでそのレストランに行ったの」

「おんな独りだって？」

「そうよ、ごめんなさい、彼のことを話すとき、男みたいには話せないのよ、だって、自分が男っていう気がしないんだもの」

「続けてくれ」

「二度目に見ると、彼、もっとすてきだったわ、人民服みたいなシャツ・カラーの白いユニフォームが実に様になってるのよ。映画スターそのもの。何もかも非の打ちどころがないの、歩き方といい、ハスキーな声といい、でもどこか優しい感じなのよ、うまく言えないけど、それになんと言ってもあのサーブの仕方よ！　あれはもう一篇の詩ね。一度サラダをサーブするのを見たときなんて、あたし、失神寸前。彼、まず女の客を席に着けてやったわ、相手が女だったからよ、いけすかない女！　それから、テーブルの脇にサイド・テーブルをセットして、その上にサラダの大皿を置くと、彼女に訊くの、オイルはどうなさいますか、ビネガーは、あれは、これはって、次にサラダ用の木のフォークとスプーンを手にすると、かきまぜ始めるの、それがどう説明していいか分からないんだけど、愛撫（あいぶ）する感じなのよ、レタスやトマトをね、でもそっと撫（な）でるっていうんじゃなしに……どう言えばいいのかしら、すごく力強くて、上品で、優しくて、しかも男らしい動きなのよ」

「あんたにとって男であるっていうのは、どんなことなんだい?」

「色々あるけど、でもあたしにとって……そう、男に関して最高なことと言えば、ハンサムで、強くて、だけど強さをひけらかしたりしないの、それに胸を張ってること。堂々と真っ直ぐ歩くこと、あたしの彼みたいによ、恐れずに話すこと、自分が何を望んでるのか、どこへ行くのか、もちろん何も恐れずにね、それが分かってることよ」

「そりゃ頭の中だけの話だ、そんな男がいるもんか」

「いるわよ、彼がそうじゃない」

「そりゃ見かけはそうかもしれない、だが問題は心の中だ、今の社会じゃ、力を持ってなけりゃ、あんたが言うように胸を張ることなんて誰にもできやしないさ」

「嫉妬（しっと）しないでよ、男に他の男の話を、悪口を言わずにできないなんて、それじゃ女とちっとも変らないじゃないの」

「ばかなこと言うのはよせ」

「ほら、これだもの、あたしにまで八つ当り。あなたたち男って、女と同じくらい競争心が強いんだから」

「お願いだ、レベルを保って話そう、でなけりゃ何も話さないかだ」

「どんなレベルでやれって言うのよ」

「あんたと話はできないよ、映画の話をべらべらやらせるときはともかく」

「あたしと話ができないって、どうしてなのさ?」

「だって議論するには厳密さに欠けてるからだよ、話に筋道がない、くだらないことですぐ脱線する」

「それは当ってないわよ、バレンティン」

「なんとでも言えよ」

「なにさ、学者ぶっちゃって」

「そう思えばいいさ」

「さあ、教えてもらおうじゃないの、あなたと話すにはあたしのレベルがどれだけ低いかをね」

「おれと話すにはなんて言っちゃいない、あんたは議論をするのに一定のレベルを保たない、そう言ったんだ」

「ちゃんとできるところを見せてあげるわよ」

「どうしてまだ話すんだ、モリーナ？」

「話すの、そうしたらあなたが言ったことと反対だって分かるから」

「話すといったって、何を？」

「そうね……。教えてちょうだい、男であるってどんなことか、あなたにとってよ」

「おれをからかってるな」

「だったら……答えてちょうだい、あなたにとって男らしさとは何か？」

「うーん……自分を譲らないことかな……誰に対しても、権力にだって……。いや、そんなものじゃない。自分を譲らないっていうのはひとつのことにすぎない、もっとも重要ってわけでもない。男であるっていうのはそれ以上の何かだ、妥協しないこと、人にも、体制にも、金にも。まだ足りない、それは……自分のそばにいる人間に劣等感を持たせないこと、自分と一緒にいる人間に居心地の悪さを感じさせないことだ」

「聖人君子になれってことね」

「いや、あんたが考えるほどむずかしくはない」

「よく分かんない……もっと説明して」

「いや、自分でもまだはっきりつかんじゃいないんだ。虚を衝かれちまったな。うまい言葉が見当らない。いつか考えがもっとまとまったら、その問題に戻ろう。レストランのウェイターのこと、もっと話してくれよ」

「どこまで話したっけ?」

「サラダの一件までだった」

「彼、どうしてるかな。可哀そうになっちゃう……、あんなところで……」

「ここの方がよっぽどひどいじゃないか、モリーナ」

「でもあたしたち、ここに永久にいるわけじゃないわ、でしょ? なのに彼ったら、他に未来はないのよ。宣告されちゃってるのよ。それに、性格的にすごく強い、何も恐れないって言ったでしょ、でもね、想像できないだろうけど、ときどき、淋しそうに見えるときがあるのよ」

「どこで分かるんだ?」

「目よ。だってさ、彼の目って、明るい、緑がかった色で、茶色と緑の中間よ、とっても大きくて、顔全体が目っていう感じなの、だから心の中のことが現れちゃうのよ。目を見てると、ときどき、機嫌が悪いのや淋しいのが分かることがあるの。そこでまたぐっときちゃうのよね、彼に話しかけたくてたまらなくなるの。特にさ、レストランの仕事が暇なときに、彼が滅入ってるのが分かったりするともうだめ、彼、お店の奥に行くの、そこにウェイターたちが坐るテーブルがあるのよ、そこでじっと黙ってるわけ、煙草に火を点(つ)けるでしょ、すると彼の目、いつもとちがって、翳(かげ)りを帯びてくるのよね。あたし、せっせと通い出したわよ、だけど彼、初めのうちは、必要なことしか口きいてくれなかったわ。あたしが決まって注文したのは、コールド・ミートのサラダに、スープに、メインの料理、それにデザートとコーヒー、何度も何度もテーブルに来なくちゃならないようにね、そしてあたしたち、だんだん話をするようになったというわけ。もちろん、彼、すぐにあたしのこと分かったわ、あたしって、人にバレちゃうのよね」

「バレるって、何が?」

「実の名がカルメンだってこと、ビゼーのあれよ」

「それで彼はあんたとだんだん口をきくようになったんだ」

「もう! あなたときたらなんにも分からないんだから。あたしが商売女だって気がついてたからよ、それであまりあたしに近づかないようにしてたの。だって彼、すごくノーマルな男性なんだもの。でもね、少しずつだけど、何かにつけちゃ二言三言口をきくうちに、あたしが彼のことを尊敬してるのが分かったのね、で、自分のことを話してくれるようになったってわけ」

「それ、全部あんたにサーブしながらのことかい?」

「何週間かはそうだったわ、でもある日ついに、一緒にコーヒーを飲むことができたの、彼が早番だったときよ、彼、早番が大嫌いなのよ」

「どんなスケジュールだったんだい?」

「それがね、朝の七時に入って午後の四時ごろに上がるか、でなきゃ、夕方の六時ごろ入って、夜中の三時ぐらいまで働くのよ。で、遅番の方が好きだって言った日なんだけど、あたし、ますます興味を持っちゃった、だって、結婚してるってことはもう話してくれてたの、指輪ははめてないけどって、それに奥さんはオフィスでまともな時間に働いてるんだってことも、そうしたら奥さんはどうなるわけ？　夜の仕事の方がいいってことは、彼女に会いたくないわけでしょ？　だけど、彼をコーヒー飲みに誘うの、あなたになんか想像できないくらい苦労したんだから、いつだって言い訳するのよ、することがあるとか、義理の弟がどうだとか、車がどうだとか、でもついに陥落してね、そしてついて来たの」

「で、起きるべきことが起きた」

「ちょっと、おかしいんじゃない？　あなた、こういうことなんにも分かんないのね。だから最初に言ったでしょ、彼はノーマルな男だって。起きなかったわよ、なんにも！」

「バーで何を話したんだい？」

「もう覚えてないわよ、だってその後、数え切れないほど会ったんだもの。でもあたしが真っ先に訊きたかったのは、彼みたいに頭の切れる若い男が、どうしてあんな仕事をしているのかっていうことだったの。そしたらどう、ひどい話なのよ、そう、貧乏な家に生れた子供たちによくある話よ、勉強するお金がないとか、刺激がないとかいう」

「勉強したい人間ていうのは、自分でなんとかするもんだ。いいか……アルゼンチンではただ、勉強することは最大の問題じゃない、大学はただだからな」

「そりゃそうだけど……」

「刺激がないっていうのはまた別の問題だ、そいつはおれも認める、低級なコンプレックスだ、誰でも世間に洗脳されちまうのさ」

「ちょっと待って、もっと話させてよ、そうしたら彼がどんな種類の人間か分かるわよ、最高級なんだから！　彼自身認めてるわ、ぐれたときもあったって、だけど今の生活はその償いでもあるのよ。彼、言ってたわ、十七のころ、そうだ、話し忘れたことがある、小さいときから働いてたんだって、初等科のころからよ、その学校はブエノスアイレスの郊外にあって、貧しい家の子が通ってるの、初等科を終えると機械工場で働き始めてね、そこで仕事を覚えたのよ、そしてさっき言ったように十七ぐらいのころ、もうすっかり若者よ、女の子たちと付き合い出したの、そう派手にやったらしいわ、その次が最悪、サッカーよ。小さいときからすごくうまかったんだけど、十八かそこらでプロの道に入ったの。そしてすべての鍵がここにあるのよ。彼はなぜプロで食べて行かなかったのか？　彼が言うには、その道に入ってみると、いかに汚いところであるかが分かったのよ、情実や不正だらけの世界だったわけ、そしてここに鍵があるの、彼の身に起ることとの鍵の鍵よ、つまり黙ってられないのよ、何か悪いことを見つけると、大きな声で言っちゃうのよ。見て見ぬ振りができないの、口をつぐむことを知らないのよ。だって、彼、一本気なんだもの。それなのよ、あたしが最初から感じてたのは、分かった？」

「政治に首を突っ込んだことはないのかい？」

「ないわ、その点じゃ考え方がとても変ってるの、まるで受けつけなくて、組合の話すらさせないのよ」

「先を頼む」

「何年か経つと、二年か三年だったと思うけど、サッカーを止めちゃったの」

「そして女かい？」

「あなたって、魔法使いみたいなときがあるわね」

「なぜだい？」

「なぜって、彼がサッカー止めたのは、女の子のせいでもあるからよ。わんさといたのよ、そしてトレーニングをしてたんだけれど、トレーニングより女の子の方が魅力的だったというわけ」

「彼もそれほど規律正しい男じゃなかったってことだ、やっぱり」

「そりゃそうなんだけど、まだ言ってなかったことがあるわ、真面目に付き合ってるフィアンセがいたのよ、結局後で結婚するんだけどね、その娘が、彼がサッカーを続けるのをいやがったの。そこで彼は、工場で働き出したわ、機械工としてね、でも仕事はまるで楽だったの、フィアンセがそういう仕事を見つけてやったからよ。そして彼は結婚して、その工場で何年も働くの、で、あっという間に職工長だかどこかの課の長だかになっちゃうのよ。子供が二人できたわ。彼、女の子をなめるように可愛がったの、上の子よ、なのに六つのときに死なれちゃってね。それに彼はそのころ、工場で絶えずすったもんだやってたの、人減らしが始まったり、コネのある者がえこひいきされるようになったからよ」

「彼らしいな」

「そうなのよ、そこからうまくいかなくなっちゃったの、それは確か。だけどここからが彼の偉いところだと思うの、あたし、どんなことだって許しちゃうわ、聞いてちょうだい。彼、二、三人の年取った工員の味方をするの、その連中は臨時雇いで、組合に入ってなかったの。すると経営者は彼に、辞めるかそれとも命令どおりにするかって迫ったわけ。そしたら彼、さっさと辞めちゃったのよ。あなたも知ってると思うけど、自分から進んで辞めちゃうと、退職手当もなにもビタ一文もらえないのよね、で、彼は仕事がなくなっちゃったわけなの、十年以上もその工場で働いたというのにさ」

「それに、そのころにはもう三十を超えてたはずだ」

「もちろんよ、三十ちょっとだったわよ。考えてみて、そんな年になってからさ、仕事探しを始めたんだから。初めはなにひとつ見つからなかったわよ、だけど、ついに、あのウェイターの仕事を紹介されたのよね、で、引き受けるしかなかったの」

「それ、全部彼があんたに話したのかい？」

「そうよ、ちょびっとずつだけどね、彼にとっちゃいい気晴らしだったと思うわ、なんでも聞いてくれる相手がいて、洗いざらい話せたんだから。それであたしを好きになり出したのよ」

「あんたの方は？」

「彼へのあこがれは募る一方、だけど彼、何もさせてくれなかったわ」

「どうしてやるつもりだったんだい？」

「こう言ってやりたかったのよ、まだ間に合うから勉強を始めて、何か身につけたらって。というのは、もうひとつあなたに話し忘れたことがあるからなの、彼の奥さん、彼より稼いでたのよ。ある会社の秘書になったんだけど、幹部クラスの力を持ってたの、彼にはそれが面白くなかったのね」

「その奥さんとは知り合いになったのかい？」

「ならずじまい、彼は紹介したがったのよ、でもさ、あたし、心の中じゃ彼女のこともものすごく憎んでたものだから。彼が奥さんの隣で一晩中寝るんだと思うと、もう妬けて妬けて」

「今はちがうのかい？」

「変かもしれないけど、平気なの……」

「本当に?」

「そうよ、それがね、なぜだか……奥さんが彼と一緒にいるのが嬉しいの、彼、独りぼっちじゃないから、だってあたし、今は話をしに行けないじゃない、レストランで何もすることがなくて、退屈し切った彼が、煙草ばかりすぱすぱやってる、あの時間によ」

「それであんたの気持は彼に通じてるのかい?」

「当り前よ、彼に何もかも話したもの、まだ彼を口説ける見込みがあったときに、あたしたち二人が……どうにかなりそうな……。でもだめ、どうにもならなかったわ、彼は口説きようがなかった。あたし、頼んだのよ、たった一度でいいからって……、だけど全然その気になってくれなかったわ。そのうち、しつこく言うのが恥ずかしくなっちゃって、で、付き合ってるだけで我慢することにしたのよ」

「だけどさっき言ったじゃないか、かみさんとはあまりうまく行ってなかったって」

「ほとんど喧嘩状態のときもあったのよ、でもね、彼、心の底じゃ奥さんを愛してるのよ、しかももっと始末が悪いことに、自分より稼ぐもんだから、彼女に感心しちゃってるのよね。それにある日なんてさ、殺したくなるようなこと言ったんだから、父の日だったのよね、それであたし、何か買ってあげたかったの、だって彼、とても子煩悩なんだもの、彼に何かプレゼントするのに、父の日っていうのはうまい口実だと思ったのよ、で、パジャマが欲しいかどうか訊いたの、そうしたらもうひどいなんてものじゃないわ……」

「黙るなよ、中途半端は止めてくれ」

「パジャマは着ないって言ったのよ、いつも裸で寝るんだって。奥さんとダブルベッドで寝るのよ。それを聞いたとたんもうがっくり。だけどさ、二人は別れそうになったことがあるの。そのときは期待に胸をふくらませちゃったわよ、ああ、あのときの夢！分かっちゃもらえないわよね……」

「どんな夢？」

「彼が家に来て、ママとあたしと一緒に暮すの。あたしは彼を助けて、勉強させてあげるのよ。彼にだけかまけて、朝から晩まで、着るものとか、彼のために何もかもちゃんと用意してあげるの、それに本を買ってあげたり、学校の講座に登録してあげたり、でさ、ちょっとずつその気にさせちゃうの、彼がしなくちゃいけないことはただひとつ、もう働かないことだって。それから、子供の養育費として奥さんに渡さなけりゃならない必要最低限のお金をね、彼にあげるのよ、自分のことだけを考えられるようにね。そしてついに、彼は自分の望みがかなってさ、悲しみよさようならというわけ、すてきだと思わない？」

「ああ、しかし現実性には欠けるな。こういうことだってあるぞ。彼はウェイターを続ける、それにそのことでしょぼくれたりはしない。なぜなら、それがどんなにけちな仕事だったとしても、常にひとつ救われる道がある、組合闘争だよ」

「そう思う?」

「当り前さ。どこに疑問の余地があるって言うんだ……」

「だけど、彼、そっちのことはさっぱり分かんないのよ」

「政治について何か考えがあるのかい?」

「ないわ、無知もいいとこ。でも組合のことぼろくそにけなしてたわよ、彼の言うのももっともだって気がしたけど」

「何がもっともだ! 組合が悪けりゃ、闘って変えなくちゃならないじゃないか、良くするために」

「ちょっと眠くなってきたわ、あなたは?」

「ちっとも。映画の話をもう少ししてもらえないかな?」

「さあどうだか……。だけどあなたには分からないのよ、彼に何かしてあげられるって思うことが、あたしにとってどんなにすてきだったか。だってさ、朝から晩までウインドー・デコレーターやってるとね、仕事がどんなに楽しくてもよ、一日の終りに、こんなことして何になるんだろうって気がするときがあるのよ、空しくなっちゃうのよね。それに引き替え、彼のために何かしてあげられたら、とてもすてきだったと思うわ……。

彼をちょっぴり歓ばせてあげられたら、分かる？　あたしの言ってること、どう思う？」

「さあね、ちょっと分析する必要がありそうだ、今はなんとも言えないな、映画の話をもう少ししてくれないか？　あんたのウェイターのことは明日言うから」

「いいわ……」

「明りはえらく早く消されちまうし、ロウソクは臭いし、だいいち目が悪くなる」

「それに酸素がなくなるわよね、バレンティン」

「本を読まないと眠れないんだ」

「そうしてほしいなら、少し話してあげるわ。でも、その後あたしが寝られなくなっちゃったらばかみたい」

「ほんのちょっとでいいよ、モリーナ」

「分かったわ。どこま……でだったっけ？」

「そのあくびはないだろう、まったく眠たがり屋なんだから」

「どうしよう、眠い」

「あ……あくびが……移っちまった」

「あなただって眠いんじゃない」

「お……おれも眠れると思うかい？」

「思うわ、それにもし眠れないなら、ガブリエルのことを考えなさいよ」

「ガブリエルって、誰だい？」

「あたしのウェイターよ、急に思いついたの」

「そうか、じゃあまた明日」

「また明日ね」

「なんてことだ、眠れない上に、あんたの恋人のことを考えるはめになるとは」

「明日、どう思うか話してちょうだい」

「お休み」

「お休みなさい」

4

「あれがレニと将校のロマンスの始まりだったわけ。二人はたちまち互いに夢中になったわ。彼女は毎晩、ステージから彼に歌を捧げたの、その中に一曲、特別なのがあったわ。それはハバネラの曲よ。幕が上がっていくと、椰子（やし）の木の間に、といっても銀紙でできてるんだけど、煙草の銀紙みたいなやつよ、分かった？　ともかくその椰子の木の向うに、スパンコールを縫いつけたまん丸な月が見えるの、それがシルクの布でできた海に映ってるんだけど、その映った方の月にもスパンコールが縫いつけてあるのよ。場面は南国の船着き場、島の船着き場よ、聞えるのは寄せては返す波の音ばかり、バンドがマラカスでその音を真似てるの。それから飛び切り豪華なヨットよ、厚紙で作ってあるのに本物そっくり。そしてこめかみのあたりに白いものが混じったすごくハンサムな男が、舵を握ってるの、マドロス帽を被って、パイプをくわえてるのよね、そのとき急に強烈なスポットライトが、彼のそばの開いた戸口を照らすの、それはキャビンに通じているんだけど、その戸口に彼女が現れるわけ。彼女、えらく真剣な顔して空を見上げてたわ。彼が優しく撫でようとすると、すっとよけちゃうの。彼女の髪は真ん中分けのストレート、ドレスはロングで黒のレース製、でも透けないやつ、ノースリーブで、細いストラップで吊ってるだけ、スカートが波打ってたわ。するとバンドがプレリュードって感じの曲を演奏し始めるの、今、彼女に見えるのは、島の若者が海岸で、野生の蘭の花を摘んでるところよ。若者は近づいてくる島の娘に笑いかけて、軽くウインクしたわ。そして彼女の髪に蘭の花をつけてあげてからキスするの、二人は抱き合うと、ジャングルの暗がりの中へ姿を消したわ、彼女の髪から花が落ちたのにも気がつかないで。そこで砂の上に落ちてるその花がクローズアップされるんだけど、なんとも言えず可憐なのよ、するとね、その蘭の花に重なるようにして、レニの顔がぼーっと現れてくるの、まるで花が女に変るみたいにね。そこへ嵐を思わせるような風が突然吹きだしたわ、でも乗組員たちは、ありがたい風だって口々に叫ぶの、ヨットが出て行くときが来たのよ、そうすると彼女、タラップを下りて、砂浜でさっきの花を拾い上げるのよ、ビロードの造花なんだけど、きれいだったわ。そして彼女が歌うの」

「どんな歌詞？」

「分かるわけないでしょ……、翻訳してないんだもの。でも悲しい歌だったな、誰かが、本当に愛してた人を失って、諦めたくても諦められない、そして運命に身を委ねる、そんな感じの。そうよ、きっとそうだったのよ、だってさ、ありがたい風だってみんなが言ったとき、彼女、とても悲しそうに微笑んだからよ、風が自分をどこへ運んで行こうと、もうおんなじことだっていうみたいにね。そうやって歌いながら、彼女はヨットに戻るの、そしてヨットは少しずつ、ステージの片側へ向かって動いていったわ、艫には彼女がいて、椰子の林の向こうをぼんやりと眺めてるの、その林のあたりから、暗いジャングルが始まってたわ」

「彼女はいつも最後はぼんやりと眺めて終るんだな」

「でもあなたには分からないわよ、彼女の目がどんなか、肌は抜けるように白いんだけど、瞳はそれこそ真っ黒なのよ。そうそう、一番いいところを忘れてたわ、フィナーレよ、彼女はヨットの艫にいるの、髪の片側にビロードの花をつけてるのよね、それが彼女の肌と甲乙つけがたいほど柔らかなの、モクレンか何かの花びらみたいだったわ。そして拍手喝采になった後、二人がとっても幸せそうにしてる短いシーンが続くのよ、昼下りの競馬場なんだけど、彼女は白ずくめ、つばの広い透き通った帽子を被ってたわ、彼の方はシルクハット。次はセーヌを走るヨットよ、二人はそこで乾杯するの、それから今度は、ロシア風ナイトクラブの貸し切りになった部屋で、タキシード姿の彼がね、キャンドルを吹き消すところよ、暗い中で彼は宝石箱を開けて、パールのネックレスを出したわ、どんなのかは分からないのよね、けれど暗いのに、映画のトリックでものすごく光るわけ。それはそうと、次のシーンになると、彼女は自分のベッドで朝食を取ってたわ、そこへメイドがやって来て、下でご親戚の坊っちゃんがお待ちです、今アルザスからお着きになったところですって、彼女に言うの。それにもうひとり男の人が一緒ですって。彼女は白と黒の縞模様の、サテンの部屋着で下へ降りて行ったわ、彼女の家の中のシーンなのよ。親戚っていうのは、彼女の幼い従弟で、ひどく粗末な身なりだったわ、ところが一緒にいたもうひとりの男っていうのが……あの男だったのよ」

「あの男って？」

「コーラスガールを車で轢いた、あの脚の悪い男よ。で、彼女たちは話し出したわ、すると従弟は、みんなに頼まれてきたことがあるって言うの、それは自分たちの任務に、フランス人として協力してくれるよう、話をつけることなんだって。彼女は、どんな任務か訊いたわ、そうしたらさ、あのブロンドのコーラスガールが受け持っておきながら、果たすのを拒んだ任務なんだっていう答えが返ってくるの。というのも彼らはマキ団だからなのよ。彼女はこわくて仕方なかったんだけれど、平気な振りをしていたわ。二人は彼女に、重要な秘密を暴いてほしいって言うの、フランスにあるドイツ軍の大兵器庫の場所を調べてくれ、そうすればナチの反対勢力がそこを爆撃できるからって。ブロンドのコーラスガールはその役目を受け持ってたのよ、彼女もマキ団の一員だったからよ、だけど例の中尉と関係を持つようになった後、彼を愛してしまって、任務を果たせなかったわけ、それで消されちゃったの、占領軍の当局に密告しない前にね。そのとき脚の悪い男が言うのよ、彼女は力を貸すべきだって、すると彼女は、考えさせてほしい、自分はその種のことはなんにも知らないって答えるの。そうしたらその男が、〈それは嘘だ〉って言ったわ、なぜならドイツ軍の防諜部隊の隊長が彼女に恋してるからだ、だから彼から情報を得るのは造作のないことだって。でも彼女は勇気を出して、絶対にいやだって突っぱねちゃうの、そういうことに向くたちじゃないからって。すると男が言うのよ、もし言うことを聞かないなら……それなりの方法をとらざるをえないって。そこで彼女は従弟の方を見るんだけど、彼、目を伏せちゃってるの、顎は震えてるし、額には玉のような汗を浮べてたわ。なんと彼は人質だったのよ！　そのとき男が明かすの、この哀れな子供は何もしちゃいない、ただひとつの罪は彼女の身内であることだってね。というのも、その恥知らずな連中は、子供のいたアルザスの町まで出かけて行って、なんだか知らないけどいい加減な口実で彼を連れて来ちゃったのよ。問題は、彼女が手を貸さなければ、連中、マキ団は、なんの罪もないその子を殺すということよ。すると彼女は、できるだけのことをすると約束しちゃうの。で、一応けりがつくわけ。彼女は、今度はドイツ軍将校の家で彼と会うんだけど、そのとき引き出しを調べ始めたわ、だけどそれこそびくびくものよ、だって執事がいるでしょ、そいつが初めっから訝しげな目で彼女を見てたからよ、どんな足音だって聞き逃さないって感じだったわ。だけどこんなシーンがあるの、庭園で彼女が将校や他の人たちと一緒に昼食を取ってるわけ、すると執事がね、彼、ドイツ人なんだけど、将校に命じられるのよ、酒倉へ行って、ワインの珍品を見つけてくるようにって、ああ、そうよ！　言い忘れたけど、なぜかというと、彼女が欲しいって言ったからなのよ、執事だけがどこにあるのか知ってるワインをね。そして執事は行っちゃったわ、すると彼女は白いグランドピアノの椅子に坐るの、前に話したみたいな広間のひとつにあるのよ、彼女の姿は白いレースのカーテン越しに見えてたわ。みんなのために歌ってほしいって将校に頼まれたんで、自分のピアノを伴奏にするところだったのよ。けれども、彼女、トリックを使うわけ、自分のレコードをかけるのよ、それもやっぱりピアノが伴奏なの、そしてその間に彼の書斎に入り込んでね、書類を探し始めるのよ。ところが例の執事、鍵を忘れてきちゃうの、で、酒倉のある地下室の戸口まで来ると、取りに引き返すわけ、庭との境になってる手すりに沿って歩きながら、執事は窓の中を見たわ、でもレースのカーテンを通してだから、彼女がピアノの前に坐っているのかいないのか、分からないのよ。このとき将校の方は庭園にいてね、他の高級将校たちと話してたわ、そこはフランス風の庭園で、花壇に花は無かったけれど、でもイボタノキがどれもこれもすごく変った形、そうオベリスクみたいに刈り込まれてたわ」

「そりゃドイツ式というか、もっと正確に言うならサクソン式の庭園だ」

「どうして分かるの?」

「どうしてかというと、フランス式の庭園なら花があるし、それに線は幾何学的だけどいくぶんごてごてした感じになりがちだからさ。その庭園はドイツ式だよ、それからその映画、明らかにドイツで作られてる」

「でもあなた、どうしてそんなこと知ってるの? そういうのって、女っぽいことじゃない……」

「建築やりゃ習うさ」

「建築の勉強したの?」

「したよ」

「で、単位取ったの?」

「取ったよ」

「それ、今教えてくれる気になったの?」

「きっかけがなかったんだ」

「でも政治学を専攻したんじゃなかった?」

「ああ、政治学さ。だが、映画の話を続けてくれよ、いつかまた話すから。それに芸術は別に女っぽくなんかないぞ」

「そのうち、あなたの方がもっとナヨってたことが分かったりして」

「ことによるとね。だが今は、映画の続きを頼む」

「いいわ。そのとき執事の耳に、彼女は歌ってるけどピアノのところにはいないことが分かるの、で、彼女がどこにいるのか確かめようとするのよ。彼女はまさに書斎にいて、ありとあらゆる書類を引っ掻き回してる最中だったわ、ああ、そうだ！　というのも、彼女はその前に書斎の鍵を手に入れてたからなの、将校からくすねたのよ、そしてついに見つけたわ、武器が全部隠してある場所、ドイツ軍の兵器庫の地図よ。そのとき足音がしたものだから、彼女は書斎のバルコニーに隠れたわ、だけどそこから見えるのよ、高級将校たちが庭に集まってるのが！　それで彼女、どちらを向いても火が燃えてるってことになっちゃうわけ、庭の連中に見られるかもしれないからよ。執事は書斎に入ってきたわ、そして見回すの、彼女は息を殺してたわ、それに気が気じゃないの、レコードが終るのが分かってたから、そのころって、ほら、レコードは一曲しか入ってなかったのよ、LP盤はなかったのよね。でも執事は出てっちゃうの、で、彼女もすぐに飛び出すのよ、レコードはまさに終る寸前。将校たちはみんな、彼女の歌をうっとりと聴いてたわ、そしてレコードが終ると、立ち上がって、彼女に拍手を送るの、彼女はもうピアノの前に坐ってたわ、だからみんな、レコードじゃなくて、歌ったのは彼女だと信じ切ってるの。次は、彼女が脚の悪い男と男の子に会うところよ、目的はドイツ軍の兵器庫のありかを教えること。博物館で待ち合せるんだけど、それが信じられないくらい大きいの、大昔の恐竜が飾ってあったりしてさ、それに壁は何枚かの途方もなく大きなガラスだけでできてるから、セーヌ河が見えるのよ、で、三人が会ったとき、彼女は男に言うの、情報はもう手に入れたって、すると男はほくそえんで、そして彼女に向かってこんなことを言い出すのよ、それは彼女がマキ団のためにする仕事の手始めにすぎない、なぜなら一度スパイの仕事をしたら、もう止めることはできないからだって。彼女はそのとき、秘密を教えるのを止めようとするのよ、だけど男の子が震えてるのを見るの、するとね、フランスのある地方の名前と兵器庫が隠されてる村を正確に教えちゃうわけ。そうしたら、ちょっとサディスト的なその男が彼女に言うのよ、彼女の裏切りを知ったら、ドイツ軍の将校は心の底から彼女を憎むだろうって。他にどんなことを言ったかは覚えてないわ。とにかくレニは、絶望と怒りで真っ青になっちゃうんだけど、それを男の子が見てるの、その子は次に大ガラスの方を見たわ、三人はガラスの壁のすぐそばにいたのよ、それにそこはそのばかでかい博物館の六階か七階だったの、そして男の子は男が身構える前に、むしゃぶりつくの、男をガラスの向うに突き落そうというわけよ、だけど男は抵抗したわ、すると男の子は自分を犠牲にして、脚の悪い男もろとも落ちて行くの、自分の命で償いをしたのよ。何が起きたのかを見に人々が駆けつけると、彼女はその中に紛れ込んじゃうの、それにベールのついた帽子を被ってたんで、誰にも気づかれなかったわ。その男の子、すごく立派だと思わない？」

「彼女にとっちゃな、だが国にとっちゃ裏切り者だ」

「だけどさ、その子、マキ団の人間がマフィアの一味だって知ってたのよ、映画の中でこの先何がどうなるのか、まあ聞いてちょうだい」

「マキ団がなんなのか、あんたは知ってるのかい？」

「ええ、みんな愛国者だったことぐらい知ってるわ、でも映画の中じゃちがうのよ。話を続けさせてちょうだい。すると……どんな続きだっけ？」

「あんたが分からない」

「そんなこと言ったって、本当にすてきな映画だったんだもの、それにあたしにとって大事なのは映画なのよ、だってさ、ここに閉じ込められてる間、頭がおかしくならないようにするには、すてきなことを考えるより仕方ないじゃない、ちがう？……答えてちょうだい」

「なんて答えりゃいいんだい？」

「あたしにちょっとだけ現実逃避をさせてくれるって、どうしてこれ以上絶望的にならなきゃいけないの？　気がおかしくなれって言うの？　あたしがもう普通じゃない、ゲイなもんだから」

「ちがうよ、真面目な話、あんたの言う通りだ、確かにここにいたら頭がおかしくなるかもしれない、だが頭がおかしくなるといっても、絶望的になるからだけじゃない……

自分を疎外してるからでもあるんだ、そんな風にしてね。あんたが言うような、すてきなことを考えるっていうやり方、危険かもしれないな」

「なぜ？　そんなことないわよ」

「そういう現実逃避は悪癖になる可能性がある、麻薬みたいなものさ。なぜなら、いいかい、あんたの現実、あんたの現実はだ、このブタ箱だけじゃないからだ。何か読むとか、何か勉強するとかすれば、このブタ箱を超えることができるんだよ、分かるかい？　だからこそおれは、一日じゅう本を読んだり勉強したりしてるんだ」

「でも政治なんて……。世の中どうなるの、そんな風に政治家ばっかりになったら……」

「昔の主婦みたいなこと言うなよ、主婦じゃないんだから……それに今は昔じゃない、映画の方をもう少し頼むよ、終りまでまだだいぶあるのかい？」

「どうして？　退屈なの？」

「気にくわないんだ、だけど興味は惹かれる」

「気にくわないんだったら、もう話さないわよ」

「好きにしてくれ、モリーナ」

「どう見たって、今晩中に終えるのは無理だと思うし、まだかなりあるのよ、半分近く残ってるわ」

「宣伝映画としては興味があるが、それだけのことさ。ある意味で、資料になってるとも言える」

「さあどっち、続けるの、続けないの？」

「少しやってくれ」

「それじゃまるで、あたしの方が頼んでるみたいじゃない。忘れないでちょうだい、眠くならないから何か話してくれって頼んだのは、あなたの方なのよ」

「だから大いに感謝してるよ、モリーナ」

「でも今度はこっちの目が冴えちゃったじゃない、あんまりからからかうんだもの」

「だったらもう少し話してくれよ、うまくすると神の思し召しで二人ともうまく眠くなるかもしれないぞ」

「神様を信じない人間に限って、必ず神様を引き合いに出すんだから」

「ただの言い回しじゃないか。さあ、話してくれ」

「分かったわよ。それで彼女、さっき起きたことについては何も言わずに、ドイツ軍の将校に頼むのよ、マキ団が怖くて仕方ないから彼の家にかくまってほしいって。で、このシーンなんだけど、もう最高、だって、言わなかったけど、彼もピアノが弾けるのよ、そしてこのときは、言葉ではとても言い表せないようなカラフルな部屋着を着ていて、その似合うことと言ったら！　首には白いスカーフよ。キャンドルの明りの中で、彼は物悲しい曲を弾いてたわ、というのも、言い忘れたけど、彼女が約束の時間に来ないからなの、で、彼は、彼女がもう戻ってこないんだと思ったわけ。ああ、そうだ、その理由を言ってなかった、人に見られずに博物館を出た彼女は、パリ中を気がふれたみたいに歩き回るの、可哀そうな男の子が死んだからよ、彼女、その従弟の少年が大好きだったのよ、それですっかり頭が混乱しちゃったわけ。だんだん暗くなってきたのに、彼女は相変らずパリのありとあらゆるところを歩き回っていたわ、エッフェル塔とかボヘミアンが住む地区の上ったり下ったりする坂道とか、街頭で絵を描いていた絵かきたちが彼女を見たわ、セーヌのほとりの街灯の下にいたカップルたちも、だって彼女、まるで気のふれた哀れな女って感じで歩いてたんだもの、帽子のベールはめくれ上がっちゃって、夢遊病者みたいなのよ、もう誰に見つかろうと平気になってたの。そのころ将校の方は、二人のために夕食の用意をさせてたわ、キャンドルを点してね、そして次のシーンになると、キャンドルは半分に減っていて、彼がピアノを弾いてるわけ、すごく悲しくてスローなワルツよ。そのときよ、彼女が入ってくるのは。だけど彼は彼女を迎えに立たずにピアノを弾き続けるの、ところがその素晴らしいワルツ、とっても悲しかったのが、だんだん明るい調子に変っていくのよ、これ以上は無理っていうくらいロマンチックでさ、だけどすごく明るくて陽気な調子にね。そしてそのシーンは終るの、彼が一言も口をきかないままね、でも彼の頬が嬉しさでほころんでいるのが分かるし、ピアノは鳴り続けているのよ。ねえ……このシーンがどんなにすてきか、あなたには想像できないと思うわ」

「それから？」

「彼女はベッドで目を覚ますの、それが素晴らしいベッドなのよ、すべて明るいサテン張り、たぶんくすんだピンクかモスグリーンだと思うんだけど、それに掛け布団とシーツもサテンだったわ。カラーじゃない映画があるなんて、残念だと思わない？　それから天蓋（てんがい）の両側にはチュールのカーテンが垂れ下がってるの、分かる？　うっとりとした気分で起き上がった彼女は、窓の外を見たわ、外は霧雨なの、それから電話のところへ行って、受話器を手に取るの、すると彼が誰かと話してるのが偶然聞えちゃうのよ。闇取引をやってるマフィアの何人かをどう処分するかって話してたのよ。彼が死刑にしろって命令したとき、彼女は自分の耳が信じられなかったわ、それから彼女は話が終るのを待って、電話が切れると、自分も受話器を置くの、話を聞いてたことがばれないようにね。そのとき彼が寝室に現れたわ、そして一緒に朝食をとろうって言うの。彼女、きれいだったわ、霧雨にすっかり濡れたガラス窓に映っててね、で、訊くのよ、前に話してくれた英雄みたいに、新しいドイツの兵士は何者も恐れてはならないって言うけど、あなたは誰もこわくないのって。すると彼は、祖国のためなら、何が挑んできたって平気だって答えたわ。そこで彼女はこう尋ねるの、抵抗できない敵を殺すのは、こわいからじゃないか、いつか立場が逆転して、自分がその敵に素手で立ち向かうことになるかもしれないのがこわいからじゃないかって。でも彼は、言ってることがよく分からないって答えるの。すると彼女は話題を変えたわ。けれどその日、独り(ひと)になると、彼女は脚の悪い男から教わっていた電話番号を回してマキ団の誰かに連絡するの、そして兵器庫の秘密を教えちゃうのよ。なぜかというと、彼が人を死刑にできるということを、電話で聞いて知ったとたん、彼の人間としての価値が下がっちゃったからなの。で、今、彼女はマキ団のひとりに会いに行くところよ、場所は彼女の出てる劇場、カモフラージュのためにね、彼女たち、そこでリハーサルをしていたわ、すると彼女は男が自分の方に近づいてくるのが分かるわけ、その男は前もって決めておいた合図をしたわ、ところがそのとき、客のいない劇場の通路を誰かがやってきてね、マダム・レニって呼ぶのよ。で、それは、ベルリンからの電報を持ってきたからなの、彼女を招いて、ドイツきっての映画スタジオで立派な作品を撮る予定だって、そこには書いてあったわ、しかもその招待の電報を持ってきたのは、占領軍の将校のひとりだったのよ、だから彼女、マキ団の男に何も言えなかったわ、それにすぐさまベルリン行きの仕度をしなくちゃならないのよ。どう、気に入った?」

「気に入らないな、それにもう眠くなった。続きは明日にしよう、どうだい?」

「いやよ、バレンティン、気に入らないんだったら、もうなんにも話さないから」

「最後がどうなるのか知りたいんだ」

「だめ、あなたが気に入ってもいないのに、なんのためにやらなくちゃいけないのよ……これでもうおしまい。お休みなさい」

「明日また話をしよう」

「でも別の話よ」

「好きにしてくれ、モリーナ」

「お休みなさい」

「お休み」

＊

……………………………………………………………………


「なんでちっとも晩飯を持ってこないんだろう？　隣にはとっくに持ってったみたいだが」

「そうね、確かに音がしたわ。もう勉強しないの？」

「ああ、何時かな？」

「八時過ぎよ。今日はあんまりお腹空いてないの、ありがたいことに」

「あんたにしちゃ珍しいじゃないか、モリーナ。具合でも悪いのかい？」

「じゃなくて、神経のせいよ」

「どうやら来たみたいだ」

「ちがうわよ、バレンティン、あれは最後にシャワーを浴びた連中が戻ってきたのよ」

「所長室で何を言われたのか、話してくれてないな」

「なんにも。新しい弁護士の書類にサインするためだったのよ」

「委任状かい？」

「そうよ、弁護士を替えたんで、サインしなけりゃならなかったのよ」

「どんな風に扱われた？」

「別に、ゲイとしてよ、いつもと同じ」

「ほら、来たらしいぞ」

「そうね、確かに来るわ。そこの雑誌、どけなさいよ、見つからないようにしなけりゃ、取られちゃうわよ」

「腹が減って死にそうだ」

「お願いよ、バレンティン、看守に文句を言わないでちょうだい」

「分かった、言わないよ……」

「……」

「……」

「さあ、取れ」

「モロコシ粥(がゆ)か……」

「そうだ」

「どうも」

「まあ、こんなに……」

「お前たちに文句を言わせないようにな」

「そうか、だがこっちの皿は……どうして小さいんだ？」

「それでいいんだ。ぶつくさ言ったってしようがないぞ……」

「……」

「……」

「あんたのために黙ってたんだ、モリーナ、でなけりゃ、あいつの顔に投げつけてやったところだ、このくそまずい漆喰(しっくい)をな」

「文句言っても始まらないわよ」

「片方の皿はもう片方の半分ぐらいだなんて、ここの看守の畜生め、頭がおかしいんじゃないか」

「バレンティン、あたし、小さい方のお皿でいいわよ」

「いや、あんたはいつもモロコシ粥を平らげるんだから、大きい方を取れよ」

「いいの、お腹空いてないって言ったでしょ。あなたが大きい方取ってちょうだい」

「取れよ。そんな堅いこと言わずに」

「いいって言ったらいいの。どうしてあたしが大きい方取らなけりゃならないのよ?」

「モロコシ粥はあんたの好物だって知ってるからさ」

「あたしはお腹が空いてないのよ、バレンティン」

「少し食べりゃ食欲が出るさ」

「いやよ」

「ほら、今日のはそんなに悪くはないぞ」

「ほしくないわ、お腹空いてないから」

「太るのがこわいのかい?」

「まさか……」

「じゃあ食べろよ、モリーナ、本日の漆喰風モロコシ粥はかなりできがいい。おれは小さい皿でたくさんだ」


……………………………………………………


「ああっ……痛い……」

「……」

「痛い……」

「どうした?」

「なんでもないわ、この女性、ちょっとおかしくなっただけ」

「女性って？」

「あたしのことよ、おばかさん」

「なぜ唸ってるんだ？」

「お腹が痛くて……」

「吐き気がするのかい？」

「しないけど……」

「袋を持ってきた方がよさそうだな」

「いいの、いらないわ……。痛いのはもっと下の方、腸のあたりなの」

「下痢じゃないのか？」

「ちがう……。すごく痛いの、でももうちょっと上よ」

「看守を呼ぼう、そうすりゃ……」

「呼ばないで、バレンティン。もう治まりそう……」

「どんな感じなんだ？」

「刺すような……でもすっごく痛いの……」

「どっち側だ？」

「お腹全体が……」

「盲腸炎じゃないかな?」

「ちがうわ、もう手術したもの」

「おれの方は食べても平気だったのに……」

「きっと神経のせいよ。今日は神経がひどくぴりぴりしてたから……。でもいくらか和らいできたみたい……」

「体の力を抜くようにするんだ。できるだけ。腕の力を抜いて、それから脚も」

「確かにちょっぴり治まったみたい」

「だいぶ前から痛かったのかい?」

「ええ、だいぶ前から。ごめんなさい、起しちゃって」

「かまわないさ……。さっきから起きてたんだよ、モリーナ」

「迷惑かけたくなかったから……。ああっ……」

「ひどく痛むのかい?」

「刺すみたいに鋭かったけど……でももう和らいだらしいわ」

「眠りたいんだろう? 眠れるかい?」

「どうかしら……。あーあ、いやんなっちゃう……」

「そうだ、話をすれば、楽になるかもしれないぞ、痛いことを忘れる」

「いいわよ、あなたは寝てちょうだい、起きてることないわ」

「いや、もう目が冴えちゃったよ」

「ごめんなさいね」

「いいんだ、こんな風に独りでに目が覚めることはしょっちゅうある、そうすると、もう眠れないんだ」

「ちょっぴりよくなったみたいよ。ああっ、だめ、もういやっ……」

「看守を呼ぼうか？」

「いいの、もうだいじょうぶ……」

「覚えてるかい？」

「何を？」

「あのナチの映画の結末に、おれが興味を持ってるってことだよ」

「嫌いなんでしょ？」

「そうさ、だけど反面、どう終るのか知りたいんだ、それを撮った連中の心理を理解するためにね、連中は宣伝映画を作ろうとしたんだ」

「あれがどんなにすてきか、見なきゃ想像できないわよ」

「気が紛れるんだったら、もう少し話してくれないか、ざっと、ラストだけでいい」

「ああっ……」

「またひどくなったのかい？」

「だいじょうぶ、もう治まりそう、でもまだ差し込むときはすごく痛いの、その後はもうほとんど痛まないんだけど」

「その映画、どんな風に終るんだい？」

「どこまで話したっけ？」

「彼女はマキ団のために一肌脱ごうとするが、そのときちょうど、ドイツへ撮影に行く話が持ち込まれるというところまでだ」

「録音してあるのね、ちがう？」

「普通の映画じゃないからさ。とにかく急いで話してくれ、そうすりゃ早くラストになる」

「分かったわ、で、それからどうなったっけ？　ええと……ああっ、だめっ、すごく痛い……」

「話すんだ、そうすりゃ腹痛のことを考えずに済む、気が紛れれば痛みも和らぐ……」

「ラストを話す前に死ぬんじゃないかって心配してるの？」

「ちがうよ、あんたのことを思って言ってるんだ」

「そう、で、彼女はドイツへ撮影に行ったわ、するとドイツが大好きになっちゃうの、それにスポーツをする若者たちも。そして将校のことをすっかり許しちゃうのよ、彼が死刑を命じた男は悪事の限りを尽したどうしようもない犯罪者だったことが分かったたからよ。彼女は他の犯罪者の写真を見せられたわ、それはまだ捕まってない男で、将校が死刑を命じた男といくらかつながりがあるの……。ああっ、まだ少し痛むわ……」

「だったらもう止めて、無理しても寝た方がいい」

「だめよ、できっこないわ、そりゃできれば……。まだ痛いわ」

「しょっちゅう痛くなるのかい、そんな風に?」

「とんでもないわ!　こんな差し込み、今までになかったわよ……。ほら、もう治まったわ……」

「じゃあ、もう一度眠くなるように頑張ってみるよ」

「だめ、待ってちょうだい」

「そうすりゃあんたも寝るだろう」

「だめよ、そんなの無理だわ。映画の話を続けさせて」

「いいだろう」

「どうだったっけ?　そうよ、彼女、その犯罪者に見覚えがあったの、でもどこで見たのかは分からないのよ。そしてパリに戻るわけ、そこでその男に会ったことがあると思ったからよ。パリに着くなり彼女はマキ団に連絡をつけようとしたわ、組織の親玉そのものに接触できるかどうかを知るためにね、その組織には闇取引をやってる連中がみんな属してるの、食料品の買い占めをやってる連中もよ。で、彼女は、ドイツ軍の兵器庫の秘密を教えることを餌にするわけ、脚の悪い男から頼まれたあれよ、覚えてる?」

「ああ、だけどあんたは、マキ団が本当は英雄だってこと知ってるんだろう?」

「ちょっと、あたしのことずいぶん見くびってるじゃない」

「いやに女っぽくなってきたところをみると、痛みは消えたわけだ」

「そんなことどうだっていいわよ、だけどはっきりさせておいてほしいのは、この映画はラブシーンになるととってもすてきだってことよ、それこそ夢みたいなんだから、政治的なことは、監督が政府から押しつけられたのよ、きっと、ひょっとしてそんなことも分からないの?」

「監督がその映画を作ったなら、すでに政府と結託したことになる」

「分かったわよ、一気に終らせちゃうわ。ああっ、ごちゃごちゃ言われたら、また痛くなってきちゃったわ……。痛っ……」

「話せよ、気が紛れるから」

「さて、問題は、兵器庫の秘密と引き換えに、彼女がマキ団の司令官との面会を要求したことよ。するとある日、彼女はパリ郊外のお城に連れて行かれたわ。だけど彼女は、将校と部下の兵隊たちに自分の後をつけさせるの、そうすれば闇取引をやってるマキ団を一網打尽にできるというわけよ。ところが、彼女を乗せた車の運転手がね、それは脚の悪い男といつも一緒にいたあの人殺しなんだけど、後をつけられてるのに気がつくのよ、で、方向を変えて、青年将校や後に続くドイツの兵隊たちを撒(ま)いちゃうの。そんなこんなで車はお城に着いたわ、そして彼女は中に通されるの、そして同意する間もなく、彼女はマキ団のボスに紹介されるんだけど、それがなんと、彼女のことをいつも見張っていたあの執事だったのよ！」

「どの？」

「青年将校の家のじゃない。彼女はその男をじっと見つめたわ、するとあの恐ろしいひげの男だって気がつくの、ベルリンで見せられた犯罪者の映画に出てきた男だって。だけど彼女はその男に秘密を教えたわ、というのも青年将校がドイツの兵隊を連れてすぐにやって来て、自分を救ってくれると信じて疑わなかったからよ。ところが彼らは彼女の車を見失ったんで、手間どっちゃってさ、やって来ないのよ。そのとき気味悪い運転手のやつが、自分たちは後をつけられたらしいって、親玉に耳打ちしてるのに、彼女は気がつくの。だけど、家の中でその執事がいつも彼女を窺(うかが)ってたこと、裸を見ようとしたりしてね、それを覚えてたものだから、一か八か、最後の手を使うのよ、つまり彼を誘惑するわけ。一方、青年将校の一隊は、雨の中を残された車の跡をなんとか辿(たど)ろうとしてたわ。そしてさんざん探し回ったあげく、どんな風にしたかは覚えてないんだけど、道を見つけるのよ。彼女は独りきりで、その人殺し、本当はみんなの親玉の執事を相手にしてたわ、世界的犯罪者よ、で、二人だけのための夕食が用意されたその小部屋で、そいつがまさに彼女に飛びかかろうとしたときよ、彼女、肉切り用のフォークをつかむと、そいつを刺し殺しちゃうのよ。そこへ青年将校たちがやって来たわ、で、彼女は窓を開けて逃げようとするの、ところがまさにその窓の下で見張ってるじゃない、人殺しの運転手が、でも青年将校が間一髪その男を見つけて、ピストルで撃つのよ、だけど脚の悪い男は、ちがった、ごめんなさい、運転手だったわ、あの男は博物館でもう死んじゃったから、それで運転手は、死ぬ寸前に彼女を撃っちゃうのよ、彼女、カーテンをつかんで倒れまいと頑張ったわ、だから青年将校は、まだ立っている彼女を見つけるの、でも彼が駆けつけて腕を取ると、彼女にわずかに残っていた力は抜けていくのよ、で、彼女は言うの、あなたを愛してる、すぐにまたベルリンへ一緒に行けるわねって。すると突然彼は、彼女が怪我してたことに気がつくの、両手が彼女の血で染まるからよ、背中を撃たれたんだったか胸だったか覚えてないんだけど。彼は彼女にキスしたわ、そして唇を彼女の唇から離すと、彼女はもう死んでたの。最後のシーンはベルリンの、英雄を祭ったパンテオンの中だったわ、ギリシアの神殿みたいに、英雄の彫像が並んでて、実にみごとなモニュメントなのよ。そこに彼女の姿もあったわ、すごく大きな彫像と言うか、もっと正確に言うと等身大の彫像なんだけど、信じられないくらいきれいなのよ、ギリシアのチュニックを着て、あれ、彼女自身が彫像になってたんだと思うわ、顔に白粉(おしろい)を塗ってね、そして彼は、彼女の両手に花を置いてあげるの、彼女はその手を彼を抱こうとするように差し伸べてたわ。で、彼は、そこから去って行くの、光が射してたわ、空から射してるみたいな光よ、彼は目にいっぱい涙を溜めて歩いて行き、後には手を差し伸べた彼女の彫像が残るわけ、独りぼっちでね。その寺院には碑があって、祖国は決して彼らを忘れない、とかなんとか刻んであったわ。彼は独りで歩いて行く、でもその道は光に満ちている。おしまい」

5

「昼に何か食べるべきだったんじゃないか」

「だって何もほしくなかったんだもの」

「どうして診療室へ行かせてもらわないんだ？　何かもらえて、それで治るかもしれないのに」

「もう治るわよ」

「だけどそんな風におれを見ないでくれよ、モリーナ、まるでおれのせいみたいじゃないか」

「あたしがどんな風に見てるって？」

「まじまじと」

「変なの、だって見たって別にあなたを責めてるわけじゃないんだから。何を責めるのよ？　あなた、おかしいんじゃない？」

「分かったよ、そうやって突っ掛かってくるのは、もうよくなった証拠だ」

「うそ、よくなんかないわよ、あたし、もうぐったりよ」

「きっと血圧が下がったんだ。さて、ちょっと勉強するか」

「少し話して、バレンティン、ねえ」

「だめだよ、今は勉強の時間だ。それに、計画通りに読書しなけりゃならないこと、知ってるはずだ」

「一日ぐらい、どうってことないじゃない……」

「だめだ、一日でも怠けると癖になる」

「怠け出したら止められない、ママがいつもそう言ってたっけ」

「じゃあな、モリーナ」

「今日はママに会いたくてしようがないの、ちょっとでも会わしてくれるなら、なんだってあげちゃうわ」

「おい、ちょっと静かにしてくれよ、読む分がたくさんあるんだ」

「ばかよ、あんたなんて」

「雑誌でも持ってないのかい?」

「ないわよ、それに読んだらよくないと思うの、絵を見ただけで目まいがしそう、調子が悪いんだもの」

「済まなかった、だけど調子が悪いなら、診療室へ行った方がいいんじゃないか」

「いいわよ、バレンティン。勉強してちょうだい、あなたの言う通りよ」

「ずるいな、その口のきき方はないだろう」

「悪かったわ、静かに勉強して」

「夜になったら話そうよ、モリーナ」

「映画の話をしてね」

「ひとつも知らないんだ、そっちが話してくれなきゃ」

「あなたが話してくれたら本当に嬉（うれ）しいんだけどな、今。あたしが見たことのないやつを*」

「まず第一に、おれはひとつも覚えていない、第二に、勉強しなければならない、というわけだ」

「とにかく次はあなたの番よ、そうしたらどんな目にあうか……。今のは冗談、あたしがこれから何しようとしてるか分かる？」

「何するんだい？」

「映画のことを考えるのよ、あなたが嫌いなやつを、うんとロマンチックなのをね。そうやって楽しんでやるの」

「うん、そりゃいい思いつきだ」

「で、今夜はあなたが何か話すのよ、読んだことについて」

「最高だ」

「あたし、頭がぽけっとなっちゃってるから、何か映画の話をしても、細かいところまで思い出せるかどうか」

「何かすてきなことを考えたら」

「で、あなたはお勉強、ばかばかしいことはもうおしまい……だってほら、怠け出したら止められない」

「そうだな」

「森よ、可愛いらしい家がいくつか、石造りだわ、屋根は藁葺きかな？　瓦だった、霧のかかった冬、じゃなくて、雪がないから秋よ、ただ霧がかかってるだけ、招待客が乗り心地のよさそうな車でやってくるわ、ヘッドライトが砂利の道を照らしてる。しゃれた柵、窓が開いてるところを見ると、夏なんだわ、そのあたりで一番魅力的な別荘、松の香りのする空気。キャンドルの点る居間、暖炉に火はない——夏の夜だからよ——その周りにはイギリス風の家具があちこち置いてある。椅子は暖炉に背を向け、グランドピアノの方を向いてるわ、あのピアノ、松材を使ってあるのかしら、マホガニーかな？　ちがう、白檀よ！　招待客に囲まれて、盲目のピアニストがいるわ、瞳のほとんどないその目には、自分の前にあるもの、つまり姿形は見えない、その目は他のものを見ている、本当に数に入れることのできるものだけを。その盲人が作曲したばかりのピアノ・ソナタの披露会よ、友人のためにその晩演奏するんだわ、すてきなロングドレスを着た婦人たち、でもそれほど派手じゃなく、田園の晩餐に似つかわしい服装よ。もしかすると、家具はコロニアル風の素朴なもので、照明は石油ランプだったかも。とても幸せそうなカップルや若者、中年、それに年配の人も混じって、演奏の用意ができた盲人の方を見てる。ざわめきが止み、盲人が説明を始めたわ、彼の作曲にインスピレーションを与えた実際のできごと、その森であった愛の物語についてよ。演奏に先立つ解説のおかげで、客たちは曲に深く入り込むことができるのよ、〈すべてはある秋の朝、わたしが森を歩いているときに始まったのです〉、杖を突き、盲導犬に引かれ、落葉の絨毯を踏みしだくと、パリ、パリ、まるで木の葉が笑ってるような音がした、森が笑ってるのだろうか？　古い別荘の近くへ来た盲人は、柵のそばを通りかかったとき、杖で何かただならぬ気配を探り当てた、その家は何か変ったものに包まれている、なんだろう？　盲人だから、それは目に見えるものではない。何か変ったものに包まれた家、壁から何かを発しているけれど、それは音楽ではない、積まれた石、梁、粗く塗った漆喰、石に絡みついたツタ、脈打っているのだ、すべて生きているのだ、盲人はしばらく動かずにいた、すると鼓動は止んだ、森からその家に向かって、おずおずした足音がゆっくりと近づいてくる。それはひとりの娘だった、〈あなたとその犬がこの別荘の住人とは知りませんでしたわ、それとももしや道に迷われたのでは?〉、娘の声は実に優しかった、それに礼儀正しいこと、きっと朝日が昇るように美しい娘にちがいない、彼女を目で見ることはできなかったが、せめてもと思い、わたしは帽子を取って挨拶した。可哀そうな人、目が見えないから、あたしが哀れなメイドだってことが分からずに、帽子を取ったんだわ、あたしがこんなに醜いのを見て驚きを隠さないのは、この人ぐらいなものだわ、〈このお家にお住まいですか?〉、〈いや、通りがかりです、ひと休みする必要があったものですから〉、〈道に迷われたんじゃありませんか? 教えてさし上げますよ、わたし、この地区の生れですから〉、それとも村と言うのかしら? 地区も村も昔の言い方だわ、字と言ったらアルゼンチン式だし、アメリカのこのすてきな森の中の集落をどう呼べばいいのか、あたしには分からないわ、母さんもあたし同様メイドだった、母さんはまだ小さかったあたしを連れてボストンへ行った、そしてその母さんが死んだ今、あたしはこの世で独りきりになってしまった、今、あたしは、独り暮しをしている未婚の老婦人の家を探しているところ、その婦人がメイドを探してると言われたのだ。扉がきしった後、老婦人のとげとげしい声が聞えたっけ、〈何かご用?〉、その娘はいやな気がしたみたいだった。盲人と別れた彼女は、その家に入っていったのだ。婦人宛ての推薦状を見せ、彼女はそこでメイドとして働くことが決まった、婦人が説明する、そこへ突然部屋を借りに来るという知らせ、〈嘘みたい、信じがたい話だけど、世の中には嬉しい人もいるものね、どんなにすてきな新婚さんがやってくるか楽しみじゃない。こんな大きな家はあたしには必要ないわ。一階のこぎれいな小部屋だけで十分、あなたには奥にメイド部屋があるわ〉、ワニス塗りの板と石でできた、カントリー調の素晴らしい居間、暖炉では薪がはぜている、ツタの絡まる窓。ガラスは大きくなく、碁盤目状に仕切られているのだが、すべていくらか歪んでいて、これもカントリー調だ、そして黒光りする木の階段が、新婚夫婦のための部屋に通じている、それから、建築家だろうか、青年が使っている仕事部屋がある。その日の午後、すべてを整えるのに、どれだけせっつかれたことか、老婦人自ら掃除の監督に当ったのだ、女のいやらしさを丸出しにした顔つきで、メイドの掃除の仕方がいい加減だと文句を言ってはそのことを悔やむ、〈ごめんなさい、あたしってすごく神経質な上にこらえ性がないものだから〉、でもそのいやらしい声は、ちっとも謝ることなんかなかったという調子なのだ。でも、あたしに残ってる仕事はただひとつ、この婦人の花瓶を洗って、花を生けることだけだ、車が近づいてくる！　車からカップルが下りた、すてきな服装の若い女、毛皮のコートを着ている、ミンクだろうか？　窓からメイドが見ている、青年がこちらに背を向け、車のドアを閉める、メイドは慌てて花を生けようとする、花瓶の底に沈める小さな瓶が落ちそうになったけれど、あたしはぶきっちょな手でうまく受け止め、割らずに済んだ、メイドは家の中に入ってきたカップルが気になって仕方がない、彼女はしゃがんで花瓶の内側を拭いている、婦人が家の中を案内する声が聞える、青年の声は抑え切れない歓びに満ちている、だけど婚約者の方は、家というより家が人里離れた森の中にあることに、いささか不満気だ、思い切って顔を上げて、二人を見てやろうかしら？　メイドが挨拶したら変かしら？　声からすると婚約者はひどく無愛想で我がままだ、メイドは青年のいる方をちらっと見やる、あれほどハンサムな男はいない、けれど彼はメイドに会釈をしなかった。婚約者は、その森の家の周りに人気がない、夜になったら寂しくてしようがないだろう、と不平を言った。それでも彼の頭を冷やすことはできなかった、彼は部屋を借りることに決め、口約束だけでなく、必ず手紙を書いて、契約書と小切手を郵送すると確約した、そして結婚後、遅くならぬうちに必ず戻ってくると言った。青年はメイドにその部屋から出て行くように命じた、メイドは花瓶に花を生け始めたところだった、だが青年は、婚約者と二人きりになりたかったのだ。〈ほんの一、二分だけください、花を飾り終えますから〉、〈それでもう十分だ、出て行ってくれたまえ、さあ〉彼は婚約者と並んで窓辺に坐り、彼女の手を握りながら森の方を眺めたいのだ、彼女の手は柔らかく、長い爪にはマニキュアが塗ってある、家事とはおよそ無縁の女性の手だ。小窓のぶ厚い切子ガラスの一枚に、古い落書が刻まれていた、一組の男女の名前、そしてその下に一九一四年という年号があった。彼は彼女に婚約指輪をはずしてくれるように頼む、彼女はそれを渡す、菱形にカットした実に大きな宝石だ、彼もまた自分たち二人の名前をその指輪の石でガラスに刻みつけたくなったのだ。ところが婚約者の名を書き出したとたん、宝石が落ちてしまった、指輪から取れて床に落ちたのだ。二人は黙ってしまった、口には出さないが、悪い予感におののいているのだ、不吉な音楽が入る、木の葉の落ちた庭に老婦人の影が映る。まもなく二人は、またすぐ来るからと言って、その家を去る、だが不吉な前兆に対する恐れは募り、どうしても忘れることができなかった。秋は寂しくてたまらないときがある！　午後は日は照るものの短く、黄昏がいつまでも続く、と婦人がメイドに話す、〈あたしも一度、結婚しかけたんですよ〉、一九一四年に戦争が始まり、許婚者は戦死した、手筈はすべて調っていたのに、森の中の小さな石造りの家、すてきな嫁入り衣装、彼女が刺繍を施したテーブルクロス、シーツ、カーテン、〈そのとても上等なきれを縫うひと針ひと針があたしの愛の告白みたいなものでしたよ〉、三十年ほど経っても、少しも変らぬ愛、窓にあった名前は、別れの日に刻んだものなのだ。〈今もあのときと同じように愛してるのよ、もっとつよいかもしれないわ、彼が行ってしまい、あたしがここで独りぼっちになったあの日の午後みたいに、彼が恋しくて仕方ないんだから〉、なんて悲しいのだろう、この秋の日の午後はいつにも増して悲しい、ラジオの不吉なニュース、国はまた参戦した、二度目の無益な世界大戦だ。昨日のことが再び今日のこととなる、婦人は自分の寝室でさめざめと泣いている、メイドは寒さに震えた、暖炉の火ももうほとんど残っていない、けれど薪をくべることはできない、その居間には彼女ひとりがぽつんと残っているだけだったからだ、彼女はシャベルを使って、熾を掻き立てた灰を丁寧に取り除いた。まもなく一通の手紙が届いた、家が気に入ったというよりむしろもはや実際には間借り人だったあの青年からだった、それには彼が空軍に召集され、そのため結婚は延期したとあり、部屋を借りる契約を破棄せざるをえないことの言い訳が書かれていた、歴史は繰り返すのだろうか？　もはやその家にメイドがいても意味がなかった、間借り人がいないので仕事がない、何もすることがない彼女は一日中、窓から降る雨を眺め、独り言を言った……」

「本を読むの、飽きない？」

「ああ。調子はどうだい？」

「どうしようもなく落ち込んできちゃったわ」

「おい、おい、弱気になっちゃだめだよ」

「こんなお粗末な明りで、読むのいやにならない？」

「ああ、もう慣れちまったよ。だけど腹の方はどんな調子なんだい？」

「ちょっとよくなったわ。何読んでるのか話してちょうだい」

「どうやって話すんだい？　哲学だよ、政治権力についての本なんだ」

「でも何か話せるわよ、ね？」

「この本によると、誠実な人間は政治権力にタッチできない、なぜなら責任感が邪魔するからだ」

「その通りよ、だって政治家なんてみんな泥棒だもの」

「おれの意見はまったく逆で、政治的行動がとれないのは、その人間が責任についてまちがった考えを持ってるからなんだ。おれの責任というのは何よりもまず、人が飢えで死なないようにすること、そのためにおれは闘ってるんだよ」

「闘いの犠牲者、それがあなたというわけね」

「何も分からないんだったら、黙っててくれよ」

「本当のことを言われるのがいやなのね……」

「なんにも知らないくせに！　分からないなら口をきくな」

「何かあるのよ、そんなにカッカしちゃって……」

「もうたくさんだ！　本を読ませてくれ」

「いいわよ。いつかあなたが病気のとき、おんなじ目にあわせてやるから」

「モリーナ、黙れったら黙れ！」

「分かったわよ、別のとき、ちがうこと話すわ」

「そうしてくれ。じゃあな」

「じゃあね」

「老婦人が事情を説明する、けれどメイドが行くところがないのならその家にいてかまわないと言う、婦人の悲しみ、メイドもまた悲しかった、二人の悲しみが重なる、たとえ二人前の缶入りスープを分け合うのに一緒にいる方がいいことがあっても、互いに相手の悲しみを映す鏡となるくらいなら、独りの方がましだった。実に厳しい冬が来た、どこを見ても雪ばかり、雪は深い静けさをもたらす、降り積もる雪にエンジンの音も弱々しく、一台の車が家の前に止まった、家の窓は内側が湯気で曇り、外側はほとんど雪で覆われている、メイドはこぶしで窓を丸くこすった、車のドアを閉めている青年の後ろ姿が見える、メイドは喜んだ、でもどうしてまた？　玄関へ急ぐ彼女の足音、飛んで行ってドアを開けてあげなくては、とても朗らかでハンサムなあの青年が、いけすかない許婚者と一緒に戻ってきたのだ！……〈あっ!!!　ごめんなさい！〉、思わず不快な表情をしたことをメイドは恥じた、青年の眼差しはぞっとするほど暗く、恐れを知らぬパイロットの顔には、今は無惨にも長い傷跡ができていたのだ。青年が婦人に話したところでは、戦いで負傷し、神経衰弱に陥ったため、戦線に戻るのは無理とのことだった、彼は自分だけ部屋を借りたいと言った、彼を見ると婦人の胸は痛んだ、青年はとげとげしかった、つっけんどんな口調でメイドに命じてこう言った、〈頼んだものを持ってきてくれ、そしてぼくを独りにしてくれたまえ、音を立てないように、神経がぴりぴりしてるから〉、メイドは美しく明るい青年の顔を思い出す、あたしは自問してみる、何が顔を美しくするのだろうか？　美しい顔を見るとなぜ愛撫（あいぶ）したくてたまらなくなるのだろう？　美しい顔がそばにあると、どうしていつでも愛撫して口づけしたくなるのだろう？　美しい顔の条件は鼻が小さいこと、けれど大きな鼻だって魅力的なこともある、それに大きな目、小さくてもいいが、ただし笑っていること、小さく人の好さそうな目であること……。額に始まる傷は、片方の眉、瞼、鼻を通り、反対の頰にまで達している、顔に残った線の跡、ぞっとする眼差し、悪意に満ちた眼差し、彼は哲学の本を読んでいた、そしてあたしがひとつ質問したんで、ぞっとする目であたしを見た、人にぞっとするような目を向けることぐらいいやなことはない、どっちが悪いだろう、ぞっとする目つきをすることか、それとも全然見ないことか？　ママはあたしをぞっとする目で見たことがない、あたしは未成年の子と関係を持ったんで八年の懲役を食らった、でもママはぞっとする目で見たりしなかった、だけどあたしのせいでママは死ぬかもしれない、ひどく辛い思いをしてきた女の疲れ切った心臓、許し続けてきたために？　疲れ切った心臓、彼女を理解しない夫のそばにいた間、さんざんいやな目にあわされたと思ったら、次は悪癖に染まった息子のことでいやな目にあっている、裁判官は一日も減らしてくれなかった、しかもママの前であたしのことを、どうしようもない人間の屑、胸糞が悪いおかまと呼んで、若い子が近づくといけないから、それでもって法に定められている日数を一日たりとも減らすわけにはいかないのだと言った、判決を終えた裁判官を、ママはじっと見つめていた、まるで誰かが死んだみたいに、目には涙が溢れていた、だけど振り向いて、あたしを見たとき、にっこり笑ってくれた、〈八年なんてあっという間ですよ、運がよけりゃあたしも生きてるし〉、それにすべて白紙に戻るだろう、時計が時を刻むのに合せ、ママの心臓も脈打つだろう、でもだんだん弱く？　ママの心臓はひどく疲れやすい上に、いつ止まるとも限らない、だけどあたしはこのろくでなしには一言も言ってない、ママのことは全然話してない、なぜならもしばかげたことをちょっとでも言おうものなら、あたしはこのろくでなしを生かしちゃおかないからだ、感情がどんなものか、あいつには分かりゃしない、悲しみで死ぬのがどんなことか、分かりゃしない、あたしのせいでママの病気がますます重くなるのがどんなことか、分かりゃしない、ママの病気は重いのだろうか？　ママは死ぬのだろうか？　あたしが出るまで、あと七年待っててくれないのだろうか？　刑務所の所長は約束を守ってくれるだろうか？　あたしに約束したことは確かなのだろうか？　恩赦で出してくれるのか？　それとも罰を軽くしてくれるのか？　ある日、負傷したパイロットの両親がその家を訪ねた、パイロットは二階の自分の部屋に閉じ籠っていた、〈会いたくないと二人に言ってください〉、両親はなかなか引き下がらない、お高くとまった、氷のように冷たい金持夫婦だ、だが二人は諦めて帰る、今度は許婚者がやってくる、〈会いたくないと彼女に言ってください〉、許婚者は階段から訴える、〈お願いだから会わせてちょうだい、あなたの事故のことならあたしはちっともかまわないから〉、許婚者の猫撫で声、嘘偽りに満ちた言葉、彼女は突然帰ってしまう、日々が過ぎて行く、青年は自分の書斎に閉じ籠り何枚も画(え)を描(か)いた、窓から眺める森の雪景色、春の兆しが現れる、実に柔らかな緑の芽が吹き始める、青年は外に出て、木や雲の画を描くようになった、熱いコーヒーとドーナツを持ってメイドが森にやってくる、小さなイーゼルの上の画を見た彼女は、何か気のきいたことを言った、青年の驚き、メイドはその画についてどんなことを言ったっけ？　そのとき青年は、メイドが繊細な心の持ち主であることに、どうして気づいたんだっけ？　人が何かを言うことによって他人の心を永久に捉えることがあるのはなぜなんだろう？　メイドはあの画についてどんなことを言ったっけ？　青年は、彼女が醜いメイド以上の何者かであることに、どうして気づいたんだっけ？　あの言葉が思い出せたら！　彼女はなんて言ったっけ？　あのシーンが全然思い出せない、それからもうひとつ大事なシーンがある、青年と盲人の出会いだ、盲人は自分が視力をなくしたことをどうやって少しずつ諦めるようになったか、彼に話した、そしてある晩、彼は娘に申し出た、〈ぼくたちはどちらも独りぼっちだし、生きていてもなんの望みもない、愛も、喜びも、だからお互い助け合えるんじゃないだろうか、ぼくにはいくらか金がある、それで君を守ることができる、そして君は、少しばかりぼくの面倒を見ることができる、ぼくの体は日増しに悪くなっているんだ、それにぼくは、人を憐れむような人間のそばにいたくはない、だけど君はぼく同様、独りぼっちの寂しい身なので、ぼくを憐れむことはありえない、だからぼくたちは一緒になれるはずだ、と言っても、それは契約にすぎない、単なる友達同士の取り決めさ〳〵、そのアイデアを思い付いたのは盲人だったたっけ？　他にどんなことを言ったっけ？　ときにはただの一言が、奇跡を起すことだってあるのだ。木造の教会、立会人は盲人と老婦人、祭壇にはキャンドルが何本か点っているが、花はない、誰もいない長椅子、もったいぶった顔、オルガン弾きの席にも聖歌隊の席にも人の姿はない、司祭の言葉、祝福、外へ向かう新郎新婦の足音が、がらんとした大広間にこだまする、日は暮れて行き、静まり返った家に戻る、夏の生温かい風が入るように開け放たれた窓、彼のベッドは書斎に移り、メイドの寝室は彼の寝室、彼の元の寝室に移っている、婦人はすでに婚礼の晩餐の仕度を調えておいた、居間の窓際のテーブルに二人分の食器が並べられ、二人の皿の間にはキャンドルが立っている、婦人はお休みなさいと言って出て行く、見せかけの愛を疑う彼女の口許に苦笑いが浮ぶ、二人は黙りこくったままだ、銘柄のワインを開け、無言で乾杯する、互いに相手の目を見ることができない、庭でコオロギが鳴いている、かすかに物音がする――それまで聞いたことのない音だ――微風に森の茂みがそよいでいるのだ、キャンドルが奇妙に輝く――かつて見たことのない輝きだ――キャンドルはますます奇妙に輝く、あらゆるものの輪郭がぼやけてくる、彼女のひどく醜い顔も、彼の破壊された顔も、とても甘い音楽がどこからかかすかに流れてくる、彼女の顔、そして体全体が白い靄と光に包まれる、目が光っている以外何も分からない、靄がだんだん消えて行く、すると見目のよい女の顔が現れる、それはメイドの顔なのだけれど、美しくなっている、品のなかった眉は眉墨で描いた細い線に変り、瞳はきらきら輝いている、長く反り返ったまつ毛、磁器を想わせる肌、微笑んだ口許から見事な歯並びがのぞき、絹のような髪は小さくカールしている、滑らかな綿織物(パーケール)のシンプルなドレスだったたっけ？　レースのイブニングドレスだった、そして彼の方は？　どんな顔形をしているのかはっきりしない、キャンドルの光が反射しているので歪んで見える、あるいは涙ににじんだ目のせいかもしれない、涙ににじむ目で見た顔だ、涙が乾き、彼の顔がはっきりと見えてくる、生気に満ち溢れた絶世の美男の顔だ、だけど手が震えている、ちがう、手が震えているのは彼女の方だった、彼の片手が彼女の片手に近づく、森を渡る風の唸(うな)りが聞えるのか、それともバイオリンとハープの調べか？　二人は目を見つめ合う、松の香りのする微風に乗って、バイオリンとハープの調べが聞えてくることがはっきりと分かる、二人は両手を握り合う、二人の唇が近づく、初めての、しっとりしたキス、二人の心臓の鼓動は……ひとつになる、夜空は星に満ちている、二人はもうテーブルにいない……、空席の並ぶレストラン、ウェイターたちは坐って客を待っている、夜半過ぎののんびりと落ち着いた時間、口の右か左の端にくわえた煙草は火がほとんど点(つ)いていない、煙草の味がする唾液(だえき)、両切りの煙草、悲し気な目はぼんやり遠くを眺めている、窓の向こうを雨に濡れながら車が通る、一台また一台、あたしのことを覚えているだろうか？　なぜ面会に来てくれなかったのだろう？　一日ぐらい仲間の誰かと順番を交替できなかったのだろうか？　耳の痛みで医者に行ったのだろうか？　彼は一日延ばしにしていた、夜中にひどく痛み出すこともあった、すると決まって明日は必ず医者に診てもらいに行くと言った、けれど次の日痛みが去ると、医者に行くのを忘れるのだった、でも夜が来て、十二時を回り、レストランで客を待っているとき、彼はきっとあたしのことを思い出し、考え、明日はあたしに会いに来ると言うにちがいない、そして窓の向こうを走る車を眺めるのだ、だけどもし、レストランが泣いたみたいに、正面のガラス窓が雨で濡れていたりしたら、それこそ可哀そうだ、なぜなら彼は決して弱音を吐かないから、彼はじっと耐える、なぜなら男だから、泣いたりなんかしない、あたしが誰かのことをじっと考えると、雨に濡れた透き通るガラスに映った顔が浮んでくる、ぼんやり浮んでくるその顔は、ママの顔、そして彼の顔だ、彼はきっと覚えていてくれる、来てくれたらいいのに、来てくれたら、まず最初はいつか日曜日に、それからは習慣になって、またいつか来てくれて、そしてまたいつか、出獄の日には、刑務所を出た角のところであたしを待っていてくれるのだ、二人はタクシーに乗り、手をつなぐ、おそるおそるしかもあっさりと最初のキスをする、唇は閉じていて乾いている、次は唇が少し開き、わずかに湿り気を帯びている、唾液は煙草の味がするだろうか？　けれど、もしあたしがこの刑務所から出る前に死んでしまったら、彼の唾液がどんな味だか分からない、あの晩何が起きたんだっけ？　彼らは目を覚ました、すべて夢だったのではないかと思った二人は、明るくなった中でひどく心配そうに顔を見合わす、けれどそこにいるのは、きれいな娘と最高にハンサムな青年だ。二人は老婦人に見つからないよう、隠れようとする、口をきかれ、何もかもが一瞬にして消えることを恐れたからだ、彼らは夜明けの森へと出かける、人っ子ひとりいない、そこへ朝日が昇り、じっと見つめ合う二人の、実に美しい顔に光が当る、二人の唇は今にも触れそうだけれど、そうはならない、何かおかしなことが起りそうだからだ、そんな朝早くに森の中で足音が聞えたのだ！　周りの木はそれほど太くないので隠れることができない、露の降りた草を踏んで人が来る、その後から犬が……なんのことはない、あの盲人だったのだ！　彼らはほっとする、彼なら二人が見えないからだ、だけど盲人は挨拶をした、二人の息づかいが聞えたからだ、心のこもった真面目な挨拶だった、けれど盲人は何かが変ったことを直感で感じとる、そして三人は魔法の家に戻る、早朝の食欲、アメリカ風の朝食、仕度はすべて娘の役目だ、しばらくの間、盲人と青年は二人きりになる、盲人は、何が起きたのかを尋ねた、彼は話して聞かせる、盲人は喜ぶ、けれど盲人の白い網膜に、突然不安の影が稲妻のようによぎる、青年があっさりこう言ったからだ、〈聞いてください、両親を呼んで、ぼくと女房を見に来てもらうつもりです〉、盲人は大きな不安を感じるが、努めてそれを隠そうとする、青年の両親が来るという知らせ、招きに応じたのだ、下へ降りる勇気のない青年と娘は寝室で彼の両親を待っている、婦人は下で待っている、車が着いた、両親と婦人の話、両親は喜んでいる、彼が治ったと手紙で知らせてきたからだ、青年と娘が階段の上に現れる、両親の苦い失望、青年の顔には恐ろしい傷が走り、花嫁はひどく醜い顔をしたがさつな、哀れなメイドにすぎなかった、両親は喜んでいる振りができない、まもなく青年は疑い始める、何もかも偽りだったのだろうか？　ぼくたちは何も変ってはいないということだろうか？　自分がかつてのようなハンサムな青年であることを分かってほしいと期待しながら、彼は婦人の顔を見る、婦人は苦笑いを浮べる、娘は鏡に走り寄る、無惨な現実、彼女と並んで鏡に映った彼の顔には忌まわしい傷が、二人は暗がりに身を隠す、怖くて顔を見合せることができない、両親の車が走り去る音、エンジンの音はやがて町の方角に遠ざかる、娘はメイドだったときの部屋に逃げ込んでしまう、彼はすっかり絶望する、娘を抱く自分の肖像画を破壊する、娘の肖像画を頭がおかしくなったように切り裂き、ずたずたにしてしまう、婦人は盲人に電話をかける、ある秋の夕暮れどきに盲人がやってくる、彼は病気の青年と醜い娘と話をする、互いの顔が見えないように明りは消してある、目の見えない三人が、一日の最も寂しい時間に集まる、ドアの外で婦人が耳をそばだてている、〈あんた方二人は、自分たちがどうなったのか分からないのかね？　わたしが話し終えたら、どうか前みたいに、互いに顔を見合ってはくれまいか、近ごろまったくそうしてないことは知っている、互いに避け合ってることをね、だがあんた方が幸せに過ごしたこの夏がなぜ素晴らしかったのか、その説明ならわけなくできる、手短に言えばこうだ……あんた方は互いに相手が美しく見えた、それは互いに愛し合っていて、もはや目ではなく心で相手を見ていたからなんだよ、分かりにくかったかな？　わたしはあんた方に今すぐ見合ってくれとは言わない、だがわたしが帰ったら……少しも恐れずそうしてほしい、なぜかと言うと、この家の古い石の中で脈打つ愛がまたひとつ奇跡を生んだからだ、つまり二人に盲人同様、相手の肉体ではなく心だけしか見させないという奇跡だよ〉わずかに残る夕日を浴びて盲人は帰って行った、青年は夕食をとりに二階に上がる、テーブルは娘によって用意されている、彼女は鏡に向かって身仕度をし髪を梳くのをこわがっている、そのとき老婦人がしっかりした足取りでメイド用の小部屋に入ってくる、その目ははるか彼方を見ている、彼女は娘に励ましの言葉をかける、娘は恐ろしさで手が震え、髪を梳けずにいたけれど、婦人の言葉に勇気づけられ、髪を梳き始める、〈盲人の話を聞いたわ、すべてあの方のおっしゃった通りだと思うわ、この家は愛し合う二人が住むのを待っていたのよ、あたしの許婚者が酷いフランスの戦場から戻れなかったときからね、そしてあなたたち二人が選ばれたのよ、愛とはそういうものなの、変ることなど望みもしないで愛することのできる人間を、美しくするのよ。それにもしあたしの許婚者が、今日あの世から戻ってきたとしたら、あのときと同じようにきれいで若いあたしを見つけるにちがいないわ、きっとそうよ、だってあたしを愛しながら死んだんだから〉、テーブルは窓辺に用意してあった、娘は立ったまま、闇に沈んだ森をガラス越しに見ている、彼の足音だ、振り返って見るのがこわい、彼の手が彼女の手を取り、指輪をはずす、そして窓ガラスに二人の名前を刻みつける、彼は彼女の絹のような髪を優しく撫でる、磁器を想わせる顔を優しく撫でる、彼は微笑む、彼に勝るハンサムな青年はいない、彼女も微笑み、みごとな歯並びがのぞく、幸せに満ちた二人はしっとりした唇を重ねる、盲人の語りはここで終る、甘いソナタの最初の和音が響く、そこへ別の招待客が二人、忍び足で入ってくる、例の青年と娘だ、後ろ姿しか見えないが、実に上品だ、けれど後ろからなので、顔が美しいかどうかは分からない、それに二人が今聞いたばかりの話の主人公であることに、誰ひとり気づかない、ママはこの物語に夢中になった、あたしもそうだ、あのろくでなしに話さずに済んでよかった、好きなことはたとえ一言だって金輪際話してやるものか、そうすればあたしがめめしいからと言ってばかにされることもない、あいつだっていつなんどきめめしくなるか分かりゃしない、一番好きな映画の話はもう一切してやらないから、そういうのはあたしだけのものなんだ、思い出の中にしまっておいて、汚らわしい言葉で触られてたまるか、あのろくでなしにだって、あいつのろくでもない革命にだって」

……………………………………………………………

「もうすぐ飯が来るぞ、モリーナ」

「あら、口がきけたのね……」

「ああ、きけるとも」

「ネズミに舌を食べられちゃったのかと思ったわ」

「いや、食われちゃいない」

「だったらしゃがんで試したら、お尻まで届いて自分でオカマが掘れるかどうか」

「済まないが、そういう馴れ馴れしさは好きじゃないんだ」

「結構よ、これからは一言も口をきかないことにしようじゃないの、分かった？　一言もよ」

「……」

「いいわよ」

「大きい方の皿を取れよ」

「いいから、あなたが取って」

「ありがとう」

「どういたしまして」

6

「あたし、もう映画の話をしてあげないって誓ったわ。だけど、誓いを破って地獄に行くことにするわ」

「想像もつかないほど痛むんだ。刺すみたいにものすごく痛い」

「おとといのあたしとおんなじじゃない」

「だんだん激しくなるみたいだ、モリーナ」

「だったら医務室へ行かなけりゃだめかも」

「ばかなこと言わないでくれ。さっき言ったじゃないか、いやだって」

「痛み止めにセコナルをちょっと注射されたって、平気よ」

「平気じゃない、癖になる。あんたは知らないからそんなことを言うんだ」

「分かったわよ、映画の話をするわ……でもセコナルのことであたしが知らないことって何？」

「別に……」

「さあ、言って、そんな風にしないで、それにあたしなら誰にも喋れないじゃない」

「そういうことは話せないんだ、われわれ、運動の仲間の間の約束で」

「でもセコナルのことだけでいいから教えて、そうすればあたしも、それでおかしくならないようにするから、バレンティン」

「だが誰にも喋らないって約束してくれよ」

「約束する」

「仲間のひとりに起きたことなんだが、それを使う癖をつけられた、するとすっかり意気地がなくなってしまった、つまり腑抜けにされたというわけさ。だから政治犯で捕まったら、絶対医務室に行くはめになっちゃいけないんだ、いいかい、絶対だめなんだ。あんたにはそれを使ったってどうってことはない、だがおれたちは別だ、使っておいて、尋問するんだ、するとおれたちはもはやどんなことにも抵抗できなくなる、で、向こうの思い通りに喋らされる……。あっ、あああっ……ほら、猛烈な差し込みが来た……穴を開けられてるみたいだ……。腹を錐の先で突き刺されるって感じなんだ……」

「じゃあ話すわ、そうすれば少しは気が紛れるから、痛いことを考えずに済むわよ」

「何を話してくれるんだい？」

「あなたがきっと気に入るやつよ」

「ああっ……おっそろしく痛い！……」

「……」

「話してくれ、おれが途中で泣き言を言っても気にしないで、そのまま続けてくれないか」

「分かった、始めるわ、最初の場所はどこだったたっけ？　いろんなところが舞台になるものだから……。だけど何よりもまずひとつはっきりさせておくわ、これはあたしが好きな映画じゃないの」

「ということは？」

「男が好く映画なのよ、だからあなたに話してあげるの、病気だからさ」

「ありがとう」

「始まりはどうだったたっけ？……待って、そう、カーレースのコース、名前は覚えてないけど、南仏だったたわ」

「ル・マンだ」

「男の人ってどうしてみんなカーレースのこと知ってるのかしら？　まあいいわ、そのレースに南米出身の青年が出場しているの、大金持のプレイボーイ、バナナ・プランテーションを持っている大農園主の息子よ、で、彼らは今、予選に出るところなの、青年は別のレーサーに向かって、自分は自動車メーカーのためには走らない、なぜなら企業なんてみんな人々から金を取ってるからだって言ったわ。彼は自分で作った車で走るの、そういう人間だからよ、独立心がとても強いのよ。そして今は予選の最中なんだけれど、二人は彼の順番が来る間に、冷たい物を飲みに行くの、彼は満足しきってたわ、あらゆる計算からすると、抜群の成績で予選を通過するはずだったからよ、彼のマシンがコースを走る様子を見た人たちはみんな、そういう予想を立てたわ、で、当然のことだけど、彼がみんなに勝ったりしたら、車の大メーカーにとっちゃ大きな打撃になるわけよ。さて、青年たちは冷たい物を飲んでいるんだけど、その間に誰かが彼の車に近づくのよ、配置されてた監視人のひとりがそれに気づいたわ、でも知らん振りしちゃうの、すでに抱き込まれてたからよ。彼の車に近寄った男だけど、なんとも言いようのないいやらしい顔してるのよね、そいつはエンジンをいじって、何かを弛めたわ、そして行っちゃうの。青年は、戻ってくると、車に乗り込み、スタート・ラインに着いたわ。そして猛烈な勢いで飛び出すの、けれど三周目にエンジンが火を噴いちゃうのよ、で、やっとのことで逃げ出すわけ。怪我もせず助かることは助かるんだけど……」

「ああっ……畜生……なんて痛さだ」

「……だけど車はすっかり台無し。彼のチームが駆けつけたわ、すると彼は何もかも終りだ、新しい車を作ろうにももうお金がないって言うの、そして近くにあるモンテカルロへ行くの、そこには彼のお父さんがいて、ものすごくきれいな若い娘とヨットに乗ってたわ。正確に言うと、父親はヨットで息子からの電話を受けるわけ、そして二人は父親が泊ってるホテルの部屋のテラスで会うのよ。例の娘はいなかったわ、父親が息子に気兼ねしたからよ、電話を受けたとき嬉しそうにしたことから、息子を大いに愛してることが分かるの。息子はお金をもっとねだるつもりなんだけど、なかなか決心がつかないのよ、自分が何もしないですねをかじってることを恥ずかしく思ってるから、けれど会うと、父親は息子をうんと愛情をこめて抱き締めて、車が壊れたことなら気にするな、どうしたらお前に新しいのを作らせてやれるかもう考えてある、レースに出て危険を冒すのは心配だけどって、そう言ったわ。すると息子は、その問題ならもう話し合ったはずだって言うの、そりゃそうよ、だって彼をレーサーにしたのは当の父親なんだもの、カーレースだったら息子が情熱をかけることができるって分かったからよ、そうすれば左翼学生の政治騒ぎから遠ざかるだろうって、彼がパリで政治の学問を勉強してたものだから」

「政治学だ」

「それよ。そのとき父親が訊くの、なぜ有名な自動車メーカーのために走らないのかって、またまた息子を安全な道に軌道修正しようというわけよ。すると彼、不機嫌になっちゃうの、だってこう言うからよ、自分をパリから引き離しただけで十分のはずだ、自分は車を作るのに夢中になってる間に何もかも忘れた、だけどそんな蛸みたいな世界的メーカーのために働くなんて、まっぴらだ！　そうしたら父親は絶対言うべきじゃなかったことを言っちゃうのよ、お前がそんな風にカッとなって喋るのを聞くと、別れた妻を思い出す、お前の母親だ、あれもひどく気性が激しくて、理想主義者だったが、それが一体なんになった……結局ああいう結末を迎えたにすぎない……。すると青年はくるっと後ろを向いて、行っちゃうのよ、しまったと思った父親は、行かないでくれ、新しい車を作るのに必要なお金は全部出す、とかなんとか言うんだけどさ、でも母親に特別な愛情を抱いているらしい息子は、ドアをバタンと閉めて出てっちゃうのよ。父親はテラスからモンテカルロの港の素晴らしい夜景を見ながら、じっと考え込んでたわ、本当に心配でたまらないって感じで、港のヨットというヨットに灯が点り、マストや帆は豆ランプで縁取られていて、まるで夢みたいだったわ、そのとき電話のベルが鳴るの、あの若い娘からよ、だけど父親は、済まないけど今夜はカジノに行けないって言ったわ、重大な問題があって、それを解決しなくちゃいけないんだって。それはそうと青年は、ホテルを出るとき友人のグループとばったり出会うの、そして彼らにつかまっちゃって、無理矢理パーティーに引っ張って行かれたわ。パーティーに出たものの、気が滅入って仕方がない青年は、ブランディーのボトルを持って、別の部屋に入っちゃうの、そうだ、ひとつ言い忘れたんだけど、このシーンは、モンテカルロ郊外のうっとりするような屋敷で繰り広げられるんだわ、リビエラ海岸に沿って並んでるあの飛び切り贅沢な邸宅のひとつよ、庭に石の階段があってさ、手すりや今言った階段のあちこちに飾りとして、植木鉢みたいに大きな石の壺や甕が置いてあるの、そのどれにもみごとな植物が植えてあってね、で、大抵は大きなサボテンなんだけど、あなた、竜舌蘭って知ってる?」

「ああ」

「そういうやつよ。そして青年だけど、パーティーから遠い部屋に腰をすえたわ、書斎よ、そこで独り(ひと)で飲んで酔うわけ。そのうち誰かが来たのに気づいたわ、いくらか年増だけど、すごく上品で貫禄のある女性よ、彼女もボトルを手に持ってたわ。青年は暗がりにいたの、開いてる窓の明りだけがたより、だから彼女には青年が見えなかったわ、で、彼女も坐って、グラスにブランディーを注(つ)ぐのよ、そのときちょうどモンテカルロ湾で花火が上がったわ、その日は何か国全体のお祭りだったからよ、青年はそれにタイミングを合せて乾杯(チンチン)って言ったわ。彼女はぎょっとしたわよ、でも青年が、二人が同じことをした、世間を忘れるためにナポレオンのボトルを持ってきたってことを身振りで示すとね、彼女、思わず笑っちゃうのよ。そこで青年は訊いたわ、彼女が忘れたいのはなんなのかって、すると彼女は、青年が先に言えば、次に自分も言うって答えるの」

「また用足しに行きたくなった……」

「呼んで開けてもらう?」

「いや、我慢する……」

「ひどくなるわ」

「調子が悪いことがばれてしまうから」

「だいじょうぶよ、お腹が下ってるぐらいじゃ医務室へ連れ込まれたりしないわよ……」

「だめだ、頼んで開けてもらえば、今日は今度で四度目になる、ちょっと待ってくれ、たぶん我慢できるから……」

「顔が真っ青よ、ただの下痢じゃないわよ、あたしだったら医務室へ行くわ……」

「頼むから黙っててくれ」

「映画の話を続けるわ、でも聞いてちょうだい……そんな風に胃が痛むんだったら、伝染ってことはないわ、でしょ？　だってあたしがおかしくなったときと似てるもの、おんなじだわ……。まさかあたしが移したなんて言わないでよ」

「きっと何か食べたもののせいで、おれたちはおかしくなったんだ……。あんたも同じように真っ青になったよ。だがもう治まりそうだ、話を続けてくれ……」

「あたしのときはどのくらい続いたっけ？……二日ぐらいだったわ」

「いや、一晩だ、で、次の日にはもう治ってた」

「だったら看守を呼びなさいよ、あなたの調子が一晩おかしくたって、別にどうということはないんだから」

「話を続けて」

「そうね。青年がすごく品のいい女性と出会うところまでだったわ。彼女、上流階級のナイス・ミディって感じなのよ」

「体つきの方はどうなんだい？」

「背はあんまり高くなかったわ、フランスの女優なのよ、でもすごいボインで、そのくせスマートで、ウエストがきゅっと締まってて、体にぴたっとフィットしたイブニングドレスを着てたわ、それも胸のところが大胆にえぐってあって、肩ひものない、ほらあのカップドレスよ、分かった？」

「いや」

「分からないはずないわよ、ほら、おっぱいをお盆に載せてはいどうぞって感じなの」

「笑わせないでくれ」

「きれの中に針金が入ってる、がっちりしたカップなのよ。それに着てる方は涼しい顔でこうよ。おっぱいでもおひとついかが？」

「笑わせるなって言ってるだろ」

「でも笑えば痛いのを忘れるじゃない、ばかね」

「もらしそうなんだ」

「冗談言わないで、二人ともブタ箱で死んじゃうわよ。話を続けるわ、ええと、結局青年が先に、何を忘れたくて飲んでいるのかを言うことになるの。すると青年はすごく真剣な顔つきになってね、そして言ったわ、何もかもきれいさっぱり忘れるために飲んでるんだって。思い出したいことは何もないのかって彼女が訊くと、青年は、自分の人生は今、彼女がその部屋に、その書斎に入ってきたときから始まればいいと思ってると、そう答えたわ。次は彼女の番、であたし、同じことを言うんだろうって思ったの、何もかも忘れたいって、ところがちがうのよね、彼女はこう言ったわ、自分は多くのものを手に入れてきた、そしてとても感謝している、なぜなら自分はすごく売れてるモード雑誌の編集長で、仕事が好きでたまらないからだ、それに素晴らしい子供たちもいれば、遺産も相続した、その宮殿みたいな豪邸の持ち主は自分なのだ、けれど確かに、忘れなければならないことがひとつある、それは男運が悪いことだって。すると青年は、彼女が持ってるもののすべてがうらやましい、それにひきかえ、自分には何もないって言うの。もちろん、母親との問題を話すつもりはなかったわ、両親の離婚のことがほとんど強迫観念になってたからよ、青年は母親を見捨てたことに罪悪感を抱いてたのよ、母親はとても裕福で、コーヒーの大農園で暮しているんだけど、父親が彼女を置いて行ってしまうと、他の男と結婚したか、でなきゃしようとするの、で青年は、それはただ独りぼっちになりたくないからなんだって思ってるわけ。ああ、そうよ、思い出したわ、母親が彼に宛てた手紙の中でいつもそう言ってたんだわ、好きじゃないけど、他の男と結婚するつもりだ、でもそれは独りになるのが怖いからなんだって。それから青年は、自分が国を捨てたことですごく後ろめたい気がしてたの、そこでは労働者たちがひどい扱いを受けていてね、で、彼は革命思想を持ってるんだけど、なにしろ億万長者の御曹司でしょ、誰からも好かれないのよ、人民からはね。それに母親を捨てたことでも後ろめたかったのよ。で、そういうことを全部彼女に話して聞かせたわけ。それはそうと……あなたのお母さんのこと、全然話してくれないのね」

「そんなことないさ」

「神かけて誓うわ、全然、まったくよ」

「話すことがないからさ」

「それはそれは。大した自信でございますこと」

「なぜそんな言い方するんだい？」

「別に、あなたが治ったら、お話ししましょ」

「ああっ……あっ……すまない……ああ……なんてことをしちまったんだ……」

「だめっ、シーツで拭いちゃだめよ、待って……」

「やめろ、あんたのシャツはいけないよ……」

「いいのよ、ほらこれで拭いて、シーツがなけりゃ寒いじゃない」

「だがそれはあんたの着替えだ、着替えるシャツがなくなるじゃないか……」

「さあ、待って、体を浮して、そうじゃないわよ、そう、気をつけて、待って、こうすればシーツにつかないわ」

「シーツにつかなかったのかい？」

「そう、パンツのおかげでね。さあ、脱いでちょうだい」

「恥ずかしいな……」

「そうそう、そっとよ、気をつけて……それでいいわ。今度は一番ひどいところよ、シャツで拭いて」

「恥ずかしい……」

「男らしくならなきゃだめだって言ったの、あなたじゃなかった？……その恥ずかしいっていうのはどういうこと？」

「しっかり包んでくれないか……そのパンツ、臭うと困るから」

「心配ないわよ、こういうことならお手の物。ほら、すっかりシャツでくるんじゃったわ、シャツならシーツより洗うのが簡単。もっと紙を使って」

「いや、あんたのはだめだ、自分用のがなくなってしまう」

「あなたのはもう終っちゃったわ、さあ、そんなに偉そうにしないで……」

「ありがとう……」

「お礼なんていいから、ほら、全部拭き取って、それから休みなさいよ、震えてるじゃないの」

「腹が立ってるんだ、ひどく泣きたい気がするんで腹が立ってるんだ、自分に腹が立ってるんだよ」

「さあ、落ち着いて、自分をいじめてどうなるっていうの、どうかしてるわよ……」

「そう、おかしいんだ、自分が捕まったことにあんまり腹が立つものだから」

「休みなさいよ、休もうとするのよ……」

「なるほど……そうやってシャツを新聞紙でくるめば、臭いがもれないな」

「アイデア賞ものよ、ね？」

「うん」

「頑張って休むのよ、シーツにしっかりくるまって」

「分かった、もう少し話をしてくれないかな。映画の話を」

「どこまでだったか全然覚えてないわ」

「おれにお袋のことを訊いたよ」

「そうよ、だけど映画の話がどこまでだったか思い出せないのよ」

「あんたになぜお袋の話をしなかったのか分からない。おれはあんたの母親のことをそれほど知っちゃいない、だけどいくらか想像がつく」

「あたしなんてあなたのお母さんのこと、まるっきり想像できないものね」

「おれのお袋はひどく……気むずかしい女なんだ、だからあんたに話さなかったのさ。お袋にはおれの考え方が気に入らなかった、自分が持ってるものはすべて自分に相応しいと思ってるんだ、彼女の一族は金持で、社会的地位もある、分かるかい？」

「名門ね」

「そう、二流だが、名門は名門だ。彼女は親父と別れた、そして親父は二年前に死んだ」

「話してあげてた映画にちょっと似てるじゃない」

「ちがう……ばかなこと言わないでくれ」

「どっちかと言えばよ」

「ちがう。ああっ……今度の痛みは強烈だ……」

「映画は気に入ってるの？」

「集中できないんだ。でも構わないから、早いとこ終らせてくれ」

「じゃあ嫌いなんじゃない」

「続きは？　ざっと話してくれないか、どんな風に終るのか」

「分かったわ、青年はその少し年上の女を手に入れちゃうのよ、だけど彼女の方は、青年が自分を好きになったのはお金のせいだって思うわけ、新しいレーシングカーを作るためのね、そうこうするうち青年は国に帰らなけりゃならなくなるの、というのも、そのころもう国に戻っていた父親が、ゲリラに誘拐されたからなのよ。で、青年はゲリラと交渉を始めてね、自分は彼らの味方だってことを納得させるのよ、そこへ青年が危ないのを知ったあの女が彼を探しに来たわ、例のヨーロッパ女よ、そしてゲリラは莫大な身の代金と引き換えに父親を解放することになるの、それは父親も、青年も同時に助け出すことになるのよ、というのはゲリラに気づかれないように青年が父親と入れ替わっていたからなの、だけどいざ解放されるときになると、もめごとが起きて、青年は殺されそうになるの、トリックがばれたからよ、でも父親がとびだしてきて殺されちゃうの。最後には青年はゲリラと一緒に残っちゃうんだけど、で、彼女は独りで自分の仕事があるパリへ戻るのよ、すごく切ない別れだったわ、だって二人は本当は愛し合っていたんだもの、でもそれぞれ別の世界に属していたのよ、そしてお別れ、これでおしまい」

「で、どこが似てるんだい？」

「何に？」

「おれの場合にさ。あんたがおれのお袋について言ったことだよ」

「そうね、どこも似てないわ、だって青年がコーヒー農園のある故郷へ戻ると、母親はきれいに着飾って出てきてさ、青年にヨーロッパへ帰ってくれって頼むんだもの、あっそうだ、言い忘れたことがある、最後に父親が解放されたところで、警官隊との撃ち合いがあるんだわ、そしてゲリラの弾に当った傷がもとで父親は死ぬのよ、それからまた母親が現れて、二人は一緒になるの、息子と母親がってことよ、だってもうひとりの女の方はちがうもの、青年を愛してた女はパリに帰っちゃったじゃない」

「ちょっといいかい、なんだか眠くなってきたよ」

「だったら眠るチャンスだわ」

「うん、試してみるよ」

「調子が悪くなったら、いつでも起してちょうだい」

「ありがとう、本当に辛抱強くつき合ってくれて」

「いいのよ、寝てちょうだい。ばかなことを考えちゃだめよ」

……………………………………………………

「一晩中いやな夢ばかり見てたよ」

「どんな夢だったの?」

「何も覚えちゃいない。食あたりのせいでおかしいんだ、だがじきに治るさ」

「ちょっと、そんなにがつがつ食べるなんて! それにまだよくなっちゃいないのよ」

「恐ろしく腹が減ってるんだ、それに神経をやられてるせいでもある」

「本当は食べちゃいけないのよ、バレンティン。今日は絶食しなけりゃ」

「だけど胃袋が完全に空っぽなんだ」

「少なくともそのまずい漆喰風モロコシ粥を食べ終えたんだからさ、ちょっと横になりなさいよ、勉強なんか始めちゃだめよ」

「だけど午前は寝るのでつぶしちゃったから」

「だったら好きなようにしたら、あたしはあなたのためを思って言ってるんだから……。なんなら暇つぶしに何か話してあげるわよ」

「いや、結構だ、本が読めるかどうか試してみるよ」

「ちょっと聞いて、もしあなたのママに、週に一回食料を差し入れできるってことを言わなかったのなら……すごいドジよ」

「無理強いしたくないのさ、おれがここにいるのも自ら招いたことであって、お袋にはなんの関係もない」

「あたしのママが来ないのは、病気だからよ、知ってた?」

「いや、そんなこと何も言ってくれなかった」

「ほんのちょっとの時間でもベッドから起きることを禁じられてるの、心臓のせいで」

「そいつは知らなかった、気の毒に」

「だからあたしには食料がほとんどないのよ、おまけにママは他の人間に差し入れさせたがらないの、医者がじきに許可してくれると信じているからよ。でもさ、その間にあたしはひどい目にあってるわけ、だってママったら、自分以外の人間があたしに食べ物を持ってくるのをいやがるんだもの」

「あんたは彼女が治らないと思ってるのかい?」

「希望は捨ててないけど、でも何ヵ月もかかりそう」

「あんたがここを出れれば、治るんじゃないかな、どうだい?」

「あたしの考えてることが読めるのね、バレンティン」

「なに、当り前のことだからさ」

「ちょっと、そのお皿、何もかもきれいに平らげちゃったのね、あんたどうかしてるわよ」

「その通りだ、腹がいっぱいではち切れそうだ」

「ちょっと横になれば」

「眠りたくないんだ、ゆうべから今朝にかけてずっといやな夢ばかり見てたから」

「さっきの映画はもう結末を話しちゃったから、残りのところを話しても面白くないし」

「また痛くなった、ものすごく……」

「どこが痛いの?」

「胃の入口のあたりだ、それに下っ腹、腸のあたりも……ううっ……ひどく痛む……」

「体の力を抜いて、言うことを聞いてちょうだい、もしかすると神経性かもしれないわ」

「ああっ、モリーナ、はらわたに穴を開けられてるみたいだ」

「戸を開けてもらってお手洗いに行く?」

「やめろ。もっと上の方だ、胃の中で何かが焼けるみたいだ」

「吐いてみたら?」

「いいよ、それに、出してくれと頼んだりしてみろ、医務室へ連れて行かれて、しまいに腑抜けにされちまう」

「あたしのシーツに吐きなさいよ、待って、今畳むから、そうしたら中に吐くのよ、後できちんとくるんでおけば、臭ったりしないわ」

「ありがとう」

「お礼なんていいから、さあ、口の中に指を突っ込んで」

「だがシーツがないと、後であんたが寒い思いをするじゃないか」

「だいじょうぶ、毛布にしっかりくるまるわ。さあ、吐いて」

「だめだよ、待ってくれ、少し治まったぞ、体の力を抜いてみるよ……あんたに言われたように、そうやって様子を見よう」


……………………………………………………………………………………………………

「ヨーロッパの女、知的な女、美しい女、教養のある女、国際政治の知識がある女、マルクス主義を知ってる女、一から十まで全部説明する必要のない女、知的な質問で男の考えることを刺激する女、金で動かぬ清廉な女、申し分のない趣味を持った女、目立たないが洒落た装いの女、若くてしかも成熟した女、酒のよしあしが分かる女、料理の選び方を知ってる女、ワインを正しく注文できる女、家でのもてなしができる女、使用人に用を言いつけられる女、百人のパーティーを取り仕切れる女、落ち着きがあってチャーミングな女、好感の持てる女、ひとりのラテンアメリカの男の問題を分かってくれるヨーロッパの女、ラテンアメリカの革命家を称賛してくれるヨーロッパの女、それにもかかわらず、ラテンアメリカの植民地的な国の問題以上に、パリの都市交通の問題に関心を持つ女、魅力的な女、人の死の知らせに動揺しない女、恋人の父親の死を知らせる電報を何時間も隠しておく女、パリでの仕事を捨てることを拒む女、コーヒー農園に帰る恋人について行くのを拒む女、パリで女性編集長の仕事を再開する女、愛した男の思い出をなかなか忘れられない女、自分の望むことが分かっている女、一度決めたら後悔しない女、危険な女、すぐに忘れることのできる女、つらい思い出は忘れることができる女、祖国に帰った青年の死を忘れることさえできるだろう女、祖国へ飛行機で帰る青年、空から祖国の青味がかった山並を眺める青年、感きわまって涙ぐむ青年、自分のしたいことが分かっている青年、自国の植民地主義者を憎む青年、自分の主義を守るためには死をもいとわない青年、労働者の搾取が理解できない青年、老いた日雇い労働者が、役に立たないために通りに放り出されているのを見た青年、買うことのできないパンを盗んで投獄された日雇い労働者を思い出す青年、後でその屈辱を忘れるために酒に溺れた彼らを思い出す青年、マルクス主義をためらうことなく信奉する青年、ゲリラ組織と接触するという目的をはっきり持った青年、空から山並を眺めながら、まもなく自国の解放者たちがそこに集結するだろうと考える青年、政治を牛耳る新たな少数者のひとりとみなされるのを恐れる青年、人質を助け出そうとして、皮肉にもゲリラに捕まったかもしれない青年、飛行機から下りて、目にも鮮やかな色のドレスを着た寡婦の母親を抱き締める青年、目に涙を浮べていない母親、国中の人間の尊敬を集めている母親、非の打ちどころのない趣味を持った母親、南国では鮮やかな色は映えるので、落ち着いて品よく見えるドレスに身を包んだ母親、使用人に命令を下せる母親、息子をなかなかまともに見られない母親、心の中で悩む母親、顎を上げて歩く母親、背筋を伸ばし、椅子にもたれることのない母親、夫と別れてからは町で暮す母親、息子に請われ、コーヒー農園までついてゆく母親、息子の子供時代のエピソードを想い出す母親、笑顔を取り戻す母親、こわばっていた腕を伸ばし、息子の頭を撫でることのできた母親、幸せな時代を甦らせることのできた母親、かつて自分が設計した公園を一緒に歩いてくれと頼む母親、優雅な趣味を持つ母親、椰子の木蔭を歩きながら、前夫がゲリラに処刑された模様を話して聞かせる母親、横柄な使用人を撃ち殺したために前夫はゲリラの報復を受けたのだと、ハイビスカスの花咲く茂みのそばで話す母親、コーヒーの林のはるか彼方に連なる青味を帯びた山脈、その山並を背景にすらっとしたシルエットを浮き上がらせる母親、父親殺害の仕返しをしないでくれと息子に頼む母親、自分のもとを去ることになろうとも、ヨーロッパへ戻るよう息子に頼む母親、息子の生命を危ぶむ母親、慈善の催しのために、突然首都に帰る母親、自分のロールスロイスに乗り込んでから、もう一度、国を離れるよう息子に嘆願する母親、心の緊張を隠せぬ母親、はっきりした動機もなく緊張する母親、息子に何かを隠している母親、使用人に対し常に親切だった父親、慈善を通じて使用人の状況を改善しようとした父親、その地方の労働者のために農村に病院を作った父親、彼らの住む家を建てた父親、母親とひどく言い争っていた父親、息子とあまり口をきかなかった父親、家族との食事に下へ降りてくることのなかった父親、使用人のストライキを決して許さなかった父親、対立した労働者のグループが病院や家屋に火を放ったことを決して許さなかった父親、首都へ行くことを条件に妻との離婚を認めた父親、放火が許せないために、ゲリラとの付き合いを拒んだ父親、外国企業に農園を貸し、リビエラに高飛びした父親、他人には分からない理由で自分の土地に戻った父親、破廉恥の烙印（らくいん）を押されて生涯を閉じた父親、犯罪者のごとく処刑された父親、犯罪者だったかもしれぬ父親、おそらく犯罪者にちがいなかった父親、息子に恥をかかせた父親、息子に犯罪者の血を伝えた父親、田舎娘、インディオと白人の混血娘、若くさわやかな娘、栄養不良で歯の黄ばんだ娘、どこかおどおどした娘、主人公の青年を見てのぼせ上がってしまった娘、青年に秘密の伝言を手渡す娘、青年の反応が好ましいのを見てほっとする娘、その晩青年を旧友に再会させるために案内する娘、手綱さばきの見事な娘、山道を自分の掌（てのひら）のように知っている娘、ほとんど口をきかない娘、青年がどう話しかけたらいいか分からない娘、二時間足らずで青年をゲリラのキャンプに案内する娘、口笛でゲリラの隊長を呼ぶ娘、ソルボンヌ時代の同僚、学生運動の闘士だった同僚、それ以来会っていなかった同僚、主人公の青年の誠実さを信じ切っている同僚、農民の破壊活動を組織するために祖国に戻った同僚、何年と経たぬうちにゲリラ戦線を組織しえた同僚、主人公の青年の誠実さを信じて疑わぬ同僚、驚くべき事実を青年に話そうとする同僚、青年の父親と監督に死をもたらした怪し気なエピソードの背後に、政府の陰謀を嗅ぎつける同僚、青年に農園に戻って本当の責任者を暴くよう頼む同僚、おそらく判断を誤った同僚、多分罠（わな）に掛けようとした同僚、解放闘争を続けるためにおそらく友人を犠牲にしなければならない同僚、青年に屋敷へ帰る道案内をする娘、口をきかない娘、寡黙な娘、一日の仕事の後、夜、長く馬に乗っているために、おそらくただ疲れているにすぎない娘、ときおり振り返り、疑い深そうに青年を見る娘、青年を憎んでいるらしい娘、青年に止まるよう合図する娘、青年に静かにしてくれと言う娘、遠くに偵察隊らしき物音を聞きつける娘、青年に馬を下り、しばらく茂みの陰に隠れるよう頼む娘、自分が大きな岩に登って様子を見る間、二頭の馬の手綱を持って静かに待っていてくれと言う娘、戻ってきて、青年に山道を曲り角まで引き返せと命じる娘、その後すぐ青年に、兵士たちは夜明けまでキャンプを畳まないだろうからと言って夜を過ごせる天然の洞窟を示す娘、湿った洞窟で寒さに震える娘、不可解な意図を持った娘、青年を寝ている間にナイフで刺し殺すかもしれない娘、隣に寝て暖めてほしいと、相手の目を見ず、声もとぎれがちに言う娘、青年に話しかけず、青年をまともに見ない娘、内気かあるいは狡(こう)猾(かつ)な娘、みずみずしい体をした娘、青年の隣に横たわる娘、息遣いを早める娘、挑まれても声を立てない娘、物のように身を任せる娘、優しい言葉ひとつかけられない娘、口の中が苦い娘、汗の臭いが鼻をつく娘、もてあそばれた揚句、捨てられる娘、精液を注ぎ込まれる娘、避妊具について聞いたこともない娘、主人に食い物にされる娘、青年に洗練されたパリ女を忘れさせることのできない娘、絶頂に達した後は愛撫(あいぶ)してやる気になれない娘、忌まわしい話を語って聞かせる娘、年端もいかぬころ農園の元の経営者に手にかけられた話をする娘、農園の元の経営者が今は政府の高官になっていると話す娘、青年の父親の死にはその男が何らかの関係を持っているにちがいないと言う娘、おそらくすべてを知っているのは青年の母親だと、敢えて言う娘、青年に残酷きわまりない事実を明らかにする娘、青年の母親が農園の元の経営者の腕に抱かれているのを見た娘、絶頂に達した後は愛撫してやる気になれない娘、平手打ちを食わされ、ひどい言葉でののしられる娘、もてあそばれた揚句、捨てられる娘、人殺しの血が流れる残忍な主人に食い物にされた娘」

「大きな声で寝言を言ってたわよ」

「そうかな?……」

「そうよ、起されちゃったわよ」

「すまなかった」

「気分はどうなの?」

「汗でぐっしょりだ。タオルを見つけてもらえないかな、ロウソクを点(つ)けずに」

「待って、今、手探りで……」

「どこに置いたか覚えてないんだ……。見つからなけりゃもういいよ、モリーナ」

*「うるさいわね、もう見つけたわよ、あたしがよっぽどのうすらだとでも思ってんの?」

「体が凍え切っちまった」

「今すぐ紅茶を入れてあげるわ、最後の残りよ」

「いけない、それはあんたのだ、取っといてくれ、おれならもう平気だから」

「どうかしてるわ」

「だがあんたの手持の食い物も飲み物もなくなりかけてる、どうかしてるのはあんたの方だ」

「そんなことない、あたしにはもうじき差し入れがあるもの」

「だってあんたのお袋さんは病気で、面会に来れないじゃないか、忘れたのか？」

「忘れてなんかいないわよ、でもかまわないの」

「ありがとう、本当に」

「どうか飲んでちょうだい」

「そうするよ、あんたにはどれだけ感謝してることか。それに詫びも言わなければ、おれって、ときどきひどく無愛想になるものだから、……理由もなく人を傷つけてしまうんだ」

「もういいわよ」

「あんたの調子がおかしくなったときみたいに。おれはちっとも看病しなかった」

「ちょっと黙ってよ」

「本気で言ってるんだ、それにあんただけじゃない、他の人間もずいぶん傷つけてきた。おれはあんたに話をしなかった、だけど映画の話をするかわりに、本当のことを話すよ。前に話した仲間の女のことは嘘だったんだ。あれは別の人間、おれがかつて夢中になった相手さ。仲間の女に関しては本当のことを言っちゃいない。だがあんたは彼女が好きになるだろう、すごく純真で、善良で、そして気が強いからだ」

「だめ。お願いだから話さないで。そんなのはろくでもないことだし、あたしはあなたの政治の問題だとか秘密だとか、そんなことは知りたくないの。お願い」

「ばか言うな、誰があんたにおれのことを訊くって言うんだ？」

「分かりゃしないわ、尋問されるかもしれないじゃないの」

「おれはあんたを信用している。そしてあんたはおれを信用している、そうだろ？」

「そりゃまあ……」

「だったらここじゃ何もかも公平でなけりゃならない。おれを見くびらないでくれ……」

「そうじゃないのよ……」

「ときにゃ何もかもぶちまけることだって必要なんだ、おれは気が重くて仕方がない、それは本当だ。他人に悪いことをして後悔するくらいいやなことはない。なのにおれはあんたに悪いことをしてしまった……」

「でも今は止めて、別のときに話してちょうだい。今、そういう心の中にあることを引っ掻き回すのはよくないわ。紅茶をいれてあげるからそれを飲んだ方がいいわよ、体にいいもの。言うことを聞いてちょうだい」

7

「〈拝啓　またお手紙書いてます……。夜のしじまに誘われて、あなたとお話したくなりました……。あなたも想い出しているかしら……この不思議な恋の悲しい夢を……〉」

「そりゃなんだい、モリーナ？」

「ボレロよ、『手紙』っていうの」

「そんなことを考えるのはあんたぐらいなものだ」

「なぜ？　どこが悪いの？」

「ばかばかしいロマンティシズムさ、どうかしてるよ」

「あたしはボレロが好きなの、それにこれはきれいな曲だし。でもタイミングが悪かったのなら謝るわ」

「どうして？」

「だってあなたってば手紙を受け取ったらさ、すっかりふさぎ込んじゃったんだもの」

「でもどんな関係があるんだ?」

「なのにあたしったら悲しい手紙の歌を口ずさんじゃったりして。でもわざとだなんて思わないわよね……でしょ?」

「ああ」

「なぜそんな風にしてるの?」

「悪い知らせだったんだ。気づいたかい?」

「分かるはずないでしょ……。そうね、深刻な顔してるものね」

「本当に悪い知らせだったんだ。読みたけりゃ読んでいい」

「いいわよ、読まない方が……」

「だがゆうべと同じことを言い出すのはごめんだぞ、あんたはおれのことになんの関わりもない、何も訊かれないさ。おまけにおれより先に奴らが開けて読んじまってるのに、大した頭のめぐりだな」

「その通りよ」

「読みたけりゃ読んでくれ、そこにあるから」

「ダニみたいな文字ね、よかったら読んでくれないかしら」

「この娘、あんまり教育を受けてないんだ」

「あたしって本当にばかなんだわ、だってここの連中は手紙を開けたければ開けちゃうなんて、思いもしなかったんだもの。だからさ、あなたが読んでくれたって、もちろんどうってことないわ」

「〈拝啓　長いこと手紙を書かなかったのは、次のようなことが起きたのを何もかも知らせる勇気がなかったからです。でもまちがいなくわたしより頭がいいお前のこと、きっと分かってくれるでしょう。気の毒なペドロ叔父さんのことをもっと前に知らせなかったもうひとつの理由は、叔母さんが、お前に手紙を書いたと言ったからです。人にそういう話をされるのをお前がいやがるのは知ってます。人は生き続けるし、生きるための闘いを続けるには、大変な勇気がいりますからね。でもわたしにとっては、老けこ込んでからというもの、一番の痛手でした〉これは全部暗号なんだ、気がついただろう？」

「そうね、えらくややこしいってこと、それは分かったわ」

「〈老け込んでからというもの〉とあるのは、おれが運動に関わって以来という意味さ。〈生きるための闘い〉は、主義のための闘争。それにペドロ叔父さんは、あいにくだが、二十五の若者、われわれの運動の仲間なんだ。彼が死んだことをおれは全然知らなかった、別の手紙なんて受け取っちゃいない、ここの連中が開けたとき、きっと破り捨てられたんだ」

「なるほどね……」

「だからこの手紙はショックだった、おれは何も知らなかったんだ」

「可哀そう」

「どうすりゃいいんだ……」

「……」

「……」

「手紙の続き、読んで」

「ええと……〈……一番の痛手でした。だけどお前はすっかり強い人間になりました。わたしもそうなればいいのだけれど。だからもう諦めてくれたものと思います。ペドロ叔父さんがいないと特にわたしが困るのは、家族の面倒をいくらか見てやる必要ができたからで、大変な負担です。ところでお前は頭をすっかり刈られてしまったそうですね、お前に会って確かめられないのが残念でなりません、金髪をなびかせてたお前なのにね、二人で話したことは何もかも、ちゃんと覚えています、とりわけ、個人的なことではくじけちゃいけないってね、お前の忠告に従って、立ち直ろうと精一杯努力しました〉家族の面倒を見てやる必要ができたというのは、今は彼女がわれわれのグループのリーダーだってことなんだ」

「なるほどね……」

「続けよう。〈お前がいないのがだんだん淋しくなったので、ペドロ叔父さんが死んだ後、姪のマリが男の人と付き合うのを許しました。それはお前の知らない青年で、家にやって来るのですが、しっかり暮して行けそうな、なかなか好ましい人物です。でも姪には、あまり深入りしないように言ってあります、そうなったらおしまいですからね、だから彼女が生きるための闘いに必要な力を得ることができる、単なる仲間付き合いにとどめてあります〉姪のマリは彼女自身さ、そして、新しい青年がしっかり暮して行けそうで好ましい人物だっていうのは、闘争にとって好ましい分子だという意味なんだ。分かるかい？　闘いにとってだよ」

「ええ、でもさ、その付き合うっていうのが分かんないわ」

「つまり、おれが恋しくてしようがないってことさ、だけどおれたちは誰とも深入りしない約束になってるんだ、でないと、いざというときに動けなくなるからな」

「動くって、どんな風に？」

「活動するんだよ。命を張って」

「ああ、そういうことなの……」

「われわれは、誰かに愛されてるなんて考えてられないんだ、その誰かはわれわれに生きてほしいと願うからだ、そうなると死ぬのがこわくなる、いや、こわいっていうんじゃなく、そう、自分が死んで誰かが悲しむのが辛くなるんだ。だからこそ彼女は、別の仲間と付き合ってるのさ……。先を読もう。〈お前にこの話をしたものかどうか、さんざん考えました。でもお前のことだから、話す方がいいだろうと思って。幸い仕事の方はうまく行ってるし、わが家に陽が当るのも間近だと信じてます。今は夜中、お前もわたしのことを考えてくれてるような気がします。かしこ　イネス〉、家と言ったら国のことなんだ」

「ゆうべ、あなたが言ったこと、よく分かんなかったわ、あなたの話だと、仲間の娘っていうのが、前に言ってたのとはちがうとか」

「くそっ、手紙を読んでたら、目まいがしてきやがった……」

「多分、体がすっかり参ってるのよ……」

「ちょっとむかつくんだ」

「横になって、目をつぶったら」

「畜生め、もうよくなった、目の使いすぎよ。目をしっかりつぶるのよ」

「少し休まなきゃだめ、目の使いすぎよ。目をしっかりつぶるのよ」

「どうやら治まったらしい……」

「食事しちゃいけなかったのよ、バレンティン。あたし、言ったじゃない、食べちゃだめって」

「だって猛烈に腹が減ってたんだ」

「昨日、良くなったと思ったら、食べて、それで死ぬ思いをしたくせに、今日は今日で全部平らげちゃうんだから。明日は一口も食べないって約束してよ」

「食い物の話はよしてくれ、へどが出そうだ」

「ごめんなさい」

「ほら……あんたのボレロを聞いてばかにしただろ、だけど今日受け取った手紙の言ってること、ボレロとおんなじだ」

「そう思う？」

「ああ、どうやらボレロをばかにする権利はなさそうだ」

「多分、あんなこと言ったのは、身につまされたからじゃないかしら、だからだと思うわ……泣かないためにね。そんなボレロがあるわ、タンゴだったかしら」

「さっきのボレロ、なんて言ってたかな？」

「どのあたり？」

「全部言ってみてくれ」

「〈拝啓　またお手紙書いてます……。夜のしじまに誘われて、あなたとお話したくなりました……。あなたも想い出しているかしら……この不思議な恋の悲しい夢を……。この世で二度と会えなくても、たとえ死ぬまで離れていても——それが定めだから——……、誓って言います、この心はあなたのもの、思いも残りの人生も……、この苦しみがあなたのものであるように……〉、それとも〈この辛さが〉だったかしら。最後の文句はよく覚えてないけど、そんなところだと思うわ」

「いいじゃないか、本当に」

「最高よ」*

「なんていう題なんだ？」

「『手紙』、マリオ・クラベルっていうアルゼンチン人が作ったのよ」

「メキシコ人かキューバ人が作ったのかと思ったよ」

「あたし、アグスティン・ララのなら全部知ってるわ、ほとんど全部かな」

「目まいの方はいくらか治まったが、どうやら……腹痛がまた始まったらしい」

「体をうんと楽にするのよ」

「おれが悪いんだ、食事をしたもんだから」

「痛みのこと考えちゃだめよ、苛つくのもだめ。だって全部神経から来てるんだもの、何か話すのよ、どんなことでもいいから」

「前に言った通り、あんたに話した、自由奔放なブルジョア娘、あれは手紙をよこした仲間の娘じゃない」

「じゃあ手紙をくれた娘は？」

「あんたに話した娘は、おれと一緒に運動に加わったんだ、けれどそのうち抜けてしまった、そしてなんとかしておれにも手を切らせようとしたんだ」

「なぜなの？」

「彼女は生に執着しすぎたんだ、おれと一緒にいるのが楽しかった、おれと付き合うだけで十分だったのさ。二人の仲がおかしくなり出したのもそれが原因だ。彼女ときたら、おれが二、三日いないといっちゃ辛い思いをするし、戻るたびにおいおい泣く始末なんだから、だがそれは大したことじゃなかった、彼女、仲間からの電話を隠し出した、そしてついには手紙さえ見せなくなった、で、おしまいというわけさ」

「もう長いこと会ってないの？」

「かれこれ二年になる。だが彼女を忘れたことはない。彼女があんな風にならなけりゃ……せがれを腑抜けにしちまう母親みたいに……。とにかく、なぜか知らないが、結局二人は別れる運命にあったんだろう」

「二人が愛しすぎたからなの？」

「そいつもなんだかボレロ臭いな、モリーナ」

「今ごろ何言ってんのよ、ボレロって、真実を突いてるのよ、だからこそあたしは大のボレロ・ファンなんじゃない」

「だけどよかったのは、彼女がおれにまともに向かってきたことだ、二人の関係は本物だった、彼女は決して従わなかった、どう言えばいいかな？　そこらの女みたいに、されるがままになるってことがなかったんだ」

「どういう意味？」

「ああっ、モリーナ……、またおかしくなってきたみたいだ」

「どこが痛いの？」

「下っ腹だ、腸のあたりが……」

「力んじゃだめよ、バレンティン、それが一番いけないのよ。楽にしてなきゃ」

「そうだった」

「ちゃんと横になって」

「あんたには分かるまいが、すごく悲しいんだ……」

「どうしたのよ？」

「可哀そうに、あいつを知ってたら……。ものすごくいい奴だったんだ、可哀そうに……」

「誰のこと？」

「死んだ男だよ」

「天国に召されたわよ、きっと」

「そうだと信じられればな、信じたいときがあるんだ、いい人間は報われるってね、だがおれは何も信じられない。ううっ……、モリーナ、また面倒を頼まなけりゃならない……、扉を開けてもらってくれ、すぐにだ」

「ちょっと我慢するのよ……今すぐ……」

「ああっ……ああっ……だめだ、呼ばないでくれ……」

「慌てないで、今、拭くものをあげるから」

「ああっ……ああっ……猛烈に痛い、腸に針金を突き刺されてるみたいな痛さだ……」

「体をうんと楽にして、全部出すのよ、後でシーツ洗ってあげるから」

「頼む、シーツを丸めてくれ、水みたいに出るんだ」

「分かったわ、……そう、それでいいのよ、心配しないで……出せばいいのよ、シーツは後でシャワーへ持っていくわ、今日は火曜日だから」

「だけどこいつはあんたのシーツだった……」

「いいのよ、あなたのと一緒に洗うわ、ありがたいことにまだ石鹸（せっけん）があるし」

「ありがとう……。ほら、もう治まってきたよ……」

「心配はいいから楽にして、とにかくあなたの量はすごいものね、もし全部出し切ったと思ったら、言ってちょうだい、そうしたら拭いてあげるわ」

「……」

「済んだの?」

「そうらしい、だがひどく寒けがするんだ」

「今、あたしの毛布をあげるから、そうすればあったかくなるわ」

「ありがとう」

るから」

「でもその前に、もう済んだようなら、ぐるっと回ってちょうだい、きれいにしてあげ

「もう少し待ってくれ……。モリーナ、今日、あんたがボレロについて言ったことを笑ったりして、すまなかった」

「ボレロの話のどのあたり？」

「ちょっと、もう済んだようだ、だが自分で始末するよ……。頭を起しても目まいがしなけりゃ」

「ゆっくりやるのよ」

「だめだ、まだくらくらする、どうしようもない……」

「いいのよ、あたしがするわ、心配しないで。あなたは楽にしててちょうだい」

「すまない……」

「どれどれ……、そう、もう少しこっちへ……。ゆっくり回って、……それでいいわ、クッションには滲みてない、よかった。それに幸いお水がたっぷりあるから、このシーツの汚れてないところを濡らして、それでちゃんときれいにしてあげるわ」

「どう礼を言ったらいいか」

「ばかなこと言わないで。ええと……ちょっとだけそっち向きに体を起してちょうだい。そう……ばっちりよ」

「嘘じゃない、心から感謝してるよ、おれにはシャワーを浴びに行く力が出そうもないから」

「そりゃそうでしょ、それにあんなに冷たい水を浴びたりしたら死んじゃうわよ」

「ううっ、この水も氷みたいだ」

「脚をもう少し広げてちょうだい……。そう」

「気持悪くないかい？」

「黙ってて。またシーツを水で濡らしたから、……そうよ……」

「……」

「もうすっかりきれいよ……。今度は乾いたところで……。あたしのタルカム・パウダーが残ってなくて残念だわ」

「かまわないさ。乾きゃそれで十分だ」

「分かった、乾いたところがまだちょっとあるから、そこで拭いてあげる。これでと……もう全然濡れてないわよ」

「ああ、なんて気持がいいんだ……。ありがとう、モリーナ」

「待って、今……そうね……毛布でくるんであげるわ、赤ちゃんみたいに。ええと……体をこっち側に起して」

「こうかい？」

「そうよ……。待って、……今度はこっち側、これで寒くないわ。具合よくなった？」

「うん、すごくいい……。大いに感謝するよ」

「これでもう何があっても動いちゃだめよ、目まいがしなくなるようにね」

「ああ、すぐに治るさ」

「ほしいものがあれば、あたしが取ってあげる、あなたは動いちゃだめ」

「あんたのボレロを二度と笑わない、そう約束するよ。さっき歌ってた歌詞だが……なかなかいいじゃないか」

「あたしはここんとこが好き、〈あなたも想い出しているかしら……この不思議な恋の悲しい夢を……〉、まじですてきだと思わない？」

「ちょっと聞いてくれ……。おれはあいつの赤ん坊のおむつを替えてやったことがある。あの殺された男のせがれだ。おれたちは一時同じアパートをアジトにしていたんだが、あいつの女房と赤ん坊も一緒だった……。今はどうなってるか知るよしもないけれど、まだ三つにもなってないはずだ、可愛い子だった……。何が最悪かと言えば、仲間の誰にも手紙を書けないことさ、下手に動くと連中が危ない目にあうからだ……なおまずいのは、居所を教えてしまうことだ」

「あなたの仲間の娘にも？」

「書けないなんてものじゃない、彼女は今やグループのリーダーなんだぞ。彼女はもちろん誰とも連絡を取れないんだ。あんたのボレロとおんなじさ、〈だってこの世じゃ二度と会えないんだから〉、あの可哀そうな子にゃ二度と手紙も書けなけりゃ、何か言ってやることもできないんだ」

「そこはこうよ、〈……この世で二度と会えなくても……〉」

「二度と……恐ろしい言葉だ。今まで気がつかなかった……どんなに恐ろしいか……その……こ……言葉が……。すまない」

「いいのよ、我慢することないわ、ぶちまけてちょうだい、何もかもぶちまけるのよ、気が済むまで泣くのよ、バレンティン」

「あんまり可哀そうな気がして……。だがここに閉じ込められてるおれにはなんにもできやしない、あの……あの子の……母親の……面倒も見てやれないなんて……。ああ、モリーナ、なんて悲しいんだ……」

「どうしてやれるって言うの？……」

「も……毛布から、う……腕を出させてくれ……」

「なんでなの？」

「手……手を握らせてくれ、モリーナ、強く……」

「お安いご用だわ。ぎゅっと握ってちょうだい」

「こんな風にいつまでもしゃくり上げていたくないんだ……」

「しゃくり上げたってかまわないじゃない、楽になるわよ、そうすれば」

「それに辛くて仕方のないことが、もうひとつある。どうしようもない、最低のことなんだ……」

「話してちょうだい、ぶちまけるのよ」

「たった今、て……手紙をも……もらいたいのは、すぐそばにいてほしいのは、そして抱き締めたいのは……な……仲間の娘じゃなしに、別の娘……あんたに話したあの娘なんだ」

「辛いって、そんなことだったの……」

「そうなんだ、だってお……おれは、なんだかんだ言っちゃいるが、こ……心の底じゃあい……あい……相変らず、べ……別のタイプの女が好きだからさ、一皮むけばおれも、仲間の男を殺した反動の畜生どもとちっとも変りゃしない……。奴らとおんなじなんだよ、まったく」

「そんなことないわよ」

「いや、おんなじだ、ごまかし合うのはもうよそう」

「あなたがもし連中と同じだったら、こんなところにいないわよ」

「〈……この不思議な恋の悲しい夢を……〉、……あんたがボレロを歌い出したとき、なぜ苛立ったか分かるかい？　仲間の娘でなしに、マルタのことを思い出させられたからなんだ。それが理由さ。しかも思うに、おれはマルタ自身に惹かれてるんじゃない、そうじゃなく、彼女が……上流階級に属してるからなんだ、この腐った社会の……階級意識を持った犬畜生どもが言う通りだ」

「自分をいじめちゃだめ……。目をつぶって、休むようにしなけりゃ」

「だけどそうしようとすると、まだいくらか目まいがするんだ」

「お湯を沸かして、カモミール・ティーを作ってあげるわ、まだ残ってたのよ、陰になってたのを二人とも忘れてたから……」

「まさか……」

「本当よ、あたしの雑誌の陰にあったの、だから助かったんだわ」

「だがあんたのものだ、それにあんたの好物だし」

「でもあなたの体にいいもの、ちょっと静かにしてて、今、分かるわよ、飲めばしばらく休めることが……」

……………………………………………………………………………………

「ある計画を立てる青年、町で会おうという母親の招きに応じる青年、ゲリラには絶対反対だと、母親に嘘をつく青年、パリに戻ることを母親に約束する青年、母親と二人きり、キャンドルの点る中で夕食をとる青年、終戦直後の子供時代のように、ヨーロッパの冬季スポーツの聖地を巡る旅について行くと、母親に約束する青年、ヨーロッパの上流社会の美しい年頃の娘たちの話をする母親、青年が受け継ぐはずの全財産の話をする母親、莫大な富を息子の名義にすることを提案する母親、もはや青年とともにヨーロッパには行けない理由を隠している母親、元の経営者がどうなったかを探る青年、他ならぬその男が今、治安省のブレーンを務めていることを知る青年、元の経営者が、革命防止活動を行なう秘密機関の長官であることを知る青年、母親に一緒にヨーロッパへ発つことを説き伏せようとする青年、財産を使って、美しい母親とともに子供時代のスキー旅行を再現しようとする青年、すべてを捨てて、母親とともに逃げようと決心する青年、母親にヨーロッパへの旅を持ち掛ける青年、母親に計画を拒まれる青年、別の計画があることを告白する母親、情緒のある生活をやり直したいと言う母親、空港に息子を見送りに来て、元の経営者との結婚がさし迫っていると告白する母親、その計画に感激した振りをする青年、最初に着陸した空港で降りて、帰りの飛行機に乗り換える青年、山中のゲリラ軍に加わる青年、父親の汚名をすすごうと決意する青年、最初に山道を案内してくれた田舎娘に再会する青年、彼女の妊娠に気づく青年、インディオの子を望まぬ青年、自分の血がインディオ女の血と混ざるのを望まぬ青年、自分の感情を恥じる青年、自分の子の未来の母親を愛撫（あいぶ）できない青年、自分の罪をいかにして償えばいいか分からない青年、母親と元の経営者がいる農場を、ゲリラの先頭に立って襲撃する青年、農場の周りを回る青年、自分の家に火を放つ青年、自らの血に火を放つ青年、屋敷内の人間に降伏を要求する青年、元の経営者が卑怯にも母親を盾にして出てくるのを見る青年、撃てと命令する青年、慈悲を求める母親の金切り声を聞く青年、銃殺を止める青年、父親の死の真相を明らかにするよう要求する青年、自分を押えつけていた腕から解放され、真実を洗いざらい話す母親、自分の愛人がいかにして罠を仕掛け、父親に誠実な監督を殺させたかを打ち明ける母親、自分の夫は無実だったと告白する母親、元の経営者の処刑を命じた後、母親の処刑を命じる青年、すっかり理性を失くしてしまい、瀕死の母親を見ると機関銃をつかみ、彼女を蜂の巣のようにしたばかりの兵士たちに弾を浴びせる青年、ただちに銃殺される青年、ゲリラ軍の焼けるような弾を腹に感じる青年、銃殺隊の中に自分を咎める田舎娘の眼差しを認める青年、事切れる前に許しを請おうとするが、もはや声の出ない青年、田舎娘の眼差しに、永遠の非難を読み取る青年」

8

アルゼンチン共和国内務省
ブエノスアイレス市刑務所
第三区所長殿に対する報告、内務省秘書課作成

被告人　三〇一八号、ルイス・アルベルト・モリーナ
一九七四年七月二十日、ブエノスアイレス市刑事裁判所に於いて、刑事裁判官フスト・ホセ・ダルピエーレ博士により判決。未成年者の猥褻幇助罪(わいせつほうじょざい)により懲役八年を宣告される。一九七四年七月二十八日、B棟三四号房に拘置される。同室者は猥褻囚ベニート・ハラミージョ、マリオ・カルロス・ビアンチ及びダビド・マルグリエス。一九七五年四月四日、D棟七号房に移される。同室者は政治囚バレンティン・アレーギ・パス。素行良好。

被勾留者　一六一一五号、バレンティン・アレーギ・パス
　一九七二年十月十六日、二つの自動車組立工場に於いて争乱を煽動していた活動家グループを、連邦警察が急襲した直後、国道五号線バラーンカス付近で検挙される。両工場は国道沿いにあり、当時、労働者によるストライキ中であった。現在、国家行政権下に置かれ、裁判を待つ。一九七四年十一月四日、A棟十号房に留置される。同室者は政治囚ベルナルド・ヒアシンティ。政治囚ファン・ビセンテ・アパリシオが警察の取調べ中に死亡したことに抗議し、ハンガーストライキに参加する。一九七五年三月二十五日より十日間、独房に監禁される。一九七五年四月四日、D棟七号房に移される。同室者は未成年者の猥褻幇助罪を犯した被告人ルイス・アルベルト・モリーナ。素行に問題あり、反抗的、前述のハンガーストライキ及び、各棟に於ける衛生条件の不備、私信の検閲に対する抗議運動の首謀者と目される。

看守　所長の前では帽子を脱ぐんだ。
被告人　分かりました。
所長　そんなに震えなくていい、何もしやしない。
看守　被告人を検査した結果、所長に危害を加えるような武器の類は一切所持しており

ません。

所長　そりゃどうも、被告人と二人きりにしてくれないか。

看守　所長、廊下で見張っておりますので。失礼します、所長。

所長　分かった、下がってくれたまえ。……痩せたじゃないか、モリーナ、どうした？

被告人　別に。腸の具合が悪かっただけですよ、でももう治りました。

所長　そんなに震えなくていい……。こわがる必要なんて何もない、今日、お前さんに面会があったことになってるんだから。アレーギは別に疑ったりしないさ。

被告人　ええ、彼は少しも疑いませんよ。

所長　ゆうべ家で、お前さんの保証人と一緒に食事をしたとき、お前さんにいい知らせを聞いたんだ、それで今日、早速この事務室へ来てもらうことにしたのさ、それとももう何か知ってるのかね？

被告人　いいえ、まだ何も。そういうことはうんと気をつけてやらないと。……で、パリシさんはどんなことを言ったんですか？

所長　すごくいい知らせなんだ、モリーナ、お袋さんがずいぶん良くなったそうだよ、恩赦があるかもしれないという話を彼が聞かせて以来ね……まるで別人のようだとさ。

被告人　本当に？……

所長　もちろんさ、願いがかなったじゃないか、そうだろ？……だが泣くのは止めたまえ、さあ、どういうことなんだ、それは？　嬉しいはずじゃないか……。
被告人　嬉し泣きです……。
所長　さあ、もういいから……。ハンカチを持ってないのかね？
被告人　ええ、でも袖で拭くからかまいません……。
所長　わしのを使いたまえ……。
被告人　いいえ、本当にいいんです、もう拭きましたから、すいません。
所長　パリシとは兄弟も同然なんだよ、で、あいつにお前さんの話をされたんで、この方法を考え出したわけだ、だが、モリーナ……われわれはお前さんがうまくやってくれるだろうと思ってる。ところで奴の尻尾を捕まえられそうかね？
被告人　ええ、多分……。
所長　奴の体を参らせてやったことは役に立ったかな？
被告人　手を加えた最初の食事は、自分で食べるはめになりました。
所長　どうしてそんなことに？　大きな手落ちがあったんだ……。
被告人　そうじゃなく、彼がモロコシ粥が嫌いだったからなんです。で、片方の皿の量がもう片方より多かったものだから……彼、わたしに多い方を食べろって言い張ったんです、でも断ったりすれば、ひどく怪しまれただろうし。手を加えた方が新しいブリキの皿で運ばれてくることは所長から聞いてたけど、でもそっちの量を多くしたのは間違いでした。それでわたしが食べるはめになったんです。

所長　なるほど、よく分かったよ、モリーナ。よくやった。失敗してすまなかった。

被告人　わたしが痩せたのはそのせいだと思います、二日もお腹をこわしてたんですから。

所長　で、アレーギの方だが、気力はどうだ？　少しは弱気になったかね？　どう思う？

被告人　ええ、だけどもう治るのを待った方がいいと思います。

所長　そうか、わしにはよく分からんが。モリーナ、その方はわれわれの判断に任せてくれたまえ、ここにはその道の専門家がいくらでもいる。

被告人　でもあれ以上ひどくなれば、どうしても牢にはいられなくなるし、医務室に行ってしまえば、もうわたしにはどうすることもできません。

所長　モリーナ、お前さんはわれわれの専門家の能力を見くびっているな。連中は止めたり続けたりするタイミングぐらい百も承知さ。わしが言うんだから間違いない。*

被告人　すいません、所長、わたしはただ協力したかっただけです。

所長　分かった。さて話は変るが、お前さんの恩赦のこと、ほんのちょっとでも感づかれちゃならんぞ、房に戻っても嬉しそうな顔は絶対にしないでくれたまえ。この面会のこと、どう話すつもりかね？

被告人　分かりません、所長。どうか教えてください。
所長　お袋さんが来てたと言うんだ、どうかね？
被告人　だめです、言えませんよ、そんなこと。
所長　なぜ言えないのかね？
被告人　だって、母はいつも食料を包みにして持って来るんです。
所長　お前さんが嬉しがるのももっともだと思わせる理由を、何かデッチ上げなくてはな、モリーナ。それが先決だ。そうだ、こうしよう、何か食料を用意させるから、それを包みにするんだ、どうかね、この考えは？
被告人　名案です、所長。
所長　そうすりゃお前さんがモロコシ粥でひどい目にあったことを、いくらか償うこともできるしな。実に気の毒なことをしたものだ！
被告人　母はこの刑務所から二、三区画のところにあるスーパーで全部買うんです、包みを持ってバスに乗らずに済むように。
所長　だがここで業者から買う方が手っ取り早いな。ここで包みを作ってやるよ。
被告人　だめですよ、疑われるかもしれません。お願いですから止めてください、表の通りにあるスーパーへ行ってください。
所長　じゃあちょっと待っててくれ。……ああ、わしだが、……グティエーレス、すまんがちょっと来てくれないか……所長室にだ。

被告人　母はいつも、ボール箱に入れて、茶色の包み紙にくるんで持って来るんです。持ち運びできるように、スーパーでそうしてもらうんです。

所長　分かった……。ああ、入ってくれ。いいかね、グティエーレス、今渡すリストの食料品を調達して、それを特別なやり方で包まなけりゃならないんだ。リストは被告人が渡すが、何もかも……約三十分で準備する必要がある、引き換え券を一枚もらって、被告人が渡すリストの食料品を看守と一緒に買って来てくれたまえ、モリーナ、お袋さんが差し入れしてくれそうなものを片っ端から言ってくれないか。

被告人　所長にですか？

所長　もちろん、わしにだ！　早くしてくれ、他にもすることがあるんだ。

被告人　……ミルク・ペーストの大壜入り……。できれば二本。生の桃、ローストチキン二羽分、もちろんまだ冷えてないこと。砂糖一袋、大。お茶二箱、ひとつは紅茶、もうひとつはカモミール・ティー。粉ミルク、コンデンス・ミルク、洗濯石鹸（せっけん）……半本、ちがった、まるまる一本、銘柄は〈ラディカル〉、化粧石鹸四箱、銘柄は〈パルモリーベ〉、……あと、なんだろう？……そうだ、魚の酢漬け、大壜入り、ちょっと考えさせてください、頭が空っぽになったものだから……。

〔原注〕

98 イギリスの研究者、D・J・ウエストは、同性愛の物理的原因に関する主な説は三つであるとし、そのいずれにも反駁(はんばく)している。
　第一の説は、性的異常行動が、男女両性の血液に含まれる男女両性ホルモンの割合がバランスを欠くことにより生じるとするものである。しかし、同性愛者に対し直接行なわれたテストでは、この説を裏づける結果は得られなかった。すなわち、ホルモン配分上の欠陥はなんら認められなかった。スワイヤー博士がその著書、『内分泌の視点から見た同性愛』で指摘しているところによれば、同性愛者と異性愛者におけるホルモン・レベルの測定値には何ら相違は見られない。また、同性愛の原因がホルモンにあるとすれば（ホルモンは内分泌腺から分泌される）、注射により内分泌のバランスを回復することで、治療が可能なはずである。だが、実際には、それは可能とならなかった。バラールは自著、『精神病の男性同性愛者におけるテストステロン』において、男性同性愛者に男性ホルモンを投与しても、本人が慣れ親しんだ形の性行動に対する欲求が亢進(こうしん)したにすぎなかったと報告している。女性に対して行なわれた実験については、フォス博士が、『女性の性徴における男性ホルモンの影響』で次のように述べている。すなわち、女性に対する男性ホルモンの大量投与は確かに顕著な男性化をもたらすが、声が低くなる、ひげが生える、乳房が小さくなる、クリトリスが肥大するなど、身体的特徴の変化に限られる。性欲については、亢進するが、正常な女性としてのそれであることに変化はない。すなわち、性欲の対象は、その女性が同性愛者でない限り、男性のままである。一方、男性異性愛者の場合、女性ホルモンの大量投与は、性的活力の減退を招くが、同性への性的欲求を惹き起すことはない。以上のことはすべて、女性に対する男性ホルモン投与及び男性に対する女性ホルモン投与によっては、血液中の男女両性ホルモンの割合と男女の性欲との間の必然的関係は明らかにならないことを示している。したがって、愛情行動の対象に男女いずれの性を選ぶかということと内分泌活動、すなわちホルモン分泌との間に、証明しうる関係は存在しないと言える。

同性愛の物理的原因に関する第二の有力な説は、D・J・ウエストによれば、中性に関するものである。同性愛者においてホルモン異常が認められないところから、他の物理的決定要因、まだ知られていない何らかの異常の検出が試みられた。研究者のある者は、同性愛を一種の中性の愛として規定しようとしたのである。中性もしくは両性具有者とは、両性の特徴を備えてはいるが、物理的にはいずれの性にも不完全にしか属さない人間のことである。個体の属する性の区別は、妊娠時に、卵子を受精させた精子の遺伝的特質に従って決定される。中性の物理的原因については、まだ十分な結論が出ていないが、一般には、妊娠中に生じる内分泌活動の乱れが原因とされる。中性の程度は様々で、ある者においては、体内の生殖腺（卵巣あるいは睾丸）と肉体的外見とが矛盾し、またある者においては、体内の生殖腺は卵巣と睾丸が混合した形になっている。さらに、生殖器が男女の中間的形態を示している場合もあり、陰茎と子宮を同時に備えていることさえある。T・ラングは『遺伝学から見た同性愛』の中で、男性同性愛者は、遺伝学的には、身体が完全に男性化した女性であることを例証する。ラングは、自説を証明するためにアンケート調査を行ない、男性同性愛者は、男兄弟ばかりで女姉妹の欠如している家庭に生じるが、それは女性が生れなかったことの代償となる中間的存在として生じる、と結論している。確かに興味深い資料ではあるが、ラングの説自体は、同性愛者の大部分、すなわち九九パーセントが肉体的には正常であることを証明できないという、致命的な弱点を持っている。この点に基づき、C・M・B・ペアは、『同性愛と染色体の性別』において、ラングの説に反駁している。ペアによれば、マイクロスコープを駆使する最新技術により、男性同性愛者及び男性異性愛者に対し大規模な調査を行なった結果、すべての男性同性愛者は生物学的には等しく男性であることが確認されたという。また、J・マニーも自著、『性別の確立』の中でラング説に反論し、中性は、その両性具有的外見にもかかわらず、性愛の対象としては一方の性のみを選択すると断言している。マニーによれば、これら中性の性衝動は、卵巣、睾丸あるいはその中間といった生殖腺の支配を受けない。中性の性欲は、その染色体や体内及び体外の生殖器の支配的特徴が、反対の性のそれであるときでさえ、すでに慣れた方の性に順応する。このことから、身体的には正常であると否とを問わず、いかなる場合にも、異性愛及び同性愛は、心理的条件付けによって獲得されるのであり、内分泌の要因によって予め決定されるのではないということができる。

　ウエストが問題にしている、同性愛の物理的原因説の三つめは、遺伝的要因に基づくものである。F・J・コールマン『男性同性愛の遺伝学的側面に関する比較研究I・II』のように、それらの研究が重要であることは認めながらも、ウエストは、用いられている資料が曖昧であるため、同性愛が遺伝型の生得的特徴を持っているとすることはできない、と指摘している。

131　トビス－ベルリン・スタジオ製作の特作品「運命」に関する、国外配給用プレスブックより（中間部からの抜粋）。

　外国の哨戒艇が到着するが、その出迎えにいつものファンファーレはなかった。それどころか、レニ・ラメゾンの第三帝国首都入りは、秘密裡に行なわれねばならなかった。記者団が招かれたのは、彼女のメイク・テストと衣装合せが済んでからだった。フランスの歌姫はその日の午後、ついに、自由主義諸国のジャーナリストたちから選りすぐった代表団の前に姿を現すはずだった。場所はベルリン・グラント・ホテルである。記者会見のために借り切られた中二階の帝国の間に、ティー・ガーデンで演奏するオーケストラのメロディーがかすかに響いてくる。これまで人々にとって、レニはパリ・モードそのものであり、彼女の美しさがそのモードをさらに際立たせた。したがって、小さな巻貝のようにカールさせた髪、白塗りの顔に頬を紅で赤くした彼女の登場を、誰もが待ちわびていた。当然ながら、彼女はほとんど目を開けていることができないと思われた。瞼にアイシャドーを濃く塗り、長い付け睫をつけるはずだったからだ。だが、最大の関心は彼女の衣装にあった。女性のシルエットを変形させるデザインで知られる、フランスのデカダン的クチュリエの手掛けた、ドレープを惜しみなく使った衣装であることは確実だったからである。しかし、感嘆の声を漏らし、急いで道を開ける人々の間に姿を現したのは、まったく異なる女だった。そのほっそりしたウエストも丸いヒップもふんだんな布で隠されてはいなかったし、盛り上がった胸はとっぴなデザインで押えつけられてはいなかった。それどころか、スパルタ出身とでも言うべきその娘は、体の形が完全に分かる実にシンプルな白のチューニック姿で進んできた。彼女の白く清々しい顔は、健康な山の娘を思わせた。一方、髪は、真ん中で二つに分け、三つ編みにして、頭の回りに巻いてあった。体操選手のような剥き出しの腕、だが肩には白い共切れの短いケープを纏っていた。〈われわれの美の理想とは常に健康である〉、と総統は言い、特に女性について次のように言っている。〈女性の使命は美しくあること、そして子供を生むことである。国民に五人の子供をもたらした女性は、世界一優れた女性法学者に勝る貢献をしている。国家社会主義思想の世界に女性政治家は必要ない。なぜなら、女性を、彼女が価値を失う議会の場へ連れ出すことは、彼女から尊厳を奪うことを意味するからである。ドイツの再生は、男性の仕事である。だが、現在、国民総数八千万人の第三帝国は、一世紀後の輝ける二〇四〇年には、母国並びに数知れぬわれらが植民地から全世界を治めるべき二億五千万の愛国者を必要とするであろう。そしてこれは女性の仕事となろう。なぜならわれわれは、民族の崩壊という重大な問題に関し、数多くの他国民から教訓を学んだからであり、この問題は、国民の自覚されたナショナリズム、すなわち国家と国民の統合によって食い止めることが可能だからである〉。いわゆる帝国の間において、美しい外国女に対し、彼女と契約を結んでいるベルリンの映画撮影所の代表者がこの言葉を繰り返す。レニの素朴な美しさがそこに集まった記者団に感銘を与えたのと同様、この言葉は彼女に強い感銘を与えた。

翌日、レニの新たなイメージが、自由主義諸国の新聞のトップを飾ったが、彼女は自分の美しさを讃える記事を読もうともせず、受話器を取ると――激しい不安を抑えながら――ヴェルナーに電話する。彼女は、彼がパリに戻る前にベルリンで過ごす数日間を利用して、自分が新生ドイツ社会の素晴らしさを発見するのを手伝ってくれと頼む。ヴェルナーはまず、巨大なスタジアムで行なわれる、ドイツ青年の大規模な会議に彼女を連れて行く。彼は、快適な軍専用のリムジンを使うのを嫌い、レニを軽快な白のクーペで案内する。彼の目的は、熱気に溢れるその大勢の中で、彼女が自分も単にそのひとりに過ぎないと感じさせることだったが、見事それに成功する。レニのそばを通る者は誰も彼女を賞讃する。だがそれは、洗練された歌姫が物珍しかったからではなく、化粧をつけていない彼女の健康的な姿が威厳に満ちていたからである。実際、レニは軍服の力強さを思わせる、シンプルなツーピースという姿であった。服地にはアルプス地方特有の布地が使われ、山に住む人間の素朴さと荒々しさをいささか感じさせたが、女性的な体つきははっきりと現れていた。ただ、いかつい肩当のみが体の線とは異質で、たくましさを与えていた。ヴェルナーは満足し切った表情でレニを眺めた。というのも、スタジアムの巨大な正面を見れば、レニが驚嘆するであろうことを予想していたのだが、事実、それを見たとき、彼女が驚きを隠さなかったからである。そのときレニがヴェルナーに尋ねる。ヨーロッパの他の国では、絵画や彫刻そして建築において、あまりに軽薄ではかない芸術、パリで作られる、うつろいやすい女性ファッションのように、消え行く運命にある、ただ単に装飾的で抽象的な芸術が押しつけられているのに、なぜ彼の国では、それほど純粋で霊感に満ちたものを生むことができたのか、というのである。どう答えればいいか、彼にははっきりと分かっていた。しかしすぐに答えることはせず、彼女に少し待つように頼んだ。そして今、二人は、ドイツの青年たちが彼らのために華々しく繰り広げる、忘れがたい光景を前にしている。緑に燃えるフィールドの上では、真っ直ぐな隊列が広がって行き、崩れたかと思うと、たちまち元に戻り、今度は曲線を描く、それがしばらく波打つと、また力強い直線を描く。彼らは男女の体操競技の選手で、演技を披露するために黒や白のユニフォームを着ている。ここでヴェルナーが、レニの目がオリンピックを思わせる光景に釘付けになっているのに、コメントを加えるように言う。〈そうだ、ヒロイズムは、将来のあらゆる政治的運命のモデルとなり、芸術をこのわれわれの時代精神を表すものにするのだ。コミュニストや未来派の芸術は、逆行的でアナーキーだ。われわれの芸術は、モンゴロイドのコミュニストたちの無謀な試みや、アッシリアの堕落から生れたカトリックの茶番劇に対置する、北方文化なのだ。愛には名誉を対置しなければならない。そしてキリストは、教会堂の商人たちにパンチを食らわせる競技者となるだろう〉。続いて、国家社会主義の真の希望の灯であ(ひ)る青年たちが、愛国心に打ち震えながら、勇壮に合唱する。〈……われらの昔(いにしえ)の国旗は再びはためく、革命的若者は、火山の情熱を掻(か)き立て、怒りを目覚めさせ、冷静にして確実な計算により疑う心と憤る心を結びつけ、かくして多くの人々を反逆へと駆り立てねばならぬ〉。歌詞は宣伝相ゲッベルスの標語を換言したものである。するとレニは、ヴェルナーが死刑を宣告するのを聞いた日以来、心の中で葛藤があったにもかかわらず、歓びにわれを忘れてしまう。ヴェルナーは手を差し伸べると、彼女を自分の方に引き寄せるが、ロづけることはしない。彼女の唇がまだ冷たいのではないかと思ったからだ。その晩、二人は夕食を共にするのだが、互いに口をきかない。二人とも食事にはほとんど手をつけず、レニは甘口のモーゼル・ワインを一杯飲み干す。だが、最後の一滴を飲み終えると、炎を上げて燃えている暖炉に向かって、グラスを力まかせに投げつけ、グラスは粉々に砕ける。レニは、何の前置きもなしに、心の中でわだかまっていた質問を浴びせる。〈あなたのような立派な人が、どうして人を殺せと命令できたの?〉。ヴェルナーはほっとしてただちに言い返す。〈それでもってぼくから距離を置いてたのかい?〉。レニがそうだと答えると、ヴェルナーは彼女に、ただ、内務省に一緒に行くようにとだけ言う。彼女はその言葉に従う。夜更けだったにもかかわらず、政府の役所では人が盛んに働いている。なぜなら、新生ドイツは、日夜休まず活動していたからである。ヴェルナーの尊大な軍服姿が現れると、ドアは次々と開き、彼を通した。数分後、二人は地下の映写室に通される。ヴェルナーはただちに映写を開始するよう命じる。スクリーンに残酷な場面が映される。飢餓、それも世界の飢餓を扱った長篇記録映画である。北アフリカの飢餓、スペインの飢餓、ダルマチアの飢餓、アナトリアのヤン・ツー・キャン渓谷の飢餓。そしてそれらの飢餓に先立って、その地方を訪れる二、三の無慈悲な男たち。それは常に同じ、死をもたらす彷徨えるユダヤ人である。こうしたことの一切を、カメラはつぶさに記録している。そうだ、この禿鷹のような死の商人たちは、旱魃、洪水、その他諸々の災害に見舞われた地域をこれ幸いと訪れ、悪魔の饗宴を繰り広げる。すなわち、生活必需品を買い占め、利鞘を稼ぐのだ。そして彼らの後から、その手下、すべてアブラハムの呪われた息子たちがやってきて、寸分違わぬ投機を行なう。まず小麦、続いてその他の穀類が次第に姿を消して行き、ついには最も粗悪なもの、したがって家畜の飼料に当てられたものまで、消えて行くのだ。さらに肉、砂糖、油脂類、生であれ缶詰であれ果物、野菜がなくなってしまう。こうして、様々な町で飢餓が広がって行く。町の住民は農村へ向かうが、彼らの目の前にあるのは、イスラエルのバッタたちが残していった無惨な光景ばかりである。人々の表情は暗く、誰もが首をうなだれて歩いている。ホロコーストに遭ったそれらの地域の地平線に浮び上がる、飢えた人々の力ない姿、彼らは固いパンの一片を求めて、最後の歩みを進める。だが、それは決して手の届かない幻影にすぎないのだ。

レニはこの映画を血が凍り付く思いで観ていたが、それはともかく、早く明りが点き、謎の人物の正体が明らかにされることを願った。つまり、二人の破廉恥漢のうちの一方が誰なのかを、ヴェルナーの口から聞きたかったのだ。そこでレニは、暗殺団の二人のリーダーのことを持ち出してみた。するとヴェルナーの顔が喜びで紅潮した。というのも、二人のうちの片方が、自分が処刑を命じた犯罪者であることを、レニが認めたと思ったからだ。しかもその処刑の命令が彼女を大いに失望させたからである。しかしそうではなかった。レニが問題にしたのはもう一人の方だった。ところがヴェルナーはさらに興奮した。ことによるとレニは、諜報部員の誰もがもはや不可能と看做したことを成し得たのかもしれない。ジャコブ・レヴィは、今、彼らが最も消息を知りたがっている反ナチのスパイなのだ。レニははっきりとは答えられなかったが、その脂ぎった禿頭といかにも高利貸らしい長い顎鬚の邪悪な顔を、確かにどこかで見ていた。フィルムが巻き戻され、例の犯罪者が写っているところで止められた。レニは精一杯努力したが、その極悪人をいつ、どこで、いかにして見たか、思い出せなかった。結局、二人は映写室を出ると、菩提樹の並木道を少し歩くことにした。レニは相変らず、ぼんやりと、記憶の迷路の中を彷徨っていた。ジャコブ・レヴィを見ていることは確実だった。ただ心配なのは、ひょっとするとその男を知ったのは、より正確に言えば、想像したのは、夢の中であるかもしれないということだった。一方、ヴェルナーの方は黙ったままだった。レニに映画を見せた目的は、スイスとの国境近くの村でついに捕え、自分が処刑を命じたその男が、卑劣きわまりない虫けら同然の人間であることを、彼女に示すことだった。しかし、レニのたったひとつの仕草で、ヴェルナーの心のわだかまりは雲散霧消してしまった。レニは白く柔らかい両手でヴェルナーの逞しい右手を握ると、それを自分の胸に持っていったのである。今や何もかもが明らかになり、レニは、残忍なユダヤ人の死が、無数の罪のない人々の救済を意味するものであったことを悟った。帝国の首都に小糠雨が降っている。レニはヴェルナーに、自分を抱きかかえてほしい、そうして休ませてほしいと頼む。彼らは、翌日明るくなってから、まだ放たれたままだった獣の片割れを狩ることにした。だが、そのとき、ジャングルからの唸り声はもはや聞えなくなる。なぜなら、彼らは今、金色に輝く二人の館を建てるために神々によって選ばれた地にいたからである。その地で、悪徳商人たちは、英雄たちの倫理に対する最初の戦いに敗れたのだ。

日の光が降り注ぐ日曜日の朝である。レニはヴェルナーに、パリへ戻る前に二人で過ごす最後の週末を利用して、ババリア・アルプス地方の魅惑的な渓谷を一緒に訪ねてほしいと頼んだ。そこは総統の休暇用の別荘がある素晴らしい別荘地帯であり、総統が潜伏期に質素な農民の一家にかくまわれていた場所でもある。青々と茂る草は芳しく、日射しは温かい。だが、風は、歩哨のごとくそそり立つ峰々の万年雪の冷気を運んでくる。草の上に敷かれた、農家の素朴なテーブルクロス。その上に広げられたつましいピクニックの食事。レニはもはや好奇心を隠そうとせず、総統に関するありとあらゆる質問をヴェルナーに浴びせる。初めのうち、ヴェルナーの言葉は、彼女に理解しがたかった、〈……自由民主主義国家における社会・経済的問題は、袋小路に入り込んでいる。しかし本質的には、世界の列強ではなく、国民自身に十全に根ざした権威主義国家の下でなら、きわめて容易に、かつ全般的満足を得られる形で解決できるのだ……〉、すると彼女は、ただ総統の人柄についてだけ、できれば、いかにして権力の座についたかを話してほしいと要求する。ヴェルナーは語る、〈……マルクス主義者のチラシやユダヤ人の新聞は、ドイツ人に混乱と屈辱をもたらそうとしたにすぎない。時にはアドルフ・ヒットラーが逮捕されたという虚報が流されもした。だが、そんなことはありえない。彼を認知できる者はいないからだ。つまり彼は写真を撮らせたことがないのだ。彼は国中を縦横無尽に飛び回り、秘密の集会に出席する。時にはぼく自身も、心許無い小型飛行機で同伴したことがある。そのときのことはよく覚えている。モーターが唸り出し、間もなくぼくたちを乗せて夜空に舞い上がったものだ。嵐をついての飛行もあった。しかし彼は、雷など気にもせず、マルクス主義の狂気や不戦論の毒、その他ありとあらゆる外国から入ってきた思想に冒された国民のことで深く心を痛めながら、ぼくに話してくれたものだ……。それに、ぼくたちが昨日通り、今夜また通る、ベルリン、アルプス間のこのルートを……一緒に車で往復したことも数知れない。彼はどんな道も熟知している、そうした道を通じて、国民の心の中に入って行くのだ。われわれはいつでも一度しか停まらなかった、停まるのは今君がいるところだった……われわれは芝草の上にテーブルクロスを広げ、木蔭に腰を下ろし、ささやかな昼食を食べたものだ。パンの小さな一切れ、ゆで卵一個、何か果物、それが総統の食べたもののすべてだ。雨のときには車の中で、その軽食を食べた。そうやってわれわれはようやく目的地に着く。そして彼は集会に出る。するとあんなに素朴な人物が、何倍にも大きく見えてくる。また反乱軍のラジオ放送を通じて、彼の信念が霊気のように伝わって行くんだ。

彼が命を落しかけたのも一度や二度ではない。なぜなら街から街へ、残忍なマルクス主義の脅威が広まっていたからだ……〉。レニはうっとりと聞き惚れていた。が、彼女はもっと知りたかった。女として、総統の人間的魅力の隠された秘密に興味があったのだ。ヴェルナーは答えて言った、〈……総統はその言葉の一語一語に自分を表現するんだ。彼は自分を信じ、自分の言うことをすべて信じている。彼は、今では滅多に見られない、本物なんだ。本物を知った国民は、それを固く信じるというわけだ。総統の人格の秘密がどこにあるのかは、われわれ側近にとってさえも、永遠の謎なんだ。奇跡を信じるということでしかそれを説明できない。神は彼を祝福した。そして信念は山をも動かすということさ、総統の信念、総統に対する信頼がね……〉。

レニは草の上に横になり、ヴェルナーの澄んだ青い瞳を見ている、自信に満ちた、穏やかな眼差し。真実を見つめているからに他ならない。レニは彼の首に腕を巻きつけると、感動しながら、やっとのことでこう言った、〈……あなたがいかに彼の教義に通じているか、よく分かったわ。あなたは国家社会主義の本質を捉えている……〉。

その後、レニにとり、ベルリンの映画スタジオでの仕事でへとへとになる日々が何週間も続く。そして最後の撮影が済むが早いか、彼女は、パリで仕事に没頭していた恋人に電話する。彼は素晴らしい知らせを持っていた。彼女とパリで落ち合う前に、数日間休暇を取ることが認められ、その数日を、彼女が絶賛を浴びている国、国家社会主義共和国のどこか素敵な場所で、二人で過ごせるというのだ。しかし、レニは、もっと驚く知らせを持っていた。記録映画を見せられた日以来、彼女の脳裏には、まだ捕まっていないあの犯罪者の顔がこびりついて離れなかった。そして彼女は、その男をパリで見たという確信を、日毎に深めていたのである。したがって、彼女の方は早くパリに戻り、捜索を開始したかった。

ヴェルナーは、不安を感じながらも、レニがスパイの一員となることを認めた。だが、レニの方は、フランスの景色を見ると胸が痛んだものの、自らの使命に確信を持って列車から下りた。実際、国家社会主義共和国の人々の輝く顔を見慣れていた彼女にとり、いわば人種的汚染で格調を失ったフランスを見るのは、耐えがたいことだった。彼女のフランスが黒人色とユダヤ人色に染まっていることは、否定できないように思えた。(続く)

146 前述のイギリス人研究者、D・J・ウエストは、自著『同性愛の心理と精神分析』において、同性愛の物理的原因に関する説を三つのグループに分類し、それぞれに反論を加えた後、同性愛の原因に関して、最も一般化している俗説もまた三種類あると述べている。ウエストはそれらを取り上げる前に、まず、同性愛の傾向を不自然であるとし、その原因を、なんら実証できぬまま内分泌もしくは遺伝に求めている理論家たちには、視座が欠けていることを指摘している。奇妙なことに、ウエストは、それらの理論家たちの姿勢に比べれば、この問題に関しては、教会の見方の方が幾分進歩していると言う。教会は、同性愛への衝動を、単に多くの〈悪しき〉衝動のひとつにすぎないが、人々に生じる自然な衝動であると看做しているのである。

一方、現代精神医学も、同性愛の原因を、心理学の分野に属するものと見る点で一致している。それにもかかわらず、ウエストが指摘するように、科学的根拠をまったく欠いた俗説が、依然として存在する。三つの説のうち、第一番目は言わば堕落説と呼びうるもので、この説に従えば、人は同性愛を悪癖のひとつとして身につけることになる。しかし、この説は基本的に誤っている。その理由は、悪癖を持つ人間は、自分が最も興味をそそられる逸脱行為を、故意に選択しているのに対し、同性愛者の場合は、困難ではあるが異性愛行為をなしえたとしても、より奥深くに存在する同性愛への欲求を排除することになるため、正常な性行動を発展させることは、たとえそれを試みても、不可能だからである。

よく知られている二番目の俗説は、誘惑説である。T・ギボンズは自著『青少年犯罪者の性的素行』でこの問題を扱い、次の点でウエストらの研究者と一致している。すなわち、人は、同性の誘惑に刺激されることによって——最初は意識的な——同性に対する性的欲求を感じたとしても、その誘惑は——ほとんど常に青少年の間で起るのだが——同性愛行為を実践するきっかけの説明にはなるが、彼の異性愛的欲求の流れが止まることの説明にはならない。個々の付随事件によって恒常的同性愛を説明することはできない。後者は多くの場合、やはり排他的である。すなわち、異性愛行為とは両立しないのである。

　ウエストが指摘する三番目の説は、隔離説である。その説によれば、男性ばかりの中で、女性と接触せずに成長した男子、あるいはその逆に、男性と接触せずに成長した女子は、同性間で性的行為を行なう傾向があり、その傾向は生涯にわたって続くという。S・ルイスはその著作『不意の歓び』の中で、たとえば、寄宿学校の男生徒は、おそらく他の男生徒との間で最初の性体験を持つことになるが、寄宿生同士の同性愛行為の頻度は、性愛の対象を意識的に選んだというよりは、性的欲求のはけ口の必要性の大きさと関係があることを明らかにしている。ウエストはさらに、寄宿生に課せられた完全な隔離、あるいはある種の家庭における単なる精神的隔離を原因とする、女性との心理的接触の欠如の方が、寄宿学校内での性的遊戯の実践よりも、同性愛に関しては重要な決定要因となりうると述べている。

　幼児期の思い出を呼び覚ますために記憶を探ることを主な特徴とする精神分析学では、まさに、性に関係する癖は幼児期に由来するとされている。フロイトは、『夢判断』の中で、性愛的葛藤は、ほとんどすべての神経症のもとであるという仮説を立てている。すなわち、いったん身を養うものと守るもの——住居と衣服——の問題が解決すると、性的並びに情緒的満足を得たいという欲求が生じるというのである。この欲求の連合は〈リビドー〉と呼ばれ、幼児期からすでに感じられているという。フロイトとその追従者たちは、リビドーの発現形態はきわめて多様であるが、特に社会集団の基本的単位、すなわち家庭を保持するために、その発現形態は社会的規範によって絶えずコントロールされていると主張する。したがって、最も不都合なリビドーの発現形態は、近親相姦願望及び同性愛願望ということになる。

191　人は一生の間に様々な艱難辛苦を経験することによって、自制心を身につけ、各時代の社会的要求に適応して行く。なぜなら、個人の本能的衝動の多くを抑制しなければ、社会的規範を遵守することはできないからである。フロイトの追従者たちは、この事実に強く関心を示した。社会的に要請される形態の理想としての、正式な結婚をしている夫婦の関係は、必ずしもすべての人間にとっての理想形態ではない。だが、規範を破った人間たちは、社会的には望ましくないその傾向を、抑制するか隠蔽するしかないのである。

アンナ・フロイトは、『幼児の精神分析』の中で、次のような人間の神経症を最も一般的な形として挙げている。すなわちその人間は、禁じられたあらゆる性的要求を完全に制御しようとし、またそれらを、——社会的には不都合だが自然なものと看做す代りに——排除さえしようとするとき、過度の自己抑制を行なうため、いかなる状況においても、他者との禁じられていない関係すら享受できなくなる。こうして人は、自己抑制の能力が調節できなくなり、極端な場合、不能、不感症に至り、罪に対する強迫観念を持つに至るのだ。

精神分析学はまた、次のようなパラドックスも指摘している。つまり、知能及び感受性において早熟な子供は、一般に、過度に抑圧的な行動を示しがちだということである。すでに証明されているように、子供は生れながらにしてリビドーを持ち、当然ながら、大人に差別されることなく、それを発現する。子供は自分の世話をしてくれる人間すべてを愛し、自分や他人の体と戯れることを喜ぶ。だが――と、アンナ・フロイトは言い添えている――われわれの文化にあっては、そのような発現はたちまち罰せられるようになり、子供は羞恥心を持つようになる。自分の行為を初めて意識するときから思春期が始まるまで、子供は潜在期を経るわけである。

フロイトの正統派も異端派も、子供のリビドーの最初の発現は両性的であると主張する。しかし、子供が五歳を迎えると、もはや男女の相違が尊重されるようになり、男児は母親の体との違いに気づく。さらに、こう言われるようになる。大きくなったら父親のようになるが、目下のところは母親の愛を最初に受けたいと思ってはならない、その特権的地位を占めているのは父親なのだ、と。父親によって引き起された嫉妬（しっと）心をいかにして消すかは、一般に、子供の能力次第である。だが、その子供がきわめて発達した感受性の持主で、母親の庇護と愛情を必要とする場合、子供はその試みに失敗するだろう。また、特に、知能が発達していて、自分が三角関係の中に置かれていることを理解できる場合はなおさらである。状況を把握できることで、苦しみは倍加するのである。精神分析学によれば、その発達の時期に、男児――あるいは母親と直接的な競争関係にある女児――は、困難の多いエディプス期を経ることになる。エディプス期というのは、ギリシアの英雄オイディプスの名に由来する。オイディプスは、父親をそれと知らずに殺し、母親と、それが母親と知らずに結婚した。自分の犯した罪を悟ったオイディプスは、その償いとして自分の眼球を抉り取った。フロイトは、『性の理論に関する三つの試論』において、競争相手である親、――男児にとっては父親、女児にとっては母親――を追い払って、自分がその代りになるという近親相姦的な空想は、子供によく見られるが、そのように考えたことで子供は激しい罪の意識と罰に対する恐怖を抱くと言っている。その結果、男児あるいは女児は、あまりに大きな葛藤を経験するので、非常に苦しい努力を無意識に行なうことによって、それを抑圧するか、もしくは意識の目から隠すことに成功する。この葛藤は、思春期に解消される。つまり、この時期に、少年または少女の、愛情を向ける対象が、両親から、同じ年頃の異性に移るからである。しかし、親との絆がきわめて強かった場合――そして当然ながらそれに伴う罪悪感、専門用語で言えばエディプス・コンプレックスが強い場合――には、彼らは生涯、いかなる性的体験に対しても不快感を覚えることになる。というのも、無意識のうちにそれを、幼児期の罪深い近親相姦的欲求と結びつけてしまうからである。神経症にかかった場合だが、結果は必ずしも同じではない。男性であれば不能になる可能性があり、娼婦――ある意味で母親とは似ていない女性――とのみ関係を持つことともある。さらに、他の男性に対してしか性的に応じられなくなることもありうる。葛藤が解消できない女性の場合は、主に不感症、レスビアンという結果を招く。

201 O・フェニケルは、その『神経症に関する精神分析の理論』において、同性愛になる可能性は、男児と母親の絆が強ければ強いほど大きいと主張する。この状況は、特に、母親像が父親像よりも優れている場合、あるいは死んだり離婚したときのように、家庭に父親がまったくいない場合、あるいは父親がいても、アルコール中毒だったり、極度に厳格だったり暴力的だったりというように、なんらかの重大な理由で父親像が反発を招く場合に生じる。子供は、自分の行動のモデルとなる大人の英雄を必要とする。その英雄との自己同一化によって、子供は自分の父親の行動の特徴を吸収していく。また、ある程度命令に逆らったとしても、無意識のうちに親の習慣や癖さえも身につけ、自分の住む社会の文化特性を永続させようとしているのだ。フェニケルはさらにこう言っている。父親と自己を同一化した子供は、男性的世界観を持つようになる。そして西洋の社会では、この世界観は攻撃性——かつては明白だった主人という地位の痕跡——という要素を含み、それは子供が自らの存在を新たに押しつけるのに役立つ。それに対し、母親像をモデルとして身につけ、母親の魅力を阻む父親像を見出すのが間に合わなかった男児は、その女性的な特徴によって社会的には軽蔑されることになる。なぜなら、正常な少年に特有の頑健さを示すことがないからだ。

　この問題に関し、フロイトは、自著『本能とその運命』の中でこう述べている。すなわち、同性愛の男性においては、精神的には完全に男性的であることが、性的倒錯と結びついていることがある。その男性は、精神的に男性であることにより、勇気、冒険心、実験的精神、誇りといった特徴を理解している。だが、フロイトは、その後の著作、『ナルシシズム入門』では、同性愛の男性は、初めは母親に一時的に執着しているだけだが、ついには自分自身を女性と同一化するという説を唱えている。そしてもしその男性の欲求の対象が年少者だとすれば、それは母親が、小さかったときの彼を愛したからだ。あるいは母親にそのように愛されたかったからである。結局、性欲の対象は、自分自身の姿に他ならない。したがって、フロイトにとっては、オイディプス神話もナルシス神話も、同性愛の原因となる葛藤の要素なのだ。だが、フロイトの同性愛に関する考察のうち、この説は最も攻撃された。反論の主な理由は、同性愛者は完全に女性に自己を同一化しているのであり、性欲の対象は自分よりずっと年上の、きわめて男性的な男性であるということである。

　一方、フロイトは、最初に引用した著作の中で、性的感覚の発達について述べるとともに、同性愛の原因に関し、別の見解を示している。フロイトによれば、乳児におけるリビドー開始の時期の性格はきわめて曖昧であるが、その時期から、欲望の抑制ができるようになり、やがて性器の結合によって歓びを共にすることのできる異性に対し、再びその欲望を向けるときまでに、いくつかの時期を経ねばならない。最初は口唇期で、歓びは、吸うことのように、口の接触によって得られる。次に来るのが肛門期で、子供は自分の腸の運動から満足感を得る。最後にして決定的なのが性器期である。フロイトはこの時期を、性的に成熟した唯一の時期と看做した。しかしこの説は、後にマルクーゼによって正面切って攻撃されることになる。

フロイト自身、『性格と肛門愛』においてこの説明を敷衍し、次のような説を唱えている。すなわち、貪欲さや秩序への固着、潔癖を主な特徴とする性格異常者には、抑圧された肛門性愛が影響を与えている可能性がある。富の蓄積から得られる歓びは、幼児期に――子供にはよくあることだが――排便せずにいたときに味わった快感に対する無意識の郷愁に由来しているのかもしれない。一方、秩序への固着、潔癖は、便で遊びたいという衝動に対して感じた罪の意識の片割れと言える。同性愛の進行における肛門性愛の役割について、フロイトは次のように言っている。すなわち、すでに挙げた影響――エディプス・コンプレックス、ナルシシズム――の他に、それらの障害が、子供の成長を妨げ、肛門期への固着を惹き起す、愛情の抑制の原因となり、最終段階すなわち性器期への到達を阻んでいることを考慮しなければならない。

この主張に対し、ウエストはこう答えている。すなわち、同性愛者は、性器による正常な関係に行き着く道が閉ざされていると感じたとき、それ以外の性行為を試みることを余儀なくされる。そして男色に——次第に適応していった末に——機械的かつ直接的な満足感を得る方法を見出す。ただしそれが唯一の方法ではない。ウエストはさらに、男色を実践する男性は必ずしも肛門期にいるとは限らない、それは女の友人にキスをする異性愛者の男性が、必ずしも口唇期にいるとは限らないのと同じだ、と述べる。そして最後に、次のことを指摘している。すなわち、男色は、同性愛にだけ見られる現象ではない、なぜなら異性愛者の男女もそれと同じ形を実践するからである。一方、〈肛門期的性格〉（貪欲、秩序への固着、潔癖、等々）を持つ人間が、必ず同性愛へ傾くとは限らない。

217『性の理論に関する三つの試論』の中で、フロイトは次のように指摘している。一般に抑圧は、ある人間が他の人間を無理に支配しようとするところから生じる。そのある人間とは、父親に他ならない。その力ずくの支配が始まったときに、女性の劣性と強力な性的抑圧に基づく、父権社会が確立される。さらにフロイトはその父権に関する説を、宗教の興隆、とりわけ西洋における一神教の勝利と結びつけた。他方、フロイトは性的抑圧に特別な関心を抱いた。というのも彼は、人間の自然な性衝動を、父権社会が認めているものよりはるかに複雑であると考えているからだ。乳児はその体のあらゆる部分から区別なく性的歓びを得ることができる。そこからフロイトは、乳児を〈多形倒錯〉と呼ぶのである。この考えの一部として、フロイトはまた、われわれの原初的性衝動は本質的には両性的性格を持つと信じている。

この考え方の線に沿いながら、基本的抑圧に関してオットー・ランクは、父親支配から男性によって統治される強力な国家の組織にまで至る発展を、前述の基本的抑圧の延長と看做し、その目的はより徹底した女性の排斥にあるとしている。一方、デニス・アルトマンは自著『同性愛者、抑圧と解放』の中で、特に性的抑圧について述べながら、それを人類発生期には経済的目的と防衛のために、子供を大量に作ることが必要だったことと結びつけている。

これに関して、イギリスの人類学者、ラットレイ・テイラーは、『歴史における性』において、次のような指摘を行なっている。すなわち、紀元前四世紀以来、古代世界では、性的抑圧が次第に強まり、罪悪感の発展をみた。それらは性に関してより抑圧的なヘブライ思想のギリシア思想に対する勝利を容易にした。ギリシア人によれば、あらゆる人間の本来的な性は、異性愛同様、同性愛的要素も含んでいたのである。

再びアルトマンに戻ると、前述の著作において彼は、西洋の社会は性的抑圧、ユダヤ-キリスト教的伝統により正統化された抑圧を特徴としていると述べている。その抑圧は、相互的関係にある三つの様態に分類できる。すなわち、性を次のことと結びつけるのである。㈠罪とそれに由来する罪悪感。㈡唯一正当な理由としての家族制度と子孫繁栄。㈢性器的、異性愛的性愛でないすべての形態の拒否。彼はさらに、性的抑圧に関し、伝統的

〈自由主義者たち〉は、最初の二点の変革のために闘っているが、三番目の点を忘れていると言う。その一例が、『オルガスムの機能』を書いたウイルヘルム・ライヒで、彼は性の解放は完全なオルガスムを基盤とすると主張する。だが、それは、同世代の異性による性器の結合によってしか獲得できないのだ。このライヒの影響を受けた研究者たちは、同性愛及び避妊具に対する不信を募らせることになる。というのも、それらは完全なオルガスムの獲得を困難にし、したがって、完全な性の〈解放〉と対立することになるからだ。

性の解放に関し、ハーバート・マルクーゼは、『エロス的文明』の中で、それは単に抑圧の不在を意味するだけではない、解放は新たな道徳を必要とし、〈人間性〉という概念の再検討を要求すると述べている。そしてさらに、性の解放に関する真の理論はすべて、人間の本質的に多元的な要求を考慮しなければならないと言う。マルクーゼによれば、性的倒錯は、性を有用な目的のための手段として用いようとする社会に挑戦し、自己目的としての性を是認する。それゆえ、性的倒錯は、パフォーマンス——おそらくrendimiento（収益）と翻訳可能な専門用語——の厳格な原則、換言すれば、資本主義機構にとって基本的な抑圧的原則のひとつの範囲外にある。したがってそれは、意図することなく、資本主義の根拠そのものを問題にしているのだ。

マルクーゼの論のこの点について触れながら、アルトマンはさらに次のように述べる。すなわち、同性愛が排他的となり、それ自体の経済的規範を確立し、異性愛の因襲的形態を批判するのを止めて、その代りに異性愛のコピーとなろうとするとき、それは排他的異性愛と同じくらい大きな抑圧形態と化する。そしてマルクーゼ及び彼同様ラジカルなフロイト派のノーマン・O・ブラウンを引合いに出しつつ、アルトマンはこう結論している。すなわち、結局のところ、われわれが〈人間性〉として考えているものは、幾世紀にもわたる抑圧がもたらしたものにすぎない。この考えは、マルクーゼやブラウンとも一致し、人間性というものが本質的には変化しやすいものであることを意味している。

第二部

9

「持ってきたわよ、見て!!!」

「信じられない！……お袋さんが来たのか……」

「そう!!!」

「しかし素晴らしいじゃないか……。じゃあお袋さん、元気になったんだ」

「そう、少しよくなったの……。あたしに差し入れしてくれた物、全部見てちょうだい。ごめんなさい、あたしたちに差し入れしてくれた物だったわ」

「ありがとう、だが全部あんたの物だ、冗談はよしてくれ」

「何言ってんのよ、病人のくせして。今日から新しい生活が始まるのよ、シーツもほとんど乾いたし、ほら触ってみて……。そしてこれは全部食べる物。見てよ、ローストチキンが二羽、二羽よ、どう思ってくれんの？　それにチキンはあなた用なの、胃に負担をかけないと思うから、見てて、すぐに治るわよ」

「そんなことしちゃだめだ、絶対に」

「あたしのために食べてちょうだい、あたしはチキンが食べたいんじゃなしに、あなたの臭いから解放されたいのよ、不潔な汚物からね。……ちがうの、本気で言ったわけじゃないのよ、あなたはここのまずい食べ物を食べるのを止めなきゃだめ、そうすれば治るから。最低二日、試してみて」

「そう思うかい？……」

「あったり前じゃない。そして治ったときには……目をつぶって、バレンティン、分かるかな。さあ言ってちょうだい」

「なんだろう……分からないな……」

「目を開けちゃだめよ。待って、いま触らせてあげるから当ててみて。ほら……触って」

「壜が二本……。かなり重いな。だめだ、降参だ」

「じゃあ目を開けて」

「ミルク・ペーストじゃないか！」

「でもこれはお預けよ、あなたがよくなってから、それにこれは絶対一人一本よ。……それからさ、あたし、思い切ってシーツを干しっ放しにしておいたのよね……でも取られなかったわ、すごいでしょ、それにもうほとんど乾いてる、今夜は二人ともシーツを敷いて寝られるわよ」

「そりゃすごい」

「さてと、ちょっと待っててね、これ片づけちゃうから……そうしたらあたしはカモミール・ティーをいれるわ、もう神経がくたくたなんだもの、で、あなたはチキンのももを一本食べなさいね、でも食べなくてもいいわよ、まだ五時だから……。そう、お茶を付き合う方がいいわ、それとここにあるビスケット、〈エクスプレス〉、一番消化がいいやつよ、子供のころ、病気になると、これを食べさせられたわ。〈クリオジータス〉が出る前の話だけど」

「頼む、今すぐ一枚くれないか？」

「いいわ、一枚よ、それにジャムをちょっぴりつけてあげるわ、あら、オレンジ・ジャムじゃないの！　うまい具合に消化のいいものばっかり持ってきてくれたんだわ、だからあなたにもなんでも食べられるわよ、ただしミルク・ペーストはまだだめ。さあ、バーナーに火を点けるから、指でもしゃぶってて」

「ところでチキンのももだけど、今もらえないかな？」

「だめよ、少しは節制しなきゃ、そうでしょ？　取っておく方がいいわ、そうすれば夕食が来ても目の色変えずに済むじゃない、だってあなたときたら、どんなにまずかろうが、毎日全部平らげちゃうんだもの」

「それは、あんたには分からないだろうが、腹痛(はらいた)が治まった後は、胃袋が空っぽに感じられるからなんだ、おっそろしく腹が減るんだよ」

「ちょっと聞いて、話をはっきりさせましょうよ。あたしはね、あなたにあのチキン、じゃなく、あれらのチキンを、つまり二つとも食べてほしいわけ、ただし条件は、このブタ箱の食事を食べないことよ、それがあなたの病気の元なんだから、これで手を打つ?」

「手を打つよ、だけどあんたはどうなんだい、食べたいのに我慢するんじゃないのかい?」

「ちがうわよ、冷えた食べ物は食欲をそそらないの、嘘(うそ)じゃないわ」

……………………………………………

「ああ、今の体調にはぴったりだったよ。それにカモミール・ティーを先に飲んだのは正解だった」

「神経が楽になったんでしょ、ちがう? あたしもなの」

「チキンが最高だったよ、モリーナ。まだ二日分あるなんて」

「さてと、今度は寝てちょうだい、そうすれば治療は完璧よ」

「眠くないいんだ。あんただけ寝てくれ、心配いらないから」

「ばかみたいなこと考えちゃだめよ、消化が悪くなるわよ」

「あんたは眠いのかい？」

「まあまあね」

「どうしてかと言うと、いつものコースなら、何かもうひとつあるはずだからさ」

「ちょっと、ここじゃ堕落してるのはあたしってことになってるのよ、あなたじゃなく」

「冗談はよしてくれ。映画のことだよ、何かというのは」

「そうだったの……」

「黒豹女みたいなやつ、他に覚えてないかな？　おれが一番気に入ったのはあれなんだ」

「そう、ああいう怪奇映画ならたくさんあるわよ」

「じゃあ言ってみてくれ、どんなのがあるんだい？」

「そうね、……『ドラキュラ』、『狼男』……」

「他には？」

「『甦る（よみがえ）ゾンビ女』とか……」

「それだ！　そいつはまだ見たことがない」

「あらまあ……どんな出だしだったっけ……」

「アメリカ製かい？」

「そうよ。でも見たのはずいぶん昔なの」

「とにかく話してくれないか」

「思い出してみるからちょっと待って」

「で、ミルク・ペーストは、いつ味見できるんだい？」

「少なくとも明日まではだめよ」

「今、ほんの一匙だったら？」

「だめ。映画を話してあげる方がいいわね……。どうだったかしら……。ああ、そうだ。思い出したわ。始まりはこうよ、ニューヨークから娘が独り船に乗って、カリブ海の島に行くんだわ、そこで待ってるフィアンセと結婚するためなの。すごくきれいな娘よ、夢に満ち溢れててね、彼女、その船の船長に何もかも話したわ、それが若くてハンサムな船長なのよ、で、彼は真っ黒な海を見つめていたわ、夜だったからよ、それから彼女を見るんだけど、まるでこう言ってるみたいだったわ、〈この娘は何が自分を待っているのか知らないんだ〉って、でも実際は何も言わないの、船が島にもう着くというときまでね、そのとき原住民の太鼓の音が聞えるんだわ、で、彼女は興奮しかけるの、すると船長が言ったわ、あの太鼓の音にだまされちゃいけない、死刑の宣告を知らせてることもあるんだって、心臓が止まる、病気の老女、心臓は真っ黒な海の水で一杯になり、溺れてしまう」

「警察隊、アジト、催涙ガス、ドアが開く、自動小銃の銃口、窒息によるどす黒い血が口から噴き出す。続けてくれ、なぜ止めるんだい？」

「ええと、娘は夫と会えたわ、彼女は彼と代理結婚していたの、で、二人はニューヨークで二、三日知り合ったにすぎなかったんだけれどね。彼は男やもめで、やっぱりアメリカ人なの。さて、船が桟橋に着いて、彼女が島に下り立つと、素晴らしいのよ、だって花婿が、ロバの引く車の行列を従えて待ってたんだもの、全部花で飾られてるの、そのうちのいくつかには楽隊が乗っていて、きれいな曲を演奏してるのよ、楽器は板っきれを並べた机みたいなやつよ、それをばちで叩いてるの、ああ、なぜだか知らないけど、ぐっとくるのよね、その曲、だってとてもすてきな音色なんだもの、ちっちゃなシャボン玉が次から次へとはじけるみたいで。幸い、すごく不吉な感じのあの太鼓の音はもう聞えなかったわ。で、二人は家に着くんだけど、そこは人里離れた、椰子の林の中なの、本当にきれいな島なのよね、丘があって、それにバナナ畑が広がってるんだわ。青年はすごく嬉しそうだった、なのに彼の心の中では何かドラマが展開してるらしいことが分かるの、だってにこにこしすぎるんだもの、気が弱い人間みたいにね。でもここで、青年に何かがあったらしいことが、ちらっと分かるの、というのは、青年は何はさておき執事に娘を引き合せたからよ、執事は五十がらみの男なんだけど、フランス人だったわ、で、今すぐ書類にサインしてくれって、そう青年に言うの、娘を運んできたのと同じ船のバナナの積み荷に関する書類よ、すると青年は後にしてくれと頼んだわ、ところが執事は引き下がらないのよ、青年は憎しみをこめて執事を見たわ、で、書類にサインしようとするんだけど、まともに書けないのよ、手が震えちゃって。そのときはまだ昼間で、花を飾りつけた馬車でやって来た人たちはみんな庭にいて、乾杯するためにカップルを待ってるの、手に手にフルーツ・ジュースのグラスを持ってね、そこへ砂糖キビ畑で働く黒人の代表が何人かやって来るんだわ、主人への贈り物としてラム酒の入った小さい樽を持ってね、ところが彼らを見ると執事はかんかんに腹を立てて、そばにあった斧でもって樽を叩き割っちゃうのよ、ラム酒は全部地面にこぼれちゃったわ」

「お願いだ、食い物のことも飲み物のことも話さないでくれ」

「だったら自分がそんなに敏感にならなきゃいいでしょ、なにさ、泣きごと言っちゃって。さてと、そのときだけど、娘は青年の顔を見るのよ、どうしてあのいけすかない執事はヒステリーを起してるのって訊(き)くみたいにね、でも青年はそのとき、執事によくやったという合図を送るの、そしてすかさずジュースの入ったグラスを掲げると、居合せた島の人たちに向かって乾杯するわけ、明日の朝、島の役所で戸籍登録をして、いよいよ夫婦になるからと言ってね。ところがその晩、娘は独りで留守番するはめになるの、青年が島で一番遠いところにあるバナナ畑に行くことになったからよ、ものすごく遠いプランテーションなのよ、その途中、労働者たちに挨拶して回って、悪口を言わせないようにしようというわけ。その夜は月がきれいでね、それに屋敷の庭がまたきれいなのよ、とっても素敵な熱帯植物が植えてあってさ、もう最高、娘は白いサテンのシュミーズの上に、やっぱり白なんだけど透き通ったネグリジェを着てたわ、で、彼女、屋敷の中を巡ってみたくなるの、まず見たのが広い居間、次に食堂よ、スタンド式のフレームが二度見つかったわ、でもどっちも片側に青年の写真が入ってるだけで、もう片っ方は空なの、写真を抜いちゃったからよ、きっと最初の妻の写真だったのね、死んだ妻よ。娘はさらに家の中を歩き回ったわ、そして寝室に入るのよ、するとそれは女性のだったことが分かるの、だってナイトテーブルや簞笥にレース編みのクロスが掛けてあるんだもの、で娘は、写真がないかどうか、引き出しを片っ端から調べたわ、でも見つからないのよ、ただ衣装戸棚を見ると、先妻の衣装が全部掛かってるの、どれもこれも輸入物で飛び切り上等なのよね。そのときよ、娘は何かが動いた音を聞きつけるの、そして窓の向こうを影が通り過ぎるのを見たのよ。彼女はぞっとして、庭に出たわ、庭は月の光ですごく明るいの、そのとき娘は池に蛙が飛び込むのを見るんだわ、で、さっき聞いたのはその音だったんだ、それから影の方は夜風にそよいでいる椰子の葉の影だったんだって、そう思うわけ。そして庭のもっと奥の方へ行くの、家の中は暑かったからよ、そのときまた音が聞えるんだけど、人の足音みたいなのよ、娘は振り返ったわ、でもちょうど雲が月に懸かって、庭は暗くなっちゃうのよ。するとはるか彼方から……太鼓の音が。それに今度ははっきりと聞えるのよ、足音が近づいてくるのが、だけどものすごくゆっくりなの。娘はもうこわくてぶるぶる震えてたわ、すると人影が家の中に入っていくじゃない、娘が開けっ放しにしておいた戸口からよ。だもんだから、外の真っ暗な庭にいる方がこわいのか、それとも家に入る方がこわいのか、どっちだか分からないのよね。そこでとにかく家のそばに行って、窓から覗くことにするの、入ったのが誰なのかを見るためにね、で、覗いて見たところが、何も見えないのよ、そこで急いで別の窓のところへ行ったわ、それがまさに死んだ妻の部屋の窓だったのよ。だけど真っ暗なんで、部屋の中を人影がすーっと動くのしか分からないの、黒くて背の高い影よ、それが片方の手を差し延べながら進んで行くの、そしてその部屋にある物を撫で回すのよ、窓のすぐ近くにレースのクロスを掛けた箪笥があってね、その上に、銀の柄に細工を施したすごくすてきなブラシと、同じ柄のついた手鏡が載ってるの、で、娘は窓にくっつくようにしていたんで、そういうものを撫で回しているのが、青白くてか細い、死人の手だってことが分かったわけ、すると恐ろしさのあまり彼女はすくんじゃったわよ、動こうにも力が出ないの、歩く女の屍、裏切り者の夢遊病者、彼女は眠りながら話す、何もかも、それを伝染病にかかった男が聞きつける、気味が悪いので彼は彼女に触らない、肌は死人のように真っ白だ、でもね、その人影は部屋を出て、家のどこか別のところへ行っちゃうの、ところがしばらくすると、また中庭で足音がするじゃない、娘はちっちゃくなって、隠れようとしたわ、壁に絡みついてる蔦（つた）の茂みの中によ、すると雲が流れて、月が顔を出すの、そして中庭が明るくなると、いるのよ、娘の目の前に、すごく背が高くて、顔は死人みたいに真っ青、髪は腰まで届く金髪だけどくしゃくしゃ、黒くて長い服を着てるの、娘はあまりのこわさに心臓が止まりそうになったわ。助けてえって叫ぼうにも声が出ないのよ、で、後退（あとずさ）りするんだけど、それがちょっとずつなの、だって足が動かないんだもの、力が抜けちゃってるの。娘の前の女は彼女をじっと見つめていたわ、そのくせ見えてないって感じなの、気が変になったみたいにね、目つきがぼんやりしてるのよ、だけどその女は両腕を伸ばして、娘に触ろうと近づいてくるの、ひどく弱ってるみたいに、のろのろとだったけど、すると娘はさらに後退りしたわ、そして後ろにぎっちり目のつまった生け垣があることを知らないで、自分で自分を追いつめちゃうのよ、で、振り向いて、後がないことに気づいたとたん、すさまじい悲鳴をあげたわ、だけど女は相変らずゆっくりと近づいてくるの、両腕を前に伸ばしてね。すると娘は恐怖のあまり気を失っちゃうの。そのとき、誰かがこの世の者とも思えないその女を押し止めたわ。ほら、あのすごく感じのいい黒人女が帰ってきたのよ、それとも話すのを忘れてたかしら？　年を取った、人のいい、黒人の看護婦、昼間が当番の看護婦、夜は新米の白人看護婦を独りきりで重病人に付き添わせる、伝染病の患者に彼女をさらす」

「ああ、話には出てこなかった」

「それはともかく、その黒人女だけど、家政婦同然になるの、でも本当に人がいいのよ。でっぷりしてて、髪はもうすっかり白かったわ、それに娘を見るときの顔がとっても優しいのよ、娘が島に着いて以来ね。で、娘は意識を取り戻すんだけど、そのときにはもう自分のベッドの中にいたわ、黒人女が運んだのよ、そして黒人女は、さっきのことは何もかも悪夢だったんだって、そう娘に信じ込ませるの。娘はその言葉を信じたものかどうかよく分からないんだけれど、でも黒人女がとってもよくしてくれるものだから、すっかり落ち着いたわ、すると黒人女は、眠れるようにと言ってお茶を持ってくるの、カモミール・ティーだったかなんだったか、覚えてないけど。次の日は結婚式よ、二人は町長のところへ行って、挨拶をして、それから書類にサインしなけりゃならないの、で、娘はそのための身仕度をしていたわ、服はテーラー・メードですごくシンプルなんだけど、でもヘア・スタイルが最高にすてきなのよ、黒人女が整えてあげてるの、編んだ髪をアップに、どう説明したらいいかしら、ともかく、そのころはね、何か大事なことがあるときには、髪をアップにするのが習慣だったのよ、でもそれがとってもシックなのよね」

「調子がよくないんだ……また目まいがする」

「本当に？」

「うん、始まる合図なんだ、だがいつもと同じさ」

「でも、さっき食べたものでおかしくなるはずないんだけど」

「ばかなこと言わないでくれ、あんたがくれた食べ物のせいになんかするわけないだろう？」

「すごくいらついてる……」

「だがあんたの食べ物じゃない、おれの体の方だ、どこかがまだおかしいんだ」

「気にしちゃだめ、なお悪くなるわ*」

「だからあんたの話に集中できなかった」

「本当よ、お願い、他のことを考えてちょうだい、だって食事はそれこそ健康的だったんだから。ちょっと自己暗示にかかってるのよ、きっと」

「頼む、話をもう少し続けてくれ、治まるかもしれないから、それにおれは体がひどく弱ってるし、そのくせ急いで腹に詰め込んだし、本当は何が原因なんだか……」

「それよ、体がとても弱ってるからよ、それにあたし見たけど、ほとんど嚙みもせず、ものすごいスピードでがつがつ食べるんだもの」

「目が覚めてからずっと、同じことばかり考えてる、そのせいにちがいない、勉強ができるときには、こんなことはないんだが。頭から離れないんだ」

「何が？」

「仲間の娘に返事を出せないということさ、……だがマルタには書けるということ。それに手紙を書けば、事態は好転するかもしれない、だけど何を書けばいいのか分からないんだ。彼女には手紙を書くべきじゃないからさ、一体どんな義理があって?」

「話を続ける?」

「ああ、頼むよ」

「ええと、どこまでだったっけ?」

「娘が身仕度をしてるところまでだった」

「そう、そう、で、黒人女が髪を整えてあげて……」

「ストップ。それはもう分かった、そんなことはどうでもいい! 本当に重要なこと以外はあまりこまごま話さないでくれ。ごてごて色を塗った魔除けの像、鈍い殴り付け、像はガラスでできている、粉々に砕ける、拳は傷つかない、人の拳だ」

「裏切り者の夢遊病者と白人の看護婦、暗闇の中で、伝染病の患者は二人をじっと見つめている。分かったわよ! 余計なこと言わないで、喋らせてちょうだい、自分の言ってることぐらい分かってるわ。そこから始めたのにはちゃんと理由があるのよ、髪をアップにするのはね——よく聞いてちょうだい——重要なことなの、女性がそうするのは、でなきゃそのころそうしたのは、自分たちにとって大事なときなんだ、大事な約束があるんだって、そういう印象をどうしても与えたいときなんだもの、髪をアップにすると分は今幸せに向かっているんだって思うわけ……。どう、治まった?」

「どうやらね。その先を頼む」

「娘は黒人女と一緒に行くの、そうすると青年がね、コロニアル・スタイルの、いかにも役所って感じの建物の玄関で待ってたわ。それから時間が経って、もう夜になってるの、二人は外にいて、娘はハンモックに寝そべってたわ、そして二人の顔がクローズアップになるのよ、青年がしゃがんで娘にキスするからなんだけど、もう最高、椰子の葉蔭からこぼれる満月の光を浴びてるのよね。あら、でも大事なことを忘れてたわ。そう、二人は愛し合っていて、心から満足してるっていう表情をしてるの、だけど、あたしが言い忘れたのは、黒人女が髪を整えてくれてる間に、娘は……」

「またアップにした髪の話か?」

「どうしてそんなにいらついてるのよ!　少しは自分で努力しなくちゃ、絶対落ち着けっこないから……」

「悪かった、続けてくれ」

「いいわ、娘は黒人女にいくつか質問するのよ。たとえば、彼はどこで夜を過ごしたの、とかね。すると黒人女はぎくっとするんだけど、何食わぬ顔で答えるの、青年は労働者に挨拶するために島で一番遠いバナナ農園に行った、そこでは労働者の大部分が……ブードゥー教を信じてるんだって。娘はそれが魔術的な宗教だってことを知ってたわ、で、ちょっとでいいから儀式をぜひ見たいって言うの、すごくカラフルで音楽があって、とても素晴らしいにちがいないからって、でも黒人女は怯えたような顔をして、だめだと答えたわ、それはすごく血なまぐさいところのある宗教だから、関わらない方がいい、決して近づかないようにって。というのも……。ここまで言うと、黒人女は口をつぐんじゃうの。娘はどうしたのか訊いたわ、すると黒人女はこう答えるの、昔からの言い伝えがある、それはきっと確かなことではないと思うけど、でもやっぱりこわい、それはゾンビの言い伝えなんだって。ゾンビですって？　それはなんなの？　娘がそう訊くと、黒人女は、その言葉を大きな声で言ってはいけない、声をひそめろという仕草をしたわ。それから説明するの、それは死んだ人間なんだけど、死体が冷たくなる前に魔術師が生き返らせたものなんだって、というのも、魔術師が自分の手で殺したからなのよ、調合した毒薬を使って、で、生き返った死人にはもう意志がないの、与えられる命令には全部従っちゃうのよ、魔術師はそれを自分の思い通りに利用するわけ、働かせるのよ、哀れにも生ける屍は、それがゾンビなんだけど、魔術師の意志に従う他ないの。で、黒人女の話だと、そこのプランテーションではずっと昔、賃金を少ししかもらえないというので、哀れな労働者が何人か反抗したことがあるが、そうしたら経営者たちは、島で一番の魔術師とぐるになって、労働者を殺してゾンビにさせちゃったの、そんなわけで労働者は死んでから、バナナの収穫のとき働かされるんだけど、ただし夜だけなのよ、他の労働者に気づかれないようにね、ゾンビは黙々と働いたわ、ゾンビは口がきけないし、考えることもできないからよ、なのに苦しさは感じるの、というのも働いてるとき、月の光に照らされると、涙をこぼしてるのが分かるからよ、だけど文句は言わないの、ゾンビは口がきけないし、意志がないから、できることはただひとつ、命令に従って、苦しむことだけ。そのとき突然、前の晩に見たと信じてる夢のことを思い出した娘が、女のゾンビはいないのかと訊くの。すると黒人女はうまくごまかして、いないと答えるの、女には畑の一番厳しい仕事をする力がない、だから自分は女のゾンビはいないと思うって言うのよ。そこで娘は、青年はそういうのが怖くないのかって訊いたわ、黒人女は平気だと答えてから、それはむしろ、労働者たちとうまくやるのに役に立つ、それに彼は祝福を施してもらいに他ならぬ魔術師のところに行ったのだとそう言うの。二人の話はそこで終り、で、さっき言ったように、結婚式の晩に二人が一緒にいる場面になるわけ、すごく幸せそうなのよ、青年の眼差しに安らぎが現れたのはそれが初めてだったわ、聞えるのは庭で鳴く虫の声と噴水の水音だけよ。その次はもう二人ともベッドで寝ているの、ところが何かの音で目を覚ますわけ、じっと聞き耳を立てると、だんだん大きくなってくるの、はるか彼方から太鼓の音が聞えてくるのよ。娘はそうけだち、震えだしたわ。気分よくなった？　看護婦の夜の回診、体温、脈搏（みゃくはく）ともに異常なし、白い帽子、白い靴下、患者に今晩はと挨拶をする」

「いくらか……だが話の筋がほとんどつかめない。長い夜、寒い夜、長い考え、冷たい考え、先のとがったガラスの破片」

「だったらもう話さないでおくわ。厳しい看護婦、糊のきいた丈の高い帽子、微（かす）かな笑顔、だがぐずぐずするのを許さない」

「いや、話してくれ、嘘じゃない、気を紛らしてくれた方が、調子がいいんだ、先を頼むよ。長い夜、凍てつく夜、湿気で緑に変色した壁、壊疽（えそ）にかかった壁、傷ついた拳」

「それなら話すわ……どこまでだったかしら？　はるか彼方から太鼓の音が聞えてきて、で、青年も顔色を変えるの、すっかり落ち着きを失って、もう眠れないのよ、そして起き上がるの。娘は何も言わなかったわ、気を利かせて、動きもしないの、眠ってる振りをしてたのよ、でも本当は耳をそばだてていたの、すると食器戸棚の戸が開く音がするの、だけどそのきしる音だけで、後は何も聞えなかったわ。娘は起きて見に行く勇気がないの、ところが青年はちっとも戻ってこないじゃない。そこで思い切って見に行くと、安楽椅子にひっくり返ってるのを見つけるの、完全に酔っ払ってるのよ。で、周りの家具を見ると、小さな引き出しがひとつ開いてたわ、そこにボトルが一本入ってるの、でもブランディーの空き壜なのよ、そして青年のそばにもう一本ボトルがあったわ、それは半分に減ってるの。そこで娘は、どこからそれを持ってきたんだろうって考えるの、だってその家にアルコール類はないからよ、そして空き壜の下に、青年がしまっておいた物を見つけるの、その引き出しの中には、手紙と写真よ。娘はひどく骨を折って青年を寝室に運んだわ、それから隣に寝て、元気づけてやるの、あなたを愛してる、もう独りぼっちじゃないのよ、と言ってね、すると青年は感謝するような目で娘を見たわ、そして眠り込んじゃうのよ。そこで娘も眠ろうとするの、けれどももう眠れないのよ、前と同じように満ち足りてはいるんだけど、でも青年がそんなに酔ってるのを見たんで、心配でしようがないの。そのうち、執事がラム酒の樽を割ったのが正しかったことに気がつくの。娘はベッドから飛び下りると、写真を調べに引き出しのところへ行ったわ、彼女の最大の関心事は、青年の先妻の写真を見ることだったからよ。ところが行ってみると、引き出しは締まってる上に、鍵がかかってるのよ。一体誰にそんなことができたと思う？　娘はあたりを見回したわ、何もかも真っ暗で、静まり返ってるの、ただひとつ、太鼓の音だけがまだ聞えていたわ。そこで娘は、その音がもう聞えないように、窓を閉めようとするんだけれど、そのとたん、鳴り止むのよ、まるではるか彼方から彼女が見えるみたいに。さて、次の朝になると、青年はなんにも覚えてないって感じなのよね、朝食のために彼女を起すんだけど、それがもう喜色満面、島巡りのドライブに連れて行ってやるって言うのよ。青年につられて娘もすっかり嬉しくなっちゃうのよね、南国の旅の始まりよ、車はすてきなオープンカー、BGMは陽気なカリプソでさ、二人は素晴らしい海岸をいくつか回るんだわ、そこですごくセクシーなシーンがあるのよ、娘が水浴びしたいと言い出すからなんだけれど、見事な椰子畑を過ぎると、岩が海に迫り出したところがあるの、そこかしこが大きな花の咲き乱れる天然の庭になってたわ、太陽は燃えてるし、ところが彼女、水着を持ってくるのを忘れちゃったわけ、すると青年はヌードで水浴びすればいいって言うの、で、車を止めて、娘は岩の陰で服を脱いだわ、それから彼女が素っ裸で海に向かって走っていくのが、はるか彼方に見えるのよ。次のシーンは二人がもう浜辺の椰子の木蔭で寝そべってるところよ、娘は青年のワイシャツをサロンみたいに腰に巻いてたわ、青年の方はズボンだけ、それに裸足なの、するとどこからか、ほら映画でよくあるじゃない、歌が聞えてくるのよ、それはこう言ってたわ、愛とは自分でつかむもの、困難がいくつも待ち受ける、暗い道を通り抜ければ、愛はきっと待っている、愛をつかもうと最後まで闘う者すべてを。娘と青年はまたうっとりしたわ、そして過去のことは何もかも水に流しちゃうの。すると日が暮れ始めたわ、で、車が坂道を登りつめると、向こうの、それほど遠くないところに、家が一軒見えるのよ、すごく古いコロニアル風の家なんだけど、真っ赤に燃える夕日に映えて、とってもきれいなの、しかもえらく神秘的なのよね、だって草や木にほとんど覆われちゃってるんだもの、植物に侵略されたって感じなのよ。すると娘が言うの、いつかその家まで行きたいって、そして、なぜほったらかしになってるのかって訊くのよ。そうしたら青年はすごく苛立って、今までになかったひどい調子で言ったわ、あの家には絶対近づくな、で、それ以上何も教えないのよ、訳はいつか話すから、と言ってね。夜勤の看護婦には経験がない、夜勤の看護婦は夢遊病者だ、眠っているのか、起きているのか？　夜勤は長い、彼女は独り、誰に助けを求めればいいのか分からない。えらく静かね、コメントもさっぱりだし……」

「調子が悪いからさ、話を続けてくれないか、他のことを考えてる方がいい」

「ちょっと待って、筋が分かんなくなっちゃったわ」

「それにしてもよくそんなに細かいことまで頭に入れておけるな。空っぽの頭蓋、ガラスの髑髏、聖人と邪教の版画がつまっている、誰かが哀れな髑髏を汚い壁に投げつける、髑髏は砕け、版画が床に散らばる」

「とてもすてきなドライブだったんだけど、娘はまた心配し出したわ、ほったらかしに見えるあの家のことを訊いたとたん、青年がまた苛々し始めたからよ。屋敷に戻ると、青年はシャワーを浴びるの、すると娘は、彼の服を探って鍵を見つけて、前の晩の引き出しを調べてみたい、そういう誘惑に駆られるわけ。で、行って、ズボンを探って、キーホールダーを見つけ出すと、引き出しのところへすっ飛んでったわ、キーホールダーには小さな鍵はひとつしかなくてね、で試してみると、それだったの。引き出しが開いたわ。ブランディーの入ったボトルがあるじゃない、誰が入れたのか分からないの、だって娘は前の晩からずっと、青年にくっついていたのよ、だからボトルを入れたのは青年じゃないわ、そんなことすれば、彼女に分かったはずでしょ。ボトルの下に手紙があったわ、ラブレターよ、青年のサイン入りのもあれば、先妻のサイン入りのもあったわ、そのまた下に写真があるのよ、青年と、女の人の写真よ、前の奥さんだろうか？　娘はその女性を知ってるような気がするの、前に見たことがあるような、そう、彼女は確かにその顔を前にどこかで見ているのよ、でもどこで？　娘は写真の女性にすごく興味を持つの、とっても背が高くて、髪は長い金髪だったわ。写真を何枚も見ていると、中に一枚、ポートレートみたいなのがあるの、顔だけがアップになってるんだけど、目の色がやけに薄くて、目つきがなんだか頼りなげで……、そのとたん、思い出すのよ、なんと夢の中で自分を追いかけた女じゃない、気がふれたみたいな顔の、くるぶしまで隠れる黒い服を着たあの女よ……。ところがそのとき、シャワーの音がもう聞えないことに娘は気づいたわ、引き出しを引っ掻き回しているところを青年に見つかるかもしれない！　そこで大急ぎで何もかも元通りにしようとしたわ、手紙と写真の上にボトルを置くと、引き出しに鍵をかけて、寝室に戻るの、するともう、すごく大きなタオルで体を巻いた青年がいて、にこにこ笑ってるじゃない！　彼女、どうしていいか分からなかったわ、で、背中を拭いてあげるの、時間をかせいで、注意をそらせる方法を他に思いつかなかったからよ、哀れな看護婦、彼女は不運だ、危篤の患者を当てられながら、どうすればその晩患者を死なせず、自分も死なずに済むか分からない、感染する危険はこれまでになく大きい、だって青年がもう服を着そうだったんだもの、だけどこわかったのは、自分の手にキーホールダーがあって、青年がそれに気づくことよ。娘は片手で青年の背中を拭いたわ、そして彼のズボンを見るの、椅子に投げ出してあるのよ、でもキーホールダーをポケットに突っ込むにはどうすればいいか分からないの。そのときあることを思いつくの、そして髪を梳かしてあげたいって言うのよ。青年はオーケーしたわ、で、櫛はバスルームに置いてきたから、取ってきてほしいって言うの、すると娘は、そんなこと頼むのは紳士的じゃないって答えたわ、そこで青年が取りに行くことになるの、その間を利用して娘はキーホールダーを間一髪、ポケットに突っ込むわけ、で、青年が戻ってくると、髪を梳かしてやり、裸の背中を優しく撫でてやったわ。そして初めてほっとするのよ。それから何日かが経ったわ、娘は、青年が眠れずに、夜中になると起き出すことに気づくの、だけど娘は狸寝入りをしてたわ、そのことで彼とやり合うのがこわかったからよ、そして明け方近くになると、起きて、青年をベッドに連れ戻すのよ、というのも、決まって最後はぐでんぐでんになって、椅子の上でひっくり返っていたからなの。それにボトルを見ると、いつでもいっぱい入ったのに変ってるのよ、誰が新しいのを引き出しに入れておくんだろう？　でも娘は敢えて何も訊こうとしなかったわ、青年は毎日夕方になると農園から戻るんだけど、彼女が刺繍でもしながら自分を待ってたのを見ると、上機嫌だったからよ、だけど真夜中になるといつも太鼓の音が聞えてくるの、すると青年は何かに憑かれたようになって、もはや眠れなくなっちゃうのよ、酔っ払わない限りはね。もちろん娘の不安は日一日と募ったわよ、そこで青年が外へ行って留守だったときに、執事と話をして、何か秘密を聞き出そうとするの、青年がときどきひどく苛立つ理由をね、すると執事は、諦めたみたいに溜息をつくと、労働者のことで問題があるからだとかなんとか言うんだけど、結局何も教えないのよ。さて、あるとき青年が、執事と一緒に一日中農園に出かけるって娘に言うの、それは一番遠い農園で、次の日まで戻らないからって、すると娘はね、例のほったらかしの家まで独りで歩いて行こうと決心するのよ、そこへ行けばきっと何か手掛かりが見つかると思ったからよ。五時ごろお茶を飲んだ後、日射しもそれほど強くなくなったので、青年と執事は出かけて行ったわ、そのすぐ後、娘もまた出かけるの。で、ほったらかしの家に行く道を探すんだけど、そのうち迷っちゃうのよ、日が暮れて行って、もう夜になりかけたとき、ようやく、家が見えるあの道路が高まったところにたどり着いたわ、すると帰れるかどうかも分からないのに、好奇心に負けて、娘はその家まで行くことにするの。見れば家の中に灯が点ってるじゃない、それでますます勇気づけられるわけ。でも家に着いてみると、それが本当に野生の植物に覆われてるんだけど、なんの物音もしないのよ、だけど窓から見ると、テーブルの上にロウソクが一本立ってたわ、で、娘は思い切ってドアを開けて、中を見るの、すると隅にブードゥー教の祭壇があってね、ロウソクがもっとたくさん燃えてるのよ、祭壇の上に何があるのか見ようと、娘は中に入って、近寄ってみたわ、祭壇の上にはね、黒い髪の毛をした女の人形が置いてあって、胸の真ん中にピンが刺さってるの、で、その人形が着ているのがなんと、結婚式の日に娘が着たのとそっくりに作った服だったのよ！　娘は恐ろしさのあまり気を失いそうになったけど、入ってきた戸口から走って逃げようと振り向いたわ……そうしたら戸口に誰がいたと思う？……雲をつくような黒人よ、目玉が飛び出てて、ぼろぼろのズボンをはいてるだけ、しかも完全に気が変になった目つきをしててね、そいつが娘を見ると、行く手をさえぎっちゃうの。だから哀れな娘にできたのはただひとつ、恐怖の叫びを上げることだけだったわ、だけどその黒人は、そいつこそ生ける屍、いわゆるゾンビだったんだけどさ、娘に近づいてくるのよ、両腕を前に突き出してね、例の晩に庭にいた女とおんなじよ。娘はまた叫んだわ、そして別の部屋に駆け込むと、後ろのドアに鍵を掛けちゃうの、真っ暗に近い部屋だったわ、窓がひとつあったけど、木の茂みでほとんど覆われているものだから、夕暮れの光が微かに入ってくるだけなのよ、そこにはベッドがひとつあって、娘の目が暗闇に慣れ始めると、だんだん見えてくるの。すると娘はがたがた震えだし、息が止まりそうになるくらい泣き叫んだわ、見えるのよ……ベッドで何かが動くのが……それは……あの女だったのよ！　青白い顔で、腰まで届く髪を振り乱し、あのときと同じ黒い布で体を包んでいて、それが起き上がって、娘を見ると、近づいてきたのよ！　部屋に出口はない、袋のねずみよ……。娘はあんまりこわいんで、死んでしまいたいほどだったわ、もう悲鳴をあげることさえできないの、そのとき窓から声がして、ゾンビ女に命令するの、戻って、また寝るようにって……、声の主はあの人のいい黒人女だったのよ。そして娘に、こわがらなくていい、今、入っていって、守ってあげるからって、そう言ったわ。娘がドアを開けると、黒人女が入ってきて、彼女を抱き締め、安心させるの、後ろの、戸口のところには黒人の大男がいたけど、でも年取った黒人女の言うことはなんでも聞くのよ、黒人女はそいつに、娘を大切にしなくちゃいけない、襲いかかったりしちゃだめだと言い聞かせたわ。ゾンビの黒人は言う通りにするの、それにゾンビ女も、あの髪がぐしゃぐしゃの女もそうよ、黒人女が、戻って寝るようにって命令したら、ちゃんとそうしたからよ。すると黒人女は優しく娘の両肩に手を置いて、言うの、ロバの引く馬車で家まで送って行こう、そして道々一切合切話して聞かせようって、なぜなら、金髪を腰まで伸ばした生ける屍が……青年の最初の妻であることに、娘がもう気づいてしまったからだってね。で、黒人女は話し始めるの。看護婦は震える、病人が彼女を見ているからだ、モルヒネを頼んでいるのか？　愛撫してほしいのか？　それとも病状が一気に悪化して死ぬことを望んでいるのか？」

「ガラスの髑髏、体もガラス、たやすく壊れるガラスの人形、冷たい夜に鋭く冷たいガラスの破片、湿っぽい夜、殴りつけて傷ついた手に広がった壊疽、ちょっと口をはさんでもいいかな？」

「患者は起き上がり、夜中に裸足のまま歩き出す、体が冷えて、病状は悪化する、なあに？　言ってみて」

「聖人や邪教の版画がつまったガラスの髑髏、古びて黄ばんだ版画、びりびりになった紙に描かれていた死者の顔、おれの胸の中にはだめになった版画がある、鋭い、ガラスの版画は、胸、肺、心臓を傷つけ、壊疽にかからせる。ひどく落ち込んでるんだ、あんたの話にほとんどついていけないんだよ。続きは明日にした方がいいと思うんだが、どうだい？　だから今は、他のことを話そう」

「いいわよ、なんの話をしたいの？」

「すっかり参ってるんだ……あんたには想像もつかないだろう。それに頭がひどく混乱してる……いや、してた……、今はもう少しはっきり分かってる、つまりあんたに話した仲間の娘のことなんだけど、すごく心配なんだ、危険に晒されてるものだから……だけど知らせがほしいのは、彼女についてじゃない、おれが会いたいのは、彼女じゃないんだ。触りたい、彼女じゃないが、抱き締めたい、苦しい、体がうずくほどだ……そばにいてほしい、おれを生き返らせてくれるのは、マルタしかいないからだ、おれは死にそうなんだ。嘘じゃない。マルタ以外におれを生き返らせてくれる人間はいないという気がするんだよ」

「続けてちょうだい、聞いてるわ」

「こんなこと頼んだら笑われるだろうな」

「まさか、なぜ笑うのよ?」

「もし迷惑じゃなかったら、ロウソクを点けてくれないか……。彼女宛ての手紙を口で言いたいんだ、彼女というのは、あんたも知ってるマルタのことさ。おれはじっと見ようとすると、目まいがするもんだから」

「でも、どこが悪いのかしらね? もしかして他の病気だったりして、つまりお腹をこわしたこと以外の」

「ちがう、気弱になってるからさ、なんとかして解放されたいんだ、モリーナ、もう耐えられない。今日の午後、彼女に手紙を書こうとしたんだ、だけど字を見ると頭がくらくらしちゃって」

「そりゃそうよ、ちょっと待って、今、マッチを見つけるわ」

「あんたは本当におれによくしてくれる」

「それはもういいわ。別の紙に下書きする、それともどうしたいの？」

「ああ、下書きを頼むよ、何を書いたらいいか、よく分からないから。おれのボールペンを使ってくれ」

「待って、鉛筆を削るから」

「だめだ、おれのボールペンを使えと言ってるだろう」

「いいわ、でもカッとならないでちょうだい」

「すまない、今は何もかも悪く見えるもんだから」

「いいのよ、さあ言って」

「マルタ……元気かい。この手紙を受け取ったら……たぶんびっくりするだろうね。孤独なんだ……、君が必要なんだ、君と話したい、君の……そばにいたい、君に……言ってほしいんだ……何か励ましの言葉を。おれは獄中にいる、だから全然分からない、君が今どこにいるのか……どんな状態なのか、何を考えているのか、そして何が必要なのか……。だけどおれはこの手紙を書かずにはいられない、たとえ出さないとしても、何がどうなるかは誰にも分かりゃしない、……だが話させてほしいんだ……こわいんだよ……いくらかぶちまけないと……自分の中で何かが爆発しそうで。二人で話せたら、君は分かってくれるだろう……」

「〈……君は分かってくれるだろう〉……」

「すまない、モリーナ、彼女に手紙は出さないという件、どうだったかな？　そこのところを読んでくれないか」

「〈だけどおれはこの手紙を書かずにはいられない、たとえ出さないとしても〉」

「つけ足してほしいんだ、〈……でも出そうと思っている〉」

「〈でも出そうと思っている〉続けてちょうだい。〈二人で話せたら、君は分かってくれるだろう〉というところまでだったわ」

「……なぜなら、今のおれは、仲間に合せる顔がないし、口もきけないからだ、こんな弱気じゃ恥ずかしくて……。マルタ、おれは自分にはまだいくらか生きる権利があるという気がする、そして誰かにちょっとばかり蜜を……傷口に……塗ってもらう権利も……」

「いいわよ……続けて」

「……おれの体の中はどこもかしこもただれ切ってる、おれを分かってくれるのは君しかいない……君もまた、清潔で快適な家で育ち、生活をエンジョイしてきたからだ、君同様おれも、甘んじて殉教者になることはできないんだ、マルタ、自分が殉教者だなんて、思っただけで腹が立つ、おれは立派な殉教者なんかじゃない、それに今、自分のしたことに誤りがなかったかどうか考えてるんだ……。おれは拷問を受けた、だが何も白状しなかった……仲間の本当の名前を知らないのが幸いしたことは言うまでもない、おれは組織の中での名前を教えてやったんだ。それじゃやつらにはなんの役にも立たないからさ、だけどおれにには自分自身の中に別の拷問器があって……何日も前からそいつがおれを休ませてくれない……。実は神の裁きを望んでるからなんだ、ばかげたことを言うようだが、神に裁いてほしい、神に助けてほしいと望んでるんだよ……おれがこのブタ箱で朽ち果てるのは不当だからさ、でなけりゃ、そうだ、もっとはっきり分かったぞ、マルタ……病気だから不安なんだ……心配なんだ……死ぬんじゃないかとひどく心配なんだよ……このまま何もかも終るんじゃないか、おれの一生がこれっぽっちで終ってしまうんじゃないかって、そんなの不当じゃないか、おれはいつだって人に対して寛大だった、搾取(さくしゅ)したことなんて全然ない……それにおれは闘ってきた、いくらか分別がつくようになって以来ずっと……同胞の搾取に対して……。それからおれは、宗教を憎んできた、人間を誰もかれも一緒くたにしてしまい、平等のために闘うことをさせないからだ……なのに今おれは、裁きを心から願ってる……神の裁きを。神がいてほしいと思ってる……大文字で始まる神にしてくれ、モリーナ、頼む……」

「いいわよ、続けて」

「どこまでだった？」

「〈神がいてほしいと思ってる〉」

「……目に見える神だ、そして助けてもらいたい、いつか娑婆(しゃば)に出たいから、それもすぐにだ、おれは死にたくない。もう二度と再び女に触れることはないんじゃないか、ときどきそんな気がする、すると我慢できなくなるんだ……それに女のことを考えると……浮んでくるのは君の姿だけなんだ、この先、この手紙が終るまで、君がおれのことを考えてくれれば、いくらか気が休まる……そして君は、今もはっきり思い出すことのできるその体を、自分の手で撫でるんだ……」

「待って、そんなに早く言わないで」

「……自分の手で撫でるんだ、その手をおれの手だと思いながら……そうなれば……マルタ、おれはどれだけ慰められることか……なぜなら、おれ自身が撫でてるようなものだからさ、それに君の裡(なか)にはおれの何かが残っているからだ、そうだろう？　おれの鼻に君の匂いがかすかに残ってるみたいに……それから指先には君の肌に触れたときの感触も残ってる……暗記してしまったみたいな、分かるかい？　もっともこれは分かる分からないの問題じゃない……信じるか信じないかの問題だ、おれはときどき、自分が確かに君の何かを持っている……それを失くしたことがないという気がする、かと思うとそうでなく、こういう気がするときもある、このブタ箱にはおれしかいない……」

「いいわよ……、〈……おれしかいない……〉、それから？」

「……跡を残すものなんてありはしない、君とあんなに楽しく過ごしたこと、本当に幸せだった夜、午後、朝、何もかも今はなんの役にも立たない、それどころか、すべて裏目に出ている、そんな気が……というのも、君が恋しくて気が変になりそうだからだ、ただ淋しくて仕方がない、いま臭うのは、ブタ箱のむかつくような悪臭と自分の臭いだけだし……体をこわしてるからシャワーを浴びられない、すっかり参ってる、冷たい水を浴びたりすれば肺炎を起すだろう、今指先に感じるのは、死に対する恐怖からくる冷たさだけだ、そしてもはや、骨の髄までそれが伝わってきた……。希望を失うことほど恐ろしいことはない、ところがおれはそうなってしまった……自分の裡にある拷問器が、もうすべては終ったとおれに言うんだ、このあがきはこの世で経験する最後のことだと……おれはキリスト教徒みたいだ、あの世があるようなことを言ってる、実際にはありもしないのに、そうだろう？……」

「ちょっと口をはさませて……」

「どうしたんだ？」

「これが終ったら、あなたに言いたいことがあるから思い出させてちょうだい」

「なんだい？」

「ええと、してあげられることがあるってこと……」

「どんなことだい？　教えてくれよ」

「だって、あなた、すごく弱ってるから、氷みたいに冷たいシャワー浴びたら、死んじゃうじゃない」

「だけど何ができるんだい？　一遍に言ってしまえよ、さあ！」

「あなたが体を拭くのを手伝ってあげられるってことよ。ほら、鍋でお湯を沸かすのよ、タオルが二本あるから、一本に石鹸(せっけん)をつけて、あなたが前をこするの、あたしは背中をこすってあげるわ、そしてもう一本のタオルを濡らして、石鹸を拭き取るわけ」

「そうすれば体がかゆくなくなるかな？」

「その通り、少しずつ拭いていくの、そうすれば寒くないわ、まず首と耳、次は腋(わき)の下、腕、胸、それから背中、そういう風に全部やるのよ」

「本当に手伝ってくれるかい？」

「何言ってんのよ、当り前じゃない」

「でも、いつ？」

「お望みとあらば今すぐよ、お湯を沸かすわ」

「その後は、かゆくなくなって、すやすや眠れるかな？」

「かゆくないし、すやすや眠れるわ。じきにお湯が沸くから」

「だけどその石油ランプはあんたのだ、無駄に使うことになる」

「いいのよ、その間に手紙を終えましょう」

「それをくれないか」

「なぜ要るの？」

「くれと言ってるだろう、モリーナ」

「あげるわよ」

「……」

「何すんの？」

「こうするんだ」

「どうして破っちゃうのさ？」

「これ以上話すことはない」

「勝手にすればいいわ」

「やけになるのはよくない……」

「だけどぶちまけてしまう方がいい。あなた、そう言ったじゃない」

「だがおれにはよくない。おれは我慢しなけりゃならないんだ……」

「……」

「聞いてくれ、あんたはとてもよくしてくれてる、そのことは本当に心から感謝してるよ。いつか機会があったら、この礼はきっとする。……そんなにたくさん水を使うつもりかい？」

「そう、これだけ要るの。……それから、お礼なんていいのよ、ばかなこと言わないで」

「すごい量だ……」

「……」

「モリーナ……」

「うん?」

「ストーブの作る影を見てごらん」

「ええ、あたしはいつも見てるわ、あなたは見たことなかったの?」

「ああ、気がつかなかった」

「そうよ、ストーブが燃えてる間、壁に映る影を眺めてると、すごく楽しいの」

10

「おはよう……」

「おはよう！」

「何時だい？」

「十時十分。知ってる？　ママのことときどき十時十分って呼ぶの、だってがに股で歩くんだもの」

「信じられないな、もうこんな時間だなんて」

「でもそうよ、バレンティン、マテ茶を立てて運んできたとき、戸が開いたでしょ、なのにあなたは寝返りを打っただけで、ずっと眠りっ放しだったんだもの」

「あんたのお袋さんがなんだって？」

「ほら、まだ眠ってるわよ。なんでもないわ、じゃあぐっすり眠れたのね？」

「ああ、すごく気分がよくなった」

「目まいはしない？」

「しない……。死んだみたいに眠ったからな。こうやってベッドに腰掛けても、まったく平気なんだ、嘘(うそ)じゃなく、全然目まいがしない」

「よかった……。少し歩いてみたら、どんな具合か試すのよ」

「だめだよ、笑われる」

「何を？」

「ちょっとまずいことがあって」

「なんなのよ？」

「健康な男に起ることだよ、それだけさ。朝、目を覚ましたとき、精力が溢(あふ)れてるとそうなるんだ」

「立ったのね？　よかったじゃない……」

「向こうを向いててくれ、なんだか気になるから……」

「いいわ、目をつぶってる」

「あんたの食事のおかげだ、あれがなかったら、絶対治らなかっただろう」

「どう？　目まいは？」

「しない……全然、足の方はあぶなっかしいが、目まいはちっともしない」

「よかったわね……」

「もう目を開けていいよ。もうしばらく横になってる」

「お湯を沸かして紅茶をいれてあげるわ」

「いや、マテ茶ができてるだろう、あれをあっためてくれ」

「何言ってんの、あれはもうトイレに捨てちゃったわよ、元気になりたかったら、いいものを飲んだり食べたりしなきゃだめ」

「だめだよ、いいかい、おれはあんたに紅茶やらなんやらを使わせるのが恥ずかしいんだ。もうそんなことはできない、おれは元気になったから」

「あなたは黙ってればいいの」

「いや、本当に……」

「本当になんでもないの、またママが差し入れしてくれるようになったから、どうってことないわ」

「だが気がひける」

「他人(ひと)からもらうことだってできなけりゃだめよ、そうでしょ？　考えすぎは禁物よ」

「分かった、恩に着るよ」

「なんだったら、紅茶をいれる間に、トイレに行ってきたら。でもベッドにいてちょうだい、あたしが戸を開けるの頼むから。あなたの体が冷えないようにね」

「ありがとう」

「で、戻ってきたら、ゾンビの話の続きをしてあげる、先がどうなるか知りたくない？」

「ああ、だけど少し勉強してみる方がいいと思うんだ、また本が読めるかどうか試したい、もう元気になったんだから」

「そう思うの？　かなり負担がかかるんじゃないかしら？」

「やって見なけりゃ」

「まったく、病膏肓（やまいこうこう）なんだから」


……………………………………


「なぜうなってるの？」

「だめだ、活字が踊ってるよ、モリーナ」

「だから言ったじゃない」

「でもいいさ、試してみたって、どこも悪くなるわけじゃない」

「目まいがしてるの？」

「いや、本を読むときだけだ、目を凝らせなくて」

「なぜか分かる？　朝だからあまり力が出ないのよ、朝食といってもその紅茶だけだし、ハムとパンがあるのに食べようとしないからよ」

「そう思うかい？」

「当り前よ、お昼を食べたら、ちょっと昼寝するのよ、そうすればその後勉強できるようになるから」

「だるいんだ、あんたには想像もつかないほどだ。もう一度ベッドに寝転がりたい」

「でもだめよ、立っているか、せめて腰掛けるだけにして、体を鍛えなけりゃいけないって言うわ、ベッドに寝てばかりだと体が弱くなるから」

「映画の続きを頼む、そうしてくれる方がいい」

「どうする方がいいって？……もうジャガ芋をゆでかけてるのよ、二年はかかるわ」

「何を作ろうって言うんだい？」

「ハムがあるでしょう、それからオリーブ油の缶を開けて、ゆでたジャガ芋を食べようというわけ、ちょっぴりオリーブ油と塩をつけて、それとハム、これ以上体にいい食事なんてありえないわよ」

「映画は、黒人女が主人公の女に、ゾンビ女、あの生ける屍（しかばね）の話を残らず聞かせようとするところまでだった」

「本当に気に入ってるの？　正直に答えて」

「ああ、面白いよ」

「もう、あなたときたら、面白いなんてものじゃないの、すこぶるつきの最高なんだから……。本当のことを言って」

「さあ、話してくれよ」

「分かったわ、でもちょっと待って、火が点かない、あっ、点いたわ……。もうだいじょうぶ。どうだったかしら？　そう、黒人女は娘を家に連れ帰ったわ、そして何もかも話して聞かせるのよ。それによると、青年は最初の奥さんとても幸せに暮してたの、なのにいつも苦しんでたのよ、どうしても言えない秘密があったからよ、それは子供のころ、身の毛もよだつ犯罪を目撃したことなの。青年の父親っていうのが、恥知らずな獣みたいな男だったのよね、その島に一儲けしようとやってきて、プランテーションの労働者をこき使ってたわけ。すると労働者は反乱を企てるの、そうしたら父親は、島で一番遠くにあるプランテーションに祭壇や道具を持っていた、土地の魔術師とぐるになったわ、そしてある晩、魔術師は、祝福を施すという名目で、反乱を企ててる労働者の親分格をひとり残らず呼び集めたわ。ところがそれは計略で、全員待ち伏せに遭って殺されちゃうの、鏃には魔術師が調合した毒が塗ってあったわ。で、死体はそこからジャングルに運ばれて、隠されちゃうの、何時間かすると目を開けるからよ、生ける屍だったわけ。魔術師は死体に起きろと命令したわ、すると少しずつ起き上がるのよ、みんな目をカッと見開いてたわ、ほら黒人の目ってどんなか知ってるでしょ、目玉焼きみたいにばかでかいのよ、ところがどこを見てるか分からないの、黒目がほとんどなくて、全部白目と言ってもいいくらい、その連中に魔術師は、山刀を持って並べ、そしてバナナ畑まで歩いて行けって命令するの、そこへ着くと、今度は、一晩中働けと命じたわ、バナナの房を切り落すんだって、哀れな生ける屍たちは命令通り、一晩中バナナの房を切り落したわ、青年の父親はそりゃもうほくほくよ、それから連中用に小屋が建てられたわ、と言ったって、干した砂糖キビの切れっ端を使った掘っ立て小屋だけど、昼の間は生ける屍をそこに隠しておこうというわけよ、みんなゴミの山みたいに地べたに積み重ねられてたわ、で、夜になると、外に出て、バナナの房を刈るよう命令されるの、そんな風にして、青年の父親は財産を増やしていったのよ。青年はそういうことを全部見てたんだけど、まだうんとちっちゃかったの。でも、結局大きくなって、背の高い金髪の娘と結婚したわ、アメリカの大学で知り合った娘よ、そして彼女を島へ連れて帰るの、その何年後かに例の娘に同じことをするわけ、青年の結婚相手、ブルーネットの娘、主役の娘のことよ。それはともかく、最初の妻と初めはうまく行ってたのよ、そして父親が年を取って死ぬと青年は、魔術師との関係を断たなければいけないと思うわけ、で、自分の屋敷に呼ぶのよ、だけど青年はその間に一番遠いプランテーションに出かけたわ、ゾンビがいるところよ、そして魔術師がいないすきに、彼に忠実な人々を引き連れてゾンビの小屋に行くと、みんなで取り巻いたわ、それから戸を片っ端から釘付けにしちゃって、ガソリンをかけると、火を点けたわ、中のゾンビごと燃やしちゃうのよ、で、ゾンビはみんな灰になり、こうして哀れな黒人の生ける屍の苦しみは終るわけ。ところがこうしてる間、魔術師は屋敷で青年の最初の妻と一緒に彼の帰りを待ってたんだけど、何が起きてるか、連絡を受けてたのよね、一種の無電みたいな、ジャングルの太鼓の音がちゃんと知らせてたってこと、すると魔術師は、青年を途中で待ち伏せして殺してやるって言い出したわ、だもんだから、背の高い金髪の妻は可哀そうに、どうしていいか分からなくなっちゃって、魔術師に言うの、ここから出て行ってくれ、そして青年に手を出さないでくれ、そうすればお金でも宝石でもなんでもあげるからって。すると魔術師は、青年の命を助ける方法があると妻に言ったわ、そしてまるで目で裸にするみたいに、彼女の体を上から下へじっと眺めるの。それから毒を塗った短刀を見せると、それをテーブルの上に置いてね、自分がこうするのを言いつけたりすれば、その短刀で青年を殺すと脅したわ。そこへ青年が戻ってくるの、窓から見ると二人が一緒で、しかも妻は服を脱ぎかけてるところよ、すると妻は青年に、彼を捨てて、魔術師と一緒に出て行くって言うじゃない、青年はカッとなったわよ、テーブルの上の短刀を見つけると、興奮のあまり妻を刺しちゃうの。そのとき魔術師が言うのよ、誰も見ていない、目撃者は自分だけだ、だからもしこれからも自分に儀式や魔術を続けさせてくれるなら、警察には嘘をついて、自分たち二人は妻が殺されるのを見た、犯人は盗みに入ろうとしたジャングルに住む悪魔憑きかなんかだと、そう言ってやるって。さてと、これが人のいい黒人女が娘に聞かせた話なんだけど、それを聞いた娘はすっかり震え上がったわ、でももちろん、少なくともあのほったらかしの家で二人のゾンビのどちらかに殺されずに済んだわけよ、つまり黒人の大男か金髪を振り乱した女のどっちかにってこと。早番の看護婦たち、いい患者と笑顔で冗談を交わし合う、彼らは言うことをすべて聞き、食事をし、眠る、だが治れば退院、二度と戻らない」

「犬の大脳皮質、驢馬（ろば）、馬、猿、原始人の大脳皮質、教会に行かないために映画館に入る近所の娘の大脳皮質。そんな風にして、最初の妻はゾンビになったわけだ」

「その通り。さあ、いよいよあたしが一番ドキドキしたところよ、娘と人のいい黒人女が家に戻るからなんだけど、しばらくは何事もなかったの、ところが……」

「その魔術師、どんな様子なんだい？　話してくれてないな」

「ああ、言い忘れてたわ、姿は一度も見えないのよね、人のいい黒人女が娘に話を始めると、まず煙の渦みたいなものが現れるの、それは時間が遡（さかのぼ）ることを意味してるわけ、それから話の内容が全部絵になるの、でもバックに黒人女の声が聞えてるのよ、太いけど、とても優しい声でね、しかもすごく震えてたわ」

「黒人女はどうしてすべてを知ってるんだい？」

「それが、娘もあなたとおんなじことを訊（き）くのよ、どうしてあなたはそんなに知ってるの？　すると黒人女はうつむいて答えたわ、魔術師は自分の夫だったんだって。だけどこのときも、魔術師の顔は決して見えないの」

「物知りの死刑執行人の大脳皮質、女労働者の首、ゾンビの首が転がる、教養ある死刑執行人の冷たい眼差しが、近所の娘の哀れで無垢な大脳皮質の上に、近所のホモ男の大脳皮質の上に注がれる。で、何が一番ドキドキしたって?」

「そうだったわ、娘と黒人女が屋敷に戻るとね、あのほったらかしの家がまた映るのよ、戸口には黒人のゾンビ男が番兵みたいに突っ立ってたわ、そこへ茂みの中を人影が進んできてさ、戸口のゾンビ男に近づくの。するとゾンビ男は脇へどいて、その人影を通したわ。家の中に入った人影は、哀れな金髪女の寝ている寝室まで行くの。金髪女は身動きひとつしないで横になってたわ、目をカッと見開いてね、でも誰を見てるわけでもないの、すると白い手が、といっても青年のじゃないの、震えてないからよ、その手が服を脱がし始めるのよ。だけど哀れな金髪女は、抵抗も何もできないわけ。一番若くてきれいな看護婦は大きな病棟にひとりきりで、若い患者と一緒にいる、彼に襲いかかられても、その哀れな見習看護婦は逃げられない」

「続けてくれ。哀れな首、近所のホモ男の首が転がる、もうどうにもならない、もう胴体にはくっつかない、その首はもう死んでしまっているのだから、瞼を閉じてやらなければならない、そして狭い額を撫でてやらなければならない、額に口づけてやるべきだろうか? 近所の娘の脳味噌を覆っているその狭い額、誰が彼女をギロチンに掛けるよう命じたのだろうか? 物知りの死刑執行人はどこから来たのか分からない命令に従ったのだ」

「娘が屋敷に戻ってみると、青年はもう帰っていて、ひどく心配してたわ。そして娘を見るとほっとして抱き締めるんだけど、その後、また腹が立ってきて、娘が自分の許可無しで外に出るのを禁止しちゃうの。それから二人は夕食の席についたわ。もちろんテーブルにお酒はなかったわ、一滴のワインさえもね。青年はひどく苛立ってるんだけど、それを隠そうとしてるのよ、すると彼女が訊くの、収穫はどうなのって、青年はいいよって答えたわ、でもそのとき、突然カッとなって、ナプキンを叩きつけると、席を立って、書斎に行っちゃうの、例の引き出しがある部屋よ、そこへ鍵を掛けて閉じ籠ると、やけ酒って感じで飲み始めたわ。娘は寝る前に青年に声を掛けるの、ドアの下から光が漏れてたからよ、だけど青年は、べろべろの酔っ払いみたいな声で、さっさと行けって言うの。娘は自分の寝室に行くと、シュミーズに着替えたわ、ちがった、バスローブよ、シャワーを浴びようというわけ、うだるような暑さだったから、そしてシャワーを浴びるの、だけどうっかりしてドアをどれもこれも開けっ放しにしてたのね、すると広間の方から足音が聞えてくるのよ、しっかりした足音よ。娘は濡れたままの体で自分の寝室に駆け込んだわ。ドアに耳をくっつけてると、誰かが書斎のドアを鍵で開けて、青年のいるところへ入って行くのが分かるの。娘は自分の寝室の掛け金をしっかり掛けたわ、それから窓も。で、結局寝込んじゃうんだけど、翌朝、目を覚ますと、青年はもうどこにもいないのよ。娘は大慌てでベッドから飛び下りると、下男のひとりに青年がどこにいるのか訊いたわ、すると下男は、行く先を告げずに出かけたけど、一番遠いプランテーションの方角に向かったって、そう答えるの。娘は思い出したわ、魔術師の隠れ家があるのはまさにそこだってことをね。娘は執事を呼ぶと、助けを求めるの、彼女が信頼するたったひとりの人間だからよ。すると執事は、彼女、つまり娘が来ることに望みをかけていたって言うの、そうすれば青年は満足すると思ったって、だけど今はもうそうじゃないことが分かったってね。すると娘は、青年は誰か島の医者に診てもらったことがないのかって訊いたわ、で執事は、診てもらったけど、青年は指示通りにしなかった、だから残された道はひとつしかないと、そう答えると、娘の目をじっと見つめるの。娘にはぴんときたわ、執事は一緒に魔術師に会いに行くことをほのめかしてるんだってことがね、だから、いやだって答えるのよ。だけど執事はこう説明したわ、こんな場合に必要なのはただひとつ、誰かが青年に暗示を与えて、意志を強くしてやることだけだ、と言っても自分は最後の手段としてそう提案しているにすぎない、するかしないかは彼女次第だ。それからこうも言ったわ、その朝、青年は出がけに自分をののしった、そんな状態にはもう我慢できない、実際青年ときたら大悪党だ、最初の妻が死んだのは彼のことでさんざん苦しんだからだ、彼女に、青年に見切りをつけて、自分に相応しいまともな男を見つけるべきだったって。そう言ってる執事の目つきが普通でないことに娘は気づいたわ、相手の目を射るような、そんな目つきなのよ、そして執事は、彼女みたいな美人があんな男と結婚しているのはおかしいって、しつこく言うの。娘は弱り果てて、青年を探しに行こうとしたわ、本当は、青年の身に何かが起きたんじゃないかと心配だったし、自分が必要じゃないかと思ったからよ。でも黒人女は、娘について行くことをきっぱり断って、こう言ったわ、それは危険すぎる、白人の娘にとってはなおさらだって。だもんだから、娘は、話したときの様子が変だったけれど、執事に頼むより仕方がなくなるの。執事はもちろん二つ返事、早速一番足の速い馬に引かせた馬車を仕立てたわ、そして猟銃を持つと、馬車をスタートさせるの。そのとき人のいい黒人女は、庭で朝のみずみずしい花を切っていてね、で、二人が行くのを見るわけ、すると爪先から頭のてっぺんまで震わせて、娘に聞えるように大きな声で、気がふれたみたいに叫んだわ、行っちゃいけないって、でももう娘には聞えなかった、波が岩に当って砕ける音が雷みたいで、声がかき消されちゃったからよ。娘は執事にあんまり飛ばさないでくれと頼んだわ、馬が馬銜(はみ)をはずしそうなのよ、だけど執事はまるで聞こうとしないの。そしてただ一言、彼女の夫がどんなに情けない男かじきに分かるだろうって、そう言うの。あとは二人とも黙ったまま、道の曲り角に来る度に、娘はもうこわくて死にそうよ、馬車がときどき横倒しになりかけるからよ、なのに馬は奇妙なほど執事の言うことを聞いてたわ。やがて二人はジャングルの一番鬱蒼(うっそう)としたところに着くの、すると執事は、そこにある小屋で誰かに訊くことがあると言って、馬車から下りたわ。ところが、しばらく経ってても戻って来ないの、戻って来る気配が全然ないのよ。娘は独(ひと)りでいるのがこわくなり出したわ、しかもなお悪いことに、太鼓の音が響き始めるじゃない、それも目と鼻の先でよ。娘は馬車を下りたわ、そして小屋の方に行くんだけど、執事が襲われたんじゃないかって心配になりだすの。で、呼んでみたわ、でも返事はない。小屋に着いたところが、空っぽなのよ、何年もの間誰も住んでいなかったって感じ、木や草がすっかりはびこっちゃってるんだもの。そのとき、娘の耳に歌声が聞えてくるの、魔術の歌よ、そこに独りでいる方がもっとこわかったものだから、娘は声のする方へ行ってみるの。続きはまたのお楽しみ」

「けちらないでくれよ」

「けちってなんかいないわよ、もうお腹がぺこぺこだからよ、配られたものでまた食当りしたくなかったら、何かお昼を作らなけりゃならないでしょう。とにかくジャガ芋がじきにゆで上がるわ」

「ラストまでそれほどないんだったら、今、終らせてくれないかな」

「だめ、残りはまだたっぷりあるわよ」

…………………………………………

…………………………………………

「おはよう……」

「どう？　よく眠れた？」

「ああ、申し分ないよ」

「あなた、本の読みすぎだわ、あたしのロウソクよ、今度は消してやるから」

「また読書ができるなんて嘘みたいな気がしたもんだから」

「分かったわよ、でも午後本を読むのはいいことなのよ、本が読めたなんて、すごくおめでたいことだわ、だけどそれは午後のこと。なのに消灯の後、小さなロウソク一本で約二時間も読み続けるなんて、どう見たってやりすぎだわよ」

「分かった、だがおれはもう大人だ、そうだろう？　だから放っておいてくれ、自分のことはできるだけ自分でするから」

「でもさ、それで夜にゾンビの話の続きができなかったと思わない？　あなたが気に入ってる話なのに、まさかちがうなんて言わないでよ」

「何時だい？」

「八時十五分」

「なぜ看守が来なかったのかな？」

「来たわよ、だけどあなたは目を覚まさなかった、死んだみたいに眠ってたわ」

「そりゃひどい……なんて眠り方なんだ……。水差しはどこにある？　おれをからかう気だな、ゆうべあんたが置いたそこにあるはずなのに……」

「そうよ、からかってやったのよ、看守に、もう朝はマテ茶を持って来るなって言ったの」

「いいかい、あんたが自分のことで何をどう決めようとかまわない、だがおれはマテ茶を運んできてほしいんだ、たとえ小便臭くたって」

「あなた、全然分かってないんだから。このブタ箱の物を飲み食いするとね、病気になるのよ、でも心配しないで、あたしの食べ物や飲み物がある間は、あなたの分もあるから。それに今日、弁護士が面会に来るの、きっとママも一緒よ、新しい包みを持ってね」

「実を言うと、モリーナ、おれは自分の生活を人に左右されるのがいやなんだ」

「今日は弁護士があたしに大事なことを言うの。あたし、正直言って、控訴とかそういうこと当てにしてないのよ、だけどもしかして、受け合ってくれた通りいいコネかなんかが見つかったら、そうなれば望みがあるわ」

「だといいけどね」

「ねえ、もしあたしがここを出たら……。誰が代りに入って来るのかしら？」

「もう朝飯は済ませたのかい、モリーナ？」

「まだよ、だって音を立てたくなかったんだもの、あなたが寝ていられるように」

「じゃあ二人分の水を汲んでこよう」

「だめっ！　あなたはベッドにいてちょうだい、まだ治りかけなんだから。あたしがやるわ。それに水ならもう沸かすばかりになってるわよ」

「だがそんなことさせるのも今日限りだぞ」

「ゆうべ何を読んだのか教えて」

「なんの用意をしてるんだい？」

「びっくりするもの。ゆうべ読んだこと話してったら」

「大したことじゃない。政治に関することさ」

「もう、まるで話す気がないんだから……」

「弁護士は何時に来るんだい？」

「十一時って言ってたけど……。さあ、今から……内緒の小包を開けるわよ……あなたに見つからないように隠しといたの……とってもすてきなものが入ってるんだから……お茶請けなんだけど……フルーツ・ケーキよ！」

「遠慮するよ、ほしくない」

「ほしくないなんて……。そろそろお湯が熱くなってきたわ。戸を開けてもらって、出たら大至急戻ってきてちょうだい、お湯がもう沸いてるから」

「おれがするべきことをいちいち言わないでくれないか、頼むから……」

「だけど、ねえ、ちょっとだけあなたの世話をやかせて……」

「もうたくさんだ！　……うるさい!!!」

「あなた、変よ……どこが悪いの？」

「黙れっ!!!」

「フルーツ・ケーキが……」

「……」

「見なさいよ、自分のしたことを……」

「……」

「ストーブがなくなったら、あたしたちもうお手上げじゃないの。それにお皿……」

「……」

「紅茶も……」

「許してくれ」

「……」

「自制心を失ってしまった。本当にすまなかった」

「……」

「ストーブは壊れなかったよ。だが石油が全部こぼれちまった」

「……」

「ストーブが壊れずに済んで何よりだ」

「……」

「モリーナ、カッとなってご免よ」

「……」

「壜の石油を入れてもいいかい？」

「いいわ……」

「許してくれよ、頼む、この通りだ」

「許すことなんて何もないわよ」

「あるよ、おれが病気の間、あんたがいなかったらおれは一体どうなってたことか」

「あたしに感謝する必要なんて全然ないわよ」

「あるよ、感謝しなくちゃならない。それもちょっとやそっとじゃない」

「忘れてちょうだい、何もなかったんだから」

「いや、確かにあった、恥ずかしくて仕方がない」

「……」

「おれは獣同然だ」

「……」

「なあ、モリーナ、今、戸を開けてもらうよ、そして出るのを利用して、大壜を水でいっぱいにしてくるよ、水が無くなっちまったから。おれを見てくれよ、頼む、顔を上げてくれないか」

「……」

「今、水を汲んでくる。許すと言ってくれよ……」

「……」

「悪かったよ、モリーナ」

＊

「……」

11

所長　よろしい、二人だけにしてくれたまえ。
看守　分かりました、所長。
所長　どうかね、モリーナ？　調子は？
被告人　元気です。どうも……。
所長　何か新しい情報は？
被告人　それがあんまりなくて。
所長　ほう……。
被告人　でも、だんだん信用されてきた感じがします、それは確かです……。
所長　ほう……。
被告人　そうなんです、まちがいありません……。
所長　まずいことに、モリーナ、えらく圧力がかかってるんだ。わしの立場を理解してもらうために、モリーナ、少し内密の話を聞かせよう。どこから圧力がかかっているかというと、大統領筋からなんだ。上の方ですぐにも情報がほしいと言ってるんだよ。おまけに、アレーギにもう一度、それも徹底的に尋問しろとしつこく言ってきてるんだ。分かってくれるかね。

被告人　はい、所長。……でも、あと二、三日ください、それは本当です。彼を尋問しないで、上の方には彼がひどく衰弱してると言ってください。取調べ室に閉じ込めるなんてもっての外ですよ、そう言ってください。

所長　よし、そう言ってみるよ、だが説得力はないな。

被告人　あと一週間ください、必ず何か情報をつかんでお知らせしますから。

所長　ありとあらゆる情報だよ、モリーナ、得られる限り何もかもだ。

被告人　いい考えを思いつきました。

所長　なんだね？

被告人　所長がどう思うかは……。

所長　言ってみなさい……。

被告人　アレーギというのはなかなか強気な男ですが、そのくせ情にもろいところもあって……。

所長　そうかね。

被告人　だから……たとえば、こうするんです、たとえば、看守がやって来て、一週間するとわたしを別の監房に移すって言うんです、理由は、恩赦があったからとか、そんなに急でないとしたら、弁護士が控訴したからとか、そういうことでわたしが特別扱いになったというわけです、そしてもし、われわれが監房を別々にされるということを考えればしめたもの、彼はもっと弱腰になるはずです。というのは、どうやらわたしにちょっとばかり好意を持ってるからです、だからもっと話すようになると思うんです……。

所長　そう思うかね？

被告人　試す価値はあると思います。

所長　わしにはいつも失敗みたいな気がしてるんだが、お前さん、恩赦の可能性のことをあいつに言っただろう。ひょっとすると尻尾をつかまれたかもしれないな。

被告人　いえ、そんなことはありません。

所長　どうしてかね？

被告人　ええと、そう思ったんです……。

所長　そうでなく、理由を言いたまえ。そう思うからにはそれなりの理由があるはずだ。

被告人　それは……ああすることで、ちょっとばかりカモフラージュをしたんです。

所長　どういう意味かな？

被告人　つまり、わたしが刑務所を出るとき、彼に怪しまれないように、それに後で、仕返しされると困るから、彼の仲間に捕まらないようにと思って。
所長　彼が仲間の誰とも連絡を取ってないことは、お前さん、重々承知のはずだ。
被告人　われわれがそう思ってるだけです。
所長　われわれが目を通さなけりゃ、彼は誰にも手紙を出せない、だとすると、モリーナ、お前さんは一体何をこわがってるのかね？　お前さんのしていることは、わしとの約束の範囲を越えている。
被告人　でも、わたしが自由になることを彼に意識させた方が、絶対にいいんです……。なぜなら……。
所長　なぜなら？
被告人　なんでもありません……。
所長　頼むよ、モリーナ。言ってくれ。
被告人　言えと言われたって……。
所長　言いたまえ、モリーナ、はっきり言うんだ。互いにはっきり言わなけりゃ、擦れ違うばかりじゃないか。
被告人　分かりました、でもなんでもないんです、嘘じゃありません。ただの勘ですよ、わたしがいなくなることを意識すれば、彼は今まで以上にわたしに打明け話をしたくなるはずです。囚人って、そんなものなんですよ、所長。相棒がいなくなる……するといつにも増して見捨てられた気がするんです。

所長　よろしい、モリーナ、一週間したらまたここで会うことにしよう。

被告人　ありがとうございます、所長。

所長　だがそれ以後は、別の角度から見なけりゃならんぞ。

被告人　ええ、もちろん。

所長　それなら結構だ、モリーナ……。

被告人　所長、もう一度……大目に見ていただきたいことがあります。

所長　どうしたのかね？

被告人　包みを持って監房に戻る方がいいと思うんです、もしよろしければ、リストはここに作ってあります。外で待っている間に書きました、下手な字ですいません。

所長　効果があると思うのかね？

被告人　これ以上効果的なことは絶対にありません、まちがいありませんよ、本当に本当です。

所長　どれ、見せたまえ……。

モリーナ用の包みに必要な物のリスト、母さんが持ってくるみたいに、全部まとめて

ひとつの包みにしてください
ローストチキン　二羽
焼リンゴ　四個
卵入ポテトサラダ　一箱
生ハム　三百グラム
ハム　三百グラム
ロールパン　大四個
紅茶　一パック　インスタントコーヒー　一缶
スライスしたライ麦パン　一パック
ミルク・ペースト　大二缶
オレンジ・マーマレード　一壜
牛乳　一リットル　オランダ・チーズ　一個
塩　小一パック
砂糖漬フルーツ　盛り合せ大四きれ
フルーツ・ケーキ　二個
バター　一箱
マヨネーズ　小壜一本　紙ナプキン

……………………………………………………………

……………………………………………………………


「これは生ハムのパック、これは普通のハム。あたしはパンが焼き立てのうちにサンドイッチを作るつもりだけど。あなたは自分で好きなものを作ってちょうだい」

「ありがとう」

「あたしはただこのロールパンを二つに割って、バターをちょっぴり塗って、普通のハムをはさむだけ。あとは卵入ポテトサラダを少し。食後は焼リンゴと紅茶よ」

「なかなかじゃないか」

「もしチキンが冷めないうちに食べたいんだったら、切っていいのよ。好きなようにしてちょうだい」

「ありがとう、モリーナ」

「こうする方がいいんでしょ、ね？　それぞれ自分が好きなものを作る、そうすればあなたに怒られることもないし」

「好きにしてくれ」

「あなたが何か飲みたいかもしれないから、もっとお湯を沸かすわね。ほしいものを作って、紅茶でもコーヒーでも」

「ありがとう」

「……」

「うまそうなものばかりじゃないか、モリーナ」

「砂糖漬のフルーツだってあるんだから。ただしひとつだけお願い、パンプキンは取っておいてちょうだい、あたしの一番の好物なんだから。パイナップルもあるし、おっきなイチジクも、この赤いのは何かしら?」

「きっとスイカだ、ちがうかな、なんだろう、分からないな……」

「味見すれば分かるわよ」

「モリーナ……まだ恥ずかしいんだ……」

「恥ずかしいって何が?」

「今朝のことだよ、ひどい口のきき方をしただろう」

「ばかみたい……」

「受けることができないのは……けちな人間さ。なぜなら、与えるのも嫌うからだ」

「そう思う?……」

「ああ、ずっと考えてたんだ、そのことをね。あんたがおれに対して寛大なのが……気に障ったとすれば、……それは、おれもあんたに対して同じ態度を取らされるのがいやだったからなんだ」

「そう思うの?」

「ああ、そうさ」

「あのね、……あたしも考えてたの、そしてあなたに言われたことを思い出したのよ、バレンティン、すっかり理解できたわ……あなたがなぜあんな風になったのか」

「おれが言ったことって、なんだっけ？」

「今みたいに、闘っている最中は、あなたたちにとって……そう、誰かに愛情を感じるのはまずいということ。ええと、愛情を感じるというのは言いすぎね、でなくて、そうだわ、友達みたいに愛着を感じるのはまずい」

「えらく親切に解釈してくれるんだな」

「ほら、あなたの言うことが分かるときだってあるんだから……」

「ああ、だが今の場合、おれたち二人はここに閉じ込められている、だから闘いは存在しない、誰かを倒すということはできない、言ってること分かるかい？」

「ええ、続けて」

「それにおれたちは、外部世界から……文明人らしく振舞えないほど抑圧されてるだろう？　外にいる敵に……そんなに力を持たせておけるか？」

「そこんとこはだめ、よく分かんない……」

「ならこうだ、この世界の一切の悪、おれが変革したいと思う何もかもに、たとえ一瞬でも、おれが……人間らしく振舞うのを邪魔されていいと思うか？」

「何作るの？　お湯が煮立ってるから」

「二人に紅茶を頼むよ」

「いいわ」

「おれの話が分かるかどうか知らないが……とにかくここにはわれわれ二人しかいない、そして二人の関係は、どう言えばいいかな？　われわれ次第でどうにでもなる、二人の関係は誰からも抑圧されてない」

「それで？」

「ある意味で、お互い相手に対し好き勝手に振舞うことができる、分かるかい？　つまり、無人島にいるようなものなんだ。たぶん何年も二人きりでいることになる、そんな島さ。だってそうだろう、ブタ箱の外は抑圧者だらけだが、中にはいないじゃないか。ここでは誰かが誰かを抑圧することはない。だがたったひとつ、疲れているからか、枠をはめられているからか、それとも歪んでしまったからか……おれが心を乱されるのは……人が見返りも要求せずに、おれによくしてくれることなんだ」

「そう、でもあたしには分かんない……」

「分からないって、どうして？」

「説明できないわ」

「さあ、モリーナ、そんなこと言わずに。じっと考えてみろよ、はっきりするから」

「変に気を回さないでちょうだい、でも、あたしがあなたによくしてあげるとすれば……それはあなたの友情、はっきり言っちゃうと……愛情がほしいからだわ。ママによくしてあげるのと同じなのよ、だってママはいい人なんだもの、他人に悪いことなんて一度もしたことがないわ、あたし、ママを愛してるの、本当にいい人なんだもの、それにママにあたしのことも愛してほしいし……。で、あなただけど、やっぱりすごくいい人なのよ、ちっとも欲がなくて、とても気高い理想のために命を懸けてて……。よそ見しないでよ、照れ臭いの？」

「ああ、ちょっとばかり。……だけどあんたから目をそらしたりしないよ」

「だからよ……あたしが尊敬するのは、そして愛情を感じるのもね……。だって、ほら、ママの愛情って、生れてこの方あたしがいいと思った、たったひとつのものだから、ママはあたしをそのまま受け入れてくれるの、あたしをあたしとして、ただひたすら愛してくれるのよね。それは天からの授かりものって感じ、あたしが生きてく力になるのはそれだけ、それしかないのよ」

「パンを少しもらってもいいかな？」

「もちろんよ……」

「だがあんた……いい友達がいなかったのかい、お袋さんみたいにすごく大事な？」

「いたわよ、でもほら、あたしの友達っていつでも……ゲイばかりだったでしょ、あたしみたいな、だから仲間うちじゃ、なんて言うか、お互いあんまり信頼が置けないのよね、だって自分たちがすごく……臆病で、だらしないこと知ってるから。だからあたしたちが絶えず待ち望んでるのは……。友情とかそういうものなの、もっと真面目な人間とのね、もちろん男よ。だけどそれは絶対無理、だって男の人って……好きなのは女なんだもの」

「ホモってみんなそんな風なのかい？」

「そんなことない、愛し合ってる連中だっているわ。でもあたしやあたしの友達はおんななの。だからそんなお遊びは嫌いなのよね、そんなのホモのすることだもの。あたしたちはノーマルな女、男の人と寝るの」

「砂糖いれるかい？」

「ええ、ありがとう」

「焼き立てのパンってなんてうまいんだろう、この世で一番うまいもののひとつだな」

「本当、すっごくおいしい……。話さなくちゃいけないことがあるわ」

「そうこなけりゃ、ゾンビのラストだ」

「そう、それも。でも別のことがあるの……」

「どうしたんだ？」

「弁護士がね、ことは順調に運んでるって言ったの」

「しまった、そいつを訊き忘れた。他にどんなことを言ってた？」

「何もかもうまく行ってるみたいだって、それと控訴したら、つまり申し立てをしたらってこと、取り上げられたらじゃなく、そうしたら被告人は刑務所の別の場所に移されるんだって。で、一週間後に、あたしはこの監房から出されるわけ」

「本当かい？……」

「ええ、どうやらね」

「その弁護士、どうしてそれを知ったんだろう？」

「所長室でそう言われたのよ、彼、そこで手続きのための書類を提出したの」

「よかったじゃないか……。嬉しいだろうな……」

「そのことはあんまり考えたくないわ。期待したくないの。……卵入ポテトサラダ食べたら」

「いいと思うかい？」

「ええ、おいしいわよ」

「さあどうかな、今のニュースで胃袋が縮んじまったよ」

「だったらさ、何も言わなかったことにして、まだ何も確実じゃないんだから。あたしは何も聞かなかったことにするわ」

「だめだよ、いい線行ってるんだ、喜ばなけりゃ」

「まだ喜びたくなんかないわよ……」

「おれはすごく嬉しいな、あんたのことを思うと、たとえあんたがいなくなってもだ、それに……とにかく、何かお祝いしなけりゃ……」

「焼リンゴ食べて、とても消化がいいわ」

「止めとくよ、あとにした方がいい、少なくともおれはいらない。あんたは食べたきゃ食べてくれ」

「いらないわ、あたしもそれほどお腹が空いてないの、ねえ、どうかしら?……もしかしてゾンビの話が終ったらお腹が空くかもしれないから、食事はもう少し後にするっていうのは」

「それがいい……」

「映画、面白いでしょ?」

「ああ、実に面白い」

「最初のころはあやふやだったけど、でも今ははっきり思い出せるわ」

「そう……だがちょっと待ってくれ。実を言うと……何がどうなったのか、モリーナ、急に……頭が混乱しちまったんだ」

「なぜ?　どこか痛いの?　お腹?」

「ちがう、おかしくなったのは頭の中だ」

「おかしいって、原因は何？」

「さあ、あんたがいなくなるからじゃないかな、よく分からないけど」

「なるほどね……」

「しばらく横にさせてくれないか」

「どうぞ」

「じゃあ」

「じゃあね」*


……………………………………………………

……………………………………………………


「モリーナ……何時だい？」

「七時過ぎよ。もう夕食を配ってるのが聞えるわ」

「何もできないな……。すると消灯前の、明りのあるこの一時間を利用せざるをえない」

「なるほど」

「だが頭がちゃんと働いていないんだ」

「だったら休みなさいよ」

「まだ映画の話が終ってないじゃないか」

「そうしてほしいって言わなかったでしょ」

「無駄に聞きたくなかったんだ、楽しむ余裕がなかったから」

「おしゃべりする気だってなかったじゃないの」

「何を言えばいいか分からないときは、話すのがいやなんだよ。ばかばかしいことは言いたくない、分かるかい……」

「じゃあ休めば」

「映画を終らせてくれないかな?」

「いま?」

「そうさ」

「どっちでも」

「ちょっと勉強してみたんだが、さっぱり頭に入らない」

「どこまでだったか分からなくなっちゃったわ、どこまで行ったっけ?」

「何がだい? モリーナ」

「映画よ」

「娘がジャングルに独りきりでいる、すると太鼓の音が聞えてくるところだ」

「ああ、そうだったわ……。ジャングルには真昼の日の光が降り注いでいたわ、娘は決心するの、いやに陰気なその太鼓を叩いてる者がいるところへ行ってみようって。で、先へ進むんだけど、途中で靴が片方脱げて、転んじゃうの、ブラウスは破れるし、顔は泥だらけになったわ、しばらくすると棘だらけの植物があって、そこを通り過ぎるときスカートが引っ掛かってずたずたになっちゃうのよ。ブードゥー教の儀式を挙げてる者のいるところへ近づくにつれて、あたりはだんだん暗くなっていったわ、真昼なのにね、光といえば、点されたロウソクの明りだけだったわ。ロウソクでぎっしりの祭壇があるのよ、上から下まで全部ロウソクばかりなの、そして裾のところにぼろ切れで作った人形があって、心臓に針が一本突き刺してあったわ。その人形、青年にそっくりなのよ。で、黒人の男や女がみんな跪いて祈りをあげてるんだけど、時々、奇声を発するの、どれもこれも、心の奥深くに隠されていたそれはそれは大きな悲しみから出た叫びよ。でも娘はよく見て、魔術師を探したわ、会うのが死ぬほど怖いくせに、どんな人間なのか見てみたくて仕方がないのよね。そのうち太鼓の音がだんだんと激しくなってきて、黒人たちが叫ぶ回数も多くなり出したわ、娘は、その祈りをあげてる黒人たちがみんなで作っている輪の縁に立ってるの、だけどすっかり汚くなっちゃって、髪はくしゃくしゃ、服ときたら言わずもがなよ。突然太鼓が止んだわ、黒人たちは叫ぶのを止める、熱帯のジャングルに冷たい風が吹き出すと、ついに魔術師が現れるの、踝まで届く白い衣を纏ってるんだけど、胸のところは開いていて、もじゃもじゃの毛が生えた若々しい胸が見えてたわ、だけど顔は老人で……なんと執事だったのよ。底意地の悪い、偽善者面で、黒人たち全員に祝福を施すと、魔術師は片手で太鼓叩きに合図をしたわ。太鼓がまた鳴り出す、でも前と違って今度はもろ悪魔的なのよ、魔術師はもはや露骨に物欲し気な目で娘を見ると、片手で何かまじないの仕草をして、それから催眠術を掛けるためにじっと見つめるの。娘は目を外らして術に掛かるまいとするんだけど、その力に抵抗しきれず、顔がちょっとずつ正面の方に動いていって、ついに魔術師の顔をまともに見ちゃうの。で、催眠術に掛かっちゃうわけ、これほどセクシーなものはないって感じで太鼓が響く中を、娘は魔術師のいる場所に向かって歩き出したわ、黒人たちもみんな恍惚状態になり出して、跪いたまま、頭が地面に着きそうなくらい反っくり返っちゃうの。そして娘があわや魔術師の手にというとき、急に猛烈な風が起きて、ロウソクはひとつ残らず消えたわ、真昼だというのに、あたりは真っ暗。魔術師は娘の腰を両手でつかんだわ、それからその手を胸まで持っていくの、そして彼女の頬を撫でると、片腕をつかんで、自分の小屋の中へ連れ込むのよ。それから……どうなったっけ？　あら、申し訳ないけど、どうなったかよく覚えてないわ。ああ、そうだ、娘が馬車で通り過ぎるのを見たあの人のいい黒人女がね、青年を探すのよ、そして魔術師が呼んでるからと言って、引っ張っていくんだわ。だって、どういう訳か、彼女、黒人女は、魔術師つまり執事の女房だったからよ。青年が来たのを見ると、娘の術は解けちゃうの、というのも黒人女が何度か叫んだからなんだけど。娘はもう小屋に入りかけてたわ」

「それから？　貧乏人は金持に施しをやる、金持は貧乏人に施しを求め、そして嘲笑う、贋金を与えることしかできないと言って、貧乏人を馬鹿にし、ののしる」

「娘と青年はジープで屋敷に戻るわけ。だけどどっちも口をきかないのよ。当然ながら青年は、娘がすべてを知ってしまったことにもう気付いていたわ。で、二人は屋敷に着くの。すると娘は、事がうまく行くよう、精一杯努力するつもりだということを示そうとして、青年に何か夕食を用意しようとするの、何事もなかったみたいにね、ところが台所に行って戻ってみると、青年がまたお酒の壜をつかんでるじゃない。それを見た娘は彼に頼んだわ、弱気にならないでくれ、結婚生活を守るために一緒に闘ってほしい、二人は愛し合っている、だから手を取り合ってあらゆる障害に立ち向かおう、そう言ってね。でも青年は、娘を乱暴に突き飛ばしちゃうの、娘は床に倒れたわ。そうこうするうち、魔術師がほったらかしの家に着くの、ゾンビ女がいる家よ、見ると人のいい黒人女が一緒にいて、ゾンビ女の世話を焼いていたわ、黒人女は魔術師の女房だったんだけど、もういい年で、それで今は相手にされてなかったの。魔術師はそこから出て行けって命令したわ、だけど黒人女は、ゾンビ女をこれ以上悪いことに使わせないって答えるの。そして短刀をつかむと、魔術師を刺そうとするのよ。でも魔術師は彼女の手首をつかんじゃうの、そして短刀をひったくると、それでもって黒人女を刺し殺しちゃうわけ、心臓を一突きにしてね。ゾンビ女は動かずにいたわ、だけどその目を見るととても悲しがってることが分かるの、意志がないから自分から何かすることはできないんだけどさ。するとと魔術師は自分について来いって命令したわ、そしてひどすぎる嘘をつくのよ、青年は悪人だ、お前をゾンビにするよう命じた張本人だ、それに今また二番目の妻に同じことをしようとしている、彼女を虐待してる、だからお前は行って、その短刀で青年を殺し、すべての悪事にけりをつけなければならないって、そう言うの。ゾンビ女の目を見ると、魔術師の言葉を信じていないことが分かったわ、でも意志がないからどうにもならないのよ、魔術師の命令に従うしかないわけ。二人は屋敷に着くと、ほとんど音も立てずに庭に入り込んだわ、日暮れ時で、あたりはもう薄暗かった。で、ゾンビ女は窓から中を覗くの、すると青年が酔っ払っていて、娘にあれこれ怒鳴り散らしてたわ、そして娘の両肩をつかんで揺すると、投げ飛ばしちゃうのよ。魔術師はゾンビ女に短刀を持たせたわ。青年はもっとお酒がないかと思ってみるんだけど、壜はもう空なの、それでも最後の一滴を垂らそうとして壜を振るのよ。ゾンビ女はただ従うことしかできないのね。執事は彼女に、中へ入って青年を殺せと言ったわ。で、ゾンビ女は近づいて行くの。でもその目からすると、心の奥じゃまだ青年を愛していて、殺したくないと思ってることが分かるの、だけど命令は待った無し。青年には彼女が見えなかったわ。それから執事は娘を呼ぶの、やけにうやうやしく、奥様って言ってね、だけど娘は自分の部屋に閉じ籠（こも）って鍵を掛けちゃうの、すると突然、青年の断末魔の叫びが聞えたわ、ゾンビ女に刺されたのよ。娘は部屋を飛び出したわよ、見つけた青年はもう息も絶え絶え、さっきまで酔って正体を失くしてたソファーに横たわってるじゃない、その目ときたら想像もつかないほど悲劇的なのよ。すぐに執事が来たわ、そして使用人たちを呼ぶの、殺人事件の証人にするためよ、で、自分は潔白というわけ。ところが青年は今際（いまわ）のきわにゾンビ女に打明けたわ、君をとても愛してた、何もかも悪いのは魔術師だ、あいつは絶えず島を自分のものにしようとしてきた、それにぼくの全財産もだってね、そしてゾンビ女に、例の小屋に戻るように言うの、中に入ったら鍵を掛けて火をつけるんだ、そうすればもう君は人の悪事の道具にならずに済むって、空は真っ暗だったわ、だけどときどき稲妻が走って、全体がぱあっと明るくなるの、嵐の前触れよ、青年はもうほとんど力が残ってなかったんだけど、部屋につめかけていた使用人たちに向かって話したわ、お前たちの両親の多くは、恥知らずな魔術師の犠牲となって、ゾンビにされたんだって。するとみんな一斉に、憎しみをこめて魔術師を見るの、魔術師はじりっじりっと下がっていくと、庭に出たわ、で、逃げようとするの、その凄まじい嵐の晩にね、猛烈な風が吹き荒れていて、稲光の度にあたり一面が昼みたいになったわ、魔術師は身を守るためにピストルを取り出すの、だもんでみんな釘付けになったわ、ところがその庭で、魔術師がもう助かったと思って逃げ出そうとした、そのとたん、耳をつんざくような音がして、魔術師の上に雷が落ちるのよ。やがて雨が上がったわ。ゾンビ女はいつの間にか姿を消してたわ、あのほったらかしの家に戻ったのよ。そのとき船が出るのを知らせる汽笛が聞えるの、すると娘は身の回りの物だけスーツケースに詰めると、船着き場に飛んで行ったわ、後は一切合切使用人たちに残してね、ただすべてを忘れたかったからよ。まさにタラップを引き上げてるときに、娘は船に着いたわ。それを船長が甲板から見つけるの、運のいいことに、最初に出てきたあの素晴らしくハンサムな船長だったのよ。船はもやい綱を解くと、海辺の明りを後に遠ざかっていったわ。娘がキャビンにいると、誰かがドアをノックするの。開けると、船長が立ってたわ、で、娘は島で幸せだったかどうか訊かれるの。娘は幸せじゃなかったと答えたわよ、そうしたら船長は娘に、彼女が着いた日に聞えた太鼓の音が意味するのは、決まって苦しみや死だってことを思い出させるの。娘は、あの太鼓の音はもう二度と聞えないはずだと言ったわ。そのとき船が静かにしてくれと頼むの、何か妙な音がするみたいだからって。二人は甲板に出てみたわ、そうしたらなんと、とってもきれいな歌声だったのよ、何百という島の人たちが船着き場に押しかけて、娘のために歌っているじゃない、愛と感謝の歌をうたって娘を見送っていたのよ。娘は感動して震えたわよ。すると船長が娘の背中に腕を回して抱きかかえるの。それから島のはるか彼方、町から離れたジャングルで、ものすごい炎が上がっているのが見えたわ。それを見た娘は身の毛がよだち、震え出し、船長にかじりついた、というのもその炎の中で哀れなゾンビ女が燃えているのを知ってたからよ。船長は娘に、こわがることはない、すべては終ったんだって言うの、あの島の人々がみんなでうたってる愛の歌は、彼女に永遠の別れを告げている、そして幸せに満ちた未来を約束してるんだって。これでこの物語はおしまい、めでたしめでたし。どう、気に入った？　病棟で一番の重患はすでに危機を脱した、看護婦は彼の穏やかな寝顔を一晩中見ていられるだろう」

「うん、すごく気に入ったよ。金持は貧乏人に金をやれば枕を高くして寝られる」

「あーあ……」

「なんて溜息なんだ！」

「どうなってんのかしら、この生活、辛いったらありゃしない……」

「どうしたんだ、モリニータ？」

「分かんないわ、何もかも心配なの、釈放されるなんて絵にかいた餅じゃないか、釈放されないんじゃないかって……。それに一番心配なのが、二人が別々にされて、あたしが違う監房に移されてさ、そこにいつまでもいることよ、相手はどんな尽無（ずくなし）だか知れたものじゃないし……」

「何も考えない方がいい、結局、おれたちにはどうにもならないんだ」

「ちょっと、それはどうかしら、もしかすると、頭をひねれば何かいいアイデアがひらめくかもよ、バレンティン」

「どんなアイデアが?」

「少なくとも……あたしたちが別れずに済む方法よ」

「いいかい……自分で自分をいじめないように、こう考えるんだ、自分の望みはただひとつ、娑婆(しゃば)に出てお袋さんの面倒を見ることだって。それだけだ。他のことは考えちゃだめだ。だってあんたにとって一番大事なのはお袋さんの体のことだろう?」

「ええ……」

「それればかりを考えてりゃだいじょうぶさ」

「だめよ、それればかり考えるなんていやよ……絶対にいやっ!」

「おいおい……どうなっちゃったんだい?」

「なんでもないわよ……」

「ほら、そんな風にしないで……枕から顔を上げろよ……」

「いやよ……ほっといてちょうだい……」

「だが一体どうしたんだい? 何かおれに隠してることがあるのかい?」

「何も隠してないわよ……。でも、ただ……」

「ただなんだい? ここを出れば、あんたは自由になる、人に接することができる、その気があれば、政治活動のグループに加わることだってできるんだ」

「気は確かなの? オカマだから信用なんかされやしないわよ」

「誰に会えばいいか教えてもいいが……」

「だめ、絶対に教えないで、絶対よ、分かった？　あなたの仲間のことは何も話さないでちょうだい」

「なぜだい？　あんたが連中に会うなんてこと、一体誰が考えつく？」

「だめ、尋問かなんかされる可能性があるわ、だけど何も知らなけりゃ、何も言えないでしょ」

「ま、とにかく、政治活動のグループはいろいろある。もし説得力を持ったのが見つかったら、そいつに入りゃいい、ただ話すだけのグループだとしてもな」

「あたし、そういうことに疎くって……」

「真の友達、いい友達がいないって本当かい？」

「あたしみたいなゲイの友達がいるにはいるんだけど、ちょっと一緒にいて、笑い合ったりするだけなの。で、真面目になり出すとたんに……どっちも逃げちゃうのよ。それがどんな風だか前に言ったと思うけど、相手に自分の姿が映ってるのを見ると、ギョッとしちゃうわけ。互いに相手を滅入らせちゃうのよ、あなたには想像もつかないだろうけど」

「ここを出れば、事態は変るかもしれないじゃないか」

「変りゃしないわよ……」

「ほら、もう泣くなって……そんな風になっちゃだめだ……。あんたが泣くのを見るの、これで何度目だ?……そりゃおれだって、一度泣いたさ……。だがもうたくさんだ……。

あんたに泣かれると……いらいらしてくる」

「だってもう耐えられないんだもの……。あんまり……悪い目にばかり遭うから……」

「もう消灯かな?」

「当り前でしょ、何考えてるの? もう八時半よ。でもこの方がいいわ、あなたに顔を見られなくてすむから」

「映画のおかげで時間の経つのが早いよ、モリーナ」

「あたし、今夜は眠れそうもないわ」

「ちょっと聞いてくれ、あんたの力になれることが何かあると思うんだ。ひとつ話し合おうじゃないか。何はさておき、あんたはどれかグループに入ること、独りきりにならないことを考えなけりゃだめだ。仲間と一緒になることはきっと役に立つ」

「どのグループに入るの? そういうことはさっぱり分かんないし、それにあんまり信用してないのよ」

「だったら我慢するんだな」

「話すの止めましょう……これ以上……」

「なあ……そんなこと言うなよ……、モリニータ」

「いや……お願いだから……触らないで……」

「あんたの相棒が肩を叩いてもいけないのかい？」

「なお悪いわよ……」

「どうして？……なあ、言ってくれよ、もうお互い信頼し合ってもいい時分じゃないか。本当に力になりたいんだよ、モリニータ、どうしたのか教えてくれよ」

「あたしの願いはただひとつ、死ぬことよ。それがただひとつの願い」

「そんなこと言うもんじゃない。考えてみろよ、お袋さんがどんなに悲しむか、……それにあんたの友達や、このおれだってそうだ」

「あなたにはどうでもいいことじゃない……」

「どうでもいいものか！　おい、なんてこと言うんだ……」

「あたし、疲れ切ってるのよ、バレンティン。辛い思いばかりするんで疲れちゃったの。あなたには分からないだろうけど、体の中が痛くて仕方ないのよ」

「どこが痛むんだい？」

「胸の中、それに喉（のど）……。悲しみってどうしていつもそのあたりで感じるのかしら？」

「確かにそうだ」

「で、今、あなたったら……あたしが泣きたいのをこらえさせちゃったでしょう。だからもう泣けないじゃない。これはなお始末が悪いのよ、喉にしこりができて、締めつけられるみたいな感じで、ものすごく苦しいの」

「……」

「……」

「あんたの言う通りだ、モリーナ、悲しみを一番感じるのはそこんところだ」

「……」

「ひどいのかい……ひどく締めつけられるのかい、そのしこりのせいで？」

「ええ」

「……」

「……」

「痛いのはここかい？」

「そう……」

「さすってもいいかな？」

「いいわ……」

「ここかい？」

「そう……」

「いい気持かい？」

「ええ……いい気持」

「おれも気持がいい」

「本当に？」

「ああ……すごく落ち着く……」

「どうして落ち着くの、バレンティン？」

「どうしてって……分からない……」

「どうしてなの？」

「きっと、自分のことを考えないからだ……」

「とっても気持がいいわ……」

「きっと、あんたがおれを必要としてるのを感じるからだ、あんたのために何かできるからだ」

「バレンティン……あなたってなんでもかんでも説明しようとするのね……おかしな人……」

「たぶん成行き任せが嫌いだからさ……物事がなぜそうなるのか、理由を知りたいんだ」

「バレンティン……触ってもいい？」

「ああ……」

「触ってみたいの……ちょっと大きい……そのほくろに、眉毛の上のこれにね」

「……」

「こんな風に触ってもいい？」

「……」

「こうしても？」

「……」

「あたしに撫でられて、気持悪くない？」

「ああ……」

「とても優しいのね……」

「……」

「あたしに対して本当に優しいんだもの……」

「いや、優しいのはあんたの方だ」

「バレンティン……よかったら、あたしに好きなことしていいわよ……あたしはそうしてほしいの」

「……」

「もし気持悪くなかったら」

「そういう話は止めてくれ。黙ってる方がいい」

「壁の方にちょっとずれるわね」

「……」

「何も見えないわ、何も……こんなに暗いんだもの」

「……」

「そっとよ……」

「……」

「だめ、それじゃすごく痛いわ」

「……」

「待って、だめ、この方がいい、脚を上げさせて」

「……」

「お願い、そっとよ、バレンティン」

「……」

「そうよ……」

「……」

「ありがとう……感謝するわ……」

「おれだって……」

「感謝するのはあたし……。これであなたと向き合ったわ、真っ暗だからあなたが見えないけれど。痛っ……まだ痛いわ……」

「……」

「もう平気、だんだん良くなってきたわ、バレンティン……。もう痛くない」

「いい気持かい？」

「ええ……」

「……」

「あなたは？……バレンティン、言って……」

「分からない……おれに訊かないでくれ……何も分からないんだから」

「ああ、すごくいいわ……」

「黙っててくれよ……ちょっとの間、モリニータ」

「だってこの感じ……すごく変ってるんだもの……」

「……」

「あたし、なんとなく自分の眉毛に触ってね、ほくろを探しちゃった」

「ほくろって？……ほくろがあるのはおれだ、あんたじゃない」

「そんなこと分かってるわよ。でも眉毛に触って、ほくろを見つけようとしちゃったのよ、……ありもしないのに」

「……」

「あのほくろ、とっても似合ってるわよ、見えないのが残念だわ……」

「……」

「愉しめてるの、バレンティン？」

「黙って……ちょっと静かにしててくれ」

「……」

「……」

「他にどんな感じがしたか分かる、バレンティン？　ほんの一瞬だったけど」

「どんな感じだい？　教えてくれ、だがそのままでいてくれよ、動かないで……」

「ほんの一瞬だけれど、自分がここにいないみたいな気がしたの、……ここじゃなく、といって他の所でもなく……」

「……」

「自分がいないみたいな気がしたのよ……あなたしかいないみたいな」

「……」

「でなきゃ自分が自分でないみたいな。いま自分は……あなたになったって感じだったわ」

12

「おはよう……」

「おはよう……バレンティン」

「よく眠れたかい？」

「ええ……」

「……」

「あなたの方は、バレンティン？」

「何が？」

「よく眠れたかってこと……」

「ああ、お蔭様でね……」

「……」

「ちょっと前にマテ茶を配る音を聞いたけど、あんたほしくないだろう？」

「ええ……。信用できないもの」

「……」

「朝食だけどなんにする？　紅茶それともコーヒー？」

「あんたは何を飲むんだい、モリニータ？」

「あたしは紅茶。でもコーヒーでもいいのよ、手間は同じだから。正確に言えば、手間はちっともかからないから。好きな方にして」

「ありがとう。じゃあコーヒーを頼む」

「その前に外に出してもらう？　バレンティン」

「ああ、頼むよ。今、戸を開けてもらってくれ」

「いいわ……」

「……」

「……」

「なぜコーヒーにするのか分かるかい、モリニータ？」

「分かんない……」

「目を覚まして、勉強するためさ。そんなにするわけじゃない。二時間かそこらさ、だがみっちりやるつもりだ。今までのリズムを取り戻さなけりゃ」

「なるほど」

「……それから昼飯まで休憩だ」

「……」

「モリーナ……寝覚めはどうだったんだい?」

「よかったわよ……」

「機嫌は直ったのかい?……」

「ええ、でもなんだかぽけっとしちゃって……。考えられないのよ、なんにも」

「そういうのも悪かない、……たまには」

「でもだいじょうぶ、……気分はいいわ」

「……」

「……口きくのがこわいくらいよ、バレンティン」

「じゃあきかなくていい、……考えることもない」

「……」

「気分がいいなら、何も考えなくていいよ、モリーナ。どんなこと考えたって、白けるに決まってるから」

「あなたは?」

「おれも何も考えたくない、だから勉強するんだ。そうすりゃ救われる」

「救われるって、何から?……、昨夜(ゆうべ)のことを後悔せずに済むということ?」

「ちがうよ、おれは何も後悔なんかしない。ますます確信を強めたんだが、セックスというのは無邪気そのものだ」

「頼みたいことがあるの……マジで」

「……」

「話をしないこと……どんなことについてもよ、なんの議論もしないこと、今日はね。今日一日だけのお願いだから」

「好きにしてくれ」

「……どうしてか訊かないの？」

「どうしてだい？」

「だって……あたし……気分がいいんだもの……本当にいいのよ、だからこの気分を何かに台無しにされたくないわけ」

「好きにしてくれ」

「バレンティン……こんな満ち足りた気持、子供の時以来味わったことないと思うわ。ママにおもちゃかなんか買ってもらった時以来ね」

「こうしたらどうかな？　何かいい映画のことを考えるんだ、……そして勉強が終ったらそれをおれに話す、食事の用意をしながらね」

「そうね……」

「……」

「どんな映画の話を聞きたいの？」

「あんたがうんと気に入ってるやつだ、今回はおれのことを考えなくていい」

「もしあなたが気に入らなかったら？」

「いや、あんたが気に入ってるんだったら、モリーナ、おれも好きになる、たとえ好みじゃないとしてもだ」

「……」

「そんな風に黙りこまないでくれよ。いいかい、あんたが何かを好きになれば、おれは嬉しいんだ、だっておれはあんたに負い目を感じているから、いやそうじゃなく、どう言えばいいか、あんたはおれに優しくしてくれたからだ、おれはあんたに感謝してるんだ。だから何かあんたを喜ばすことのできるものがあると分かれば……おれは気が楽になる」

「本当？」

「本当さ、モリーナ。おれが何を知りたがってるか分かるかい？　ばかばかしいことだけど……」

「教えて……」

「あんたがお袋さんに買ってもらったおもちゃで……うんと気に入ってたやつを、一番好きだったのを覚えてるかどうかさ」

「お人形さんだわ……」

「まさか……」

「なぜそんなに笑うの？」

「ああ、早く出してもらわないと、もらしそうだ……」

「でもどうしてそんなに笑うのよ？」

「どうしてって……ああ、もうだめだ……ああ、やっぱりおれは大した心理学者だった……」

「どうしたのよ？」

「なんでもない……そのおもちゃと……おれの間に、何か関係があるのかどうか知りたかったのさ」

「後でひどいから……」

「兵隊人形かなんかじゃなかったのかい？」

「ちがうわ、とってもすてきな金髪を三つ編みにしたお人形さんよ、目が開いたり閉じたりして、チロル娘の服を着てるの」

「ああ、戸を開けてもらってくれ、もう我慢できない、ああ……」

「運悪くあたしがあなたの監房に入れられて以来、あなたが笑ったのって、これが初めてだと思うわ」

「そんなことないさ」

「誓ってもいい、あなたが笑うの見たことなかったわ、一度も」

「何度も笑ったじゃないか……それにあんたのことも」

「そりゃそうだけど、でも決まって消灯になってからだったわ。嘘じゃない、あなたが笑うの、一度も見たことなかったわよ」


…………………………………………

「舞台はメキシコ、いかにも南国的な港町よ。その朝、まだ暗い中を、漁師たちは小舟に乗って出かけるところだったわ、空が白むのももう間もないころよ。彼らのところまで遠くから音楽が聞えてくるの。海から見えるものといえばただひとつ、明りの全部点った、豪華な屋敷だけ、大きなバルコニーが庭に迫り出しているの、ジャスミンばかりのすてきな庭よ、端には椰子の木が並んでいて、その先はもう海岸だったわ。仮面舞踏会だったのよ、でも客はもうまばら。オーケストラはスローだけど、マラカスとボンゴでとても調子のいい、ハバネラらしき曲を演奏してるの。踊ってるカップルはあまりなくて、その中でまだマスクをつけてたのは一組だけだったわ。かの有名なベラクルスのカーニバルが幕を閉じようとしていたのよ、そして残念ながらそのとき陽が昇って、灰の水曜日が始まったことを告げるわけ。マスクをつけた二人は申し分のないカップルだったわ、女性の方はジプシー・スタイルなんだけど、とても背が高くて、ウエストがきゅっと締まっていて、肌が浅黒くて、真ん中分けした髪を腰まで垂らしてるの、で、男性の方だけどすごくたくましいのよ、やっぱり浅黒くて、揉み上げを伸ばしていて、髪は横分け、いくらかウェーブがかかってたわ、それと太い口髭。彼女は鼻筋が通ってるの、とっても可愛いらしい鼻よ、顔の作りは華奢だけど、個性的なのよ。額には金貨を何枚か飾りに垂らしてたわ、ブラウスはたっぷりしてて、襟のところが伸び縮みするやつよ、片方の肩か、でなきゃ両肩まで下ろすことのできる、ジプシーの着るブラウスよ、分かる？」

「大体はね、いいから続けてくれ」

「そしてウエストのあたりはうんと絞ってあるの。それからスカートだけど……」

「襟ぐりはどうなってる？　飛ばさないで話してくれ」

「分かったわ、そのころは良き時代でね、襟ぐりはうんと下の方だったの、バストの谷間がのぞくくらいに、でもブラジャーで持ち上げて浮きみたいになってるから中は見えなかったわ。そう、あんまり見えないのよ、だけど中身があることは分かるわけ、だから結局は同じこと、つまり想像させられちゃうのよ」

「それで中身はどうなんだい？　でかいのかそれとも小さいのか？」

「ボインよ、それからスカートだけど、ふわっと広がってるの、それがスカーフでできてるのよ、ありとあらゆる色の絹モスリンのスカーフが腰のところから垂らしてあって、で、踊ると脚がその間から見えるのよ、ただしほんのちらっとだけ。彼の方はドミノ・スタイルだったわ、つまり黒いマントを羽織ってるってこと、それだけで、下はスーツにネクタイなの。彼、相手の女性に言ったわ、オーケストラの演奏はこの曲が最後だ、マスクを取るときが来たって。だけど彼女はだめだって言うの、彼は彼女が誰だか知らずに、そして彼女は彼が誰だか知らないまま、この一夜は終るべきだって。なぜなら二人はもう二度と会わないからだ、確かにすてきな出会いだったけれど、これはカーニバルの夜の出来事にすぎないってね。ところが彼は引き下がらずに、自分のマスクをはずしちゃうのよ、いい男なのよね、それが、で、彼、自分がずっと待ち望んでいた相手だと言って、彼女を離そうとしないの。そして見ると彼女、見事な石のついた指輪をはめてるじゃない、そこで訊いたわ、それは婚約か何かを意味してるのかって。彼女はそうだと答えたわ、そして化粧室に行って、白粉(おしろい)をはたいてお化粧を直してくるから、外の彼の車で待っていてくれと頼むの。でもその空白が致命的だったのよ、というのは、彼は出て行って彼女を待つんだけど、待っても待っても二度と現れなかったからよ。さて、舞台は変ってメキシコシティーよ、その青年は有名な夕刊紙の記者だったことが判るの。あっ！　待って、言い忘れたことがあるわ、踊ってるとき彼女が言うのよ、この曲はすてきだ、歌詞がないのがとても残念だって、すると青年が、自分は詩人の端くれだって言うんだったわ。そして話を元に戻すと、ある日の午後、青年は新聞社の編集室にいたわ、人が出たり入ったり戦争みたいな騒ぎよ、そこで彼は、写真を何枚も使った、相当にスキャンダラスな記事が準備されているのに気がつくの、しばらく前に引退して、大実業家をパトロンにして暮している、女優兼歌手を扱ったものよ、その実業家というのは暗黒街の顔役的な大物なんだけど、名前は伏せてあるの。写真を見ると、青年はじっと考えたわ、その絶世の美女は初めレビュー専門の劇場に出てたんだけど、その後舞台の花形女優として大成功を収めるの、でもほんの短い期間だったわ、引退しちゃったからよ、とにかくその美女、まさに青年が知ってるあの女だったのよ、写真の一枚にシャンパンを飲んでるところが写ってて、見ると指に実に見事な石のついた指輪をはめてるじゃない、彼女が誰だか、もはや疑う余地はなかったわ。そこで青年は知らん振りして、一体どんなスキャンダルになるのか探りを入れてみるの、するとそれはものすごくセンセーショナルな記事になるはずで、あと必要なのは彼女がステージで裸になっていたころの写真だけだ、けれどそれも直に手に入ることになっているって、そう言われるのよ。編集室には彼女の住所があったわ、彼女の身辺を常に洗っていたからよ、そこで青年はその住所を控えて、彼女のアパートに乗り込んじゃうのよ。彼女を見た青年は目がくらむ思いよ、彼女は起きたばかりで黒のチュールのネグリジェ姿なんだもの。超モダンなアパートだったわ、照明ははめ込み式で光が柔らかいから、どこが光源だか判らないの、そして何もかもが白のサテンよ、カーテンがサテンなら、肘掛け椅子もサテン、脚のない丸椅子もそう。彼女は青年の話を聞くのに寝椅子に横になったわ。で、青年は経緯を話して、約束するの、写真は全部始末する、それに原稿も、そうすれば記事にはならないからって。彼女、心から感謝したわよ。すると青年が、このすばらしい檻にいて幸せかって訊くの。彼女はそんな風に言われるのをいやがったわ。そして本当のことを打ち明けるわけ、自分は女優として頂上を極めたけれど、厳しい舞台生活にくたびれ果ててしまった、だから好ましいと思った男の申し出を拒まなかったんだって。その男は大富豪で、彼女を世界旅行に連れて行ってくれた、ところが国に戻ると、だんだん嫉妬深くなって、とうとう彼女を囚人同然にしてしまった。何もしないことにたちまち飽きてしまった彼女は、もう一度舞台に立たせてほしいと頼むんだけど、その男は認めなかったって、そう言うの。すると青年は、彼女のためならどんなことでもする、相手の男なんか怖くないって言うの、彼女は寝椅子から青年の顔をじっと見つめたわ、そして煙草を一本取り出すの。青年は近づいて、火を点けてやるんだけど、そのとき彼女にキスするのよ。そうしたら彼女、青年の背中に両腕を回して、しばらく衝動に身を任せたわ、それから青年に言うの、あなたが必要だって……、でもそのとき青年は、自分と一緒に逃げよう、宝石も毛皮も服も大実業家も、何もかもみんな捨てて、自分に付いてきてほしい、そう言ったわ。だけど彼女は怖じ気づいちゃうの。青年は彼女を励ましたわ、臆病にならなくていい、一緒にどこか遠いところに逃げられるからと言ってね。彼女は、時間がほしい、二、三日待ってくれと答えたわ。でも青年は譲らないの、今すぐかそれとも止めるか、二つに一つだって。すると彼女、青年に帰ってくれって言うの。青年はいやだと答えたわ、彼女を連れてでなきゃそこから出て行かない、そう言って、彼女の両腕をつかむと、強く揺するの、恐怖心を取り除いてやろうとするみたいにね。そうしたら彼女、青年に反発して、こう言うの、男なんてみんな同じだ、自分は物じゃない、男たちの好き勝手にされるのはいやだ、自分のことは自分で決めさせてほしいって。すると青年は、もう二度と彼女に会いたくないと言って、ドアの方へ行きかけたわ。彼女、切羽詰まっちゃって、ちょっと待ってくれと頼むの、そして寝室に行くと、山のような札束を抱えて戻ってきたわよ、で、青年に向かって、これは好意に対するお礼と記事の揉み消し料だって言うの。すると青年はそのお金を彼女の足許に投げつけて、出て行っちゃうのよ。でもアパートを出た後で、自分の無茶を後悔するわけ。だけどどうしていいか分からない、そこで居酒屋に飲みに行ったわ、もうもうと煙が立ちこめてるのよね、お店の中、その煙を通して盲目のピアノ弾きの姿がぼんやり見えるんだわ、それがなんと、のんびりしていて物悲しい、あの南国的な曲を弾いてるじゃないの、カーニバルで青年が彼女と踊った曲よ、青年は派手に飲んだわよ、それからその曲のために、歌詞を書き出すの、彼女のことを思いながらね、そして歌うんだわ、青年の役をやってるのは実は歌手だからよ、〈たとえ君が囚われの身でも、淋しさの中で……君の心はぼくに言う……あなたが好き〉。その先はどうだったかしら？　とにかくもう少し続いて、それからこうだったわ、〈ぼくを傷つけた君の瞳、ぼくを傷つけた君の手、ぼくを傷つけた君の唇……嘘がつけるその唇……ぼくは自分の影に訊く、聖なる口付けを交わしたときに、ぼくが愛したあの唇は……あの唇は……〉、それからなんだったっけ？　こんな風だったわ、〈……また嘘をつくのだろうかと〉。次はこうよ、〈運命の……黒き花は、無情にもぼくたちを引き裂く、けれどいつか訪れるだろう……君がぼくだけのものになる日が、ぼくだけのものになる日が……〉。このボレロ、思い出した？」

「たぶん、知らないな……。先を頼む」

「次の日、青年が新聞社へ行くと、みんなは彼女の記事の資料を探し回ってたわ、でも見つからないのよ。それもそのはず、青年が自分の机の中に残らず隠して鍵を掛けちゃったんだもの。結局何も見つからないものだから、デスクはその記事の件を御破算にしちゃったわ、もう一度資料を全部集めるのは無理だからよ。青年はほっとしたわ、それからちょっとためらうんだけど……彼女の電話番号を回すの。で、彼女に、安心してくれ、記事はもう出ないからって言ってやるの。彼女は感謝したわよ、そこで青年は、彼女の家で言ったことをすべて謝ってから、会ってほしいと言って、時間と場所を指定するの。彼女はオーケーしたわ。青年が早引けを願い出ると、デスクはそれを許可してから、二、三日前から顔色が悪いぞって青年に言うの。で、彼女の方だけど、出かける仕度をしてるところ、黒のツーピースを着てね、生地はビロードよ、そのころ流行(はや)りの、体にぴたっとフィットした、とってもすてきな服だったわ、ブラウスは着てないの、折り襟にダイヤのブローチをつけて、白いチュールの帽子を被ってるの、それが頭の後ろに白い雲がかかったみたいなのよ。髪は三つ編みにして束ねてあったわ。そして帽子とお揃いの白い手袋をはめかけたとき、彼女は青年と会うのは危険じゃないかと思うの、例の大実業家がまさにそのとき入ってきたからよ、行こうか行くまいか、彼女が迷ってるときにね。その大実業家というのは、銀髪の熟年で、五十過ぎってところ、いくらか太り気味だけど、男としての見てくれは抜群、で、彼女にどこへ行くんだって訊くの。彼女、ショッピングだと答えたわ、そうしたら大実業家は自分もついて行くと言い出すの、彼女、きっと退屈するだろう、服地を選ばなけりゃならないからって、そう言ったわ。大実業家は何かを察したみたいな顔をするんだけど、全然咎(とが)めないのよ。すると彼女、すかさず言ったわ、いやな顔をする権利なんてない、あたしはあなたの望み通りにしている、もう一度舞台に立つこともラジオで歌うことも諦めた、だけどショッピングに出かけるぐらいでいやな顔されるなんてあんまりだって。そうしたら大実業家は、じゃあもう帰るから、なんでも好きな物を買ってくるがいい、ただし自分をだましてることが分かったときには……彼女無しでは生きて行けないことは十分心得ているから、彼女に仕返しはしないけれど、彼女に敢えて近づいた男に仕返しをしてやる、そう答えるのよ。大実業家は出て行ったわ、しばらくしてから彼女も出かけるんだけど、でも運転手にどう言えばいいか分からないの、大実業家の言葉がまだ耳許で響いていたからよ、〈君に敢えて近づいた男に仕返しをしてやる〉。一方、青年は、豪華なバーで彼女を待ってたわ、で、何度も時計に目をやるうちに、彼女はもう来ないと思い始めるの。彼、ウイスキーを頼んだわ、ダブルよ。一時間、そして二時間が経ったわ。青年はもうすっかり酔いが回ってたんだけど、何食わぬ顔で立ち上がると、確かな足取りで店を出るの、そして社の編集部に行って、自分の机に向かうと、走り使いにコーヒーを二杯分頼んだわ。それから仕事を始めるの、何もかも忘れようとしてね。次の日、普段より早く出てきたデスクは青年を見てびっくり、そして自分の応援に来てくれたんで喜ぶの、仕事がすごくきつい日だったからよ。青年は脇目も振らずに働いたわ、で、何もかもうんと早く仕上げると、デスクのところへ行って、できた仕事を渡すの、いいものを書いたんでデスクは青年を誉めたわ、そして今日はもう上がっていいと言うの。そこで青年は社を出て、自分を誘った同僚と一緒に飲みに行くことにするの、彼、最初は断ったんだけど、同僚に付き合ってくれと頼まれたのよ、ちがう、ちょっと待って、青年を飲みに誘ったのはデスクだったわ、それもオフィスで、というのも青年がその日の問題を全部片づけちゃったからよ、問題というのは政府内で起きた大規模な横領事件に関する記事を書くことだったの、それでデスクは青年の労をねぎらいたかったわけ。一杯やったものの、青年は、憂鬱な気分で店を出たわ、飲んだら淋しくなっちゃったのよ、そして気がつくと、彼女のアパートの前に立ってるじゃないの。青年は我慢し切れず、中に入ると、彼女の部屋のベルを鳴らしたわよ。するとメイドが出て、なんの用か尋ねるの、青年は女主人と話がしたいと言ったわ、ところがそのとき、ちょうど午後の五時で、彼女は大実業家と一緒にお茶を飲んでたのよ、大実業家が、前の日のことを詫びるために、素晴らしい宝石を持ってきたところだったというわけ、エメラルドのネックレスをね。彼女はメイドに、留守だと答えるように言いつけたわ、だけど青年はもう入ってきてたの。するると彼女はその場を取り繕おうとして、例の記事の経緯を大実業家に話すんだわ、そして青年にお礼を言うの、それから大実業家に向かってこう言うのよ、青年はお金を望んではいない、だから自分は、この問題を解決するためにこれ以上どう言えばいいのか、本当に分からないって、ところが彼は、青年のことよ、彼女が大実業家の腕をつかむのを見るとカッとなって、捨てぜりふを吐くのよ、何もかも胸糞が悪い、自分のことは永久に忘れてくれ、それがただひとつの願いだってね。彼女も大実業家も返す言葉がなかったわ、で、青年は出て行くんだけど、テーブルの上に紙を残していくの、彼女のために作った歌詞を書いた紙よ。大実業家は彼女を見たわ、彼女、目に涙を浮べてるの、青年に恋心を抱いてたからよ、もはや否定することはできなかったわ、とりわけ自分自身に対してね、何よりもいけないことだもの。大実業家は彼女の目をまじまじと見つめると、あの汚らわしい新聞記者をどう思ってるんだって訊いたわ。彼女、答えられないの、喉（のど）が詰まっちゃうのよ、だけど大実業家の顔がだんだん赤くなってくるじゃない、そこで唾をごくんと飲み込むと、答えたわ、あの汚らわしい新聞記者のことなんかなんとも思っていない、ただ新聞記事の問題で関係ができただけだって。すると大実業家は、どの新聞だって訊いたわ、で、それが暴力団のもめごとを容赦せずに調べている新聞だって分かると、彼女に青年の名前を教えてくれと頼むのよ、なんとかして買収しようというわけ。けれど彼女は、大実業家が本当は青年に仕返ししようとしてるんじゃないかと恐れて……名前を言わないの。そうしたら大実業家は彼女のほっぺたを思い切り叩いたわよ、で、彼女は床に倒れちゃうの。大実業家は出て行ったわ。彼女はアーミンらしき敷物の上に倒れたままよ、白い毛皮に映えて、髪の毛は益々黒く見えたわ、それにきらきら光る涙が星みたいなの……。しばらくして彼女が顔を上げると……サテンの丸椅子の上に……紙があるのよ。彼女は起き上がって、それを手に取ると、読み始めたわ……〈……たとえ君が囚われの身でも、淋しさの中で君の心はぼくに言う……あなたが好き。運命の黒き花は……無情にもぼくたちを引き裂く、けれどいつか訪れるだろう……君がぼくだけのものになる日が、ぼくだけのものになる日が……〉、で、その紙を握り潰して胸に押し当てるの、たぶんその胸も紙同様、潰れてくしゃくしゃだったんだわ、紙と同じくらい……あるいはもっと」

「続けてくれ」

「さて、青年はと言うと、がっくりきちゃってね、もう新聞社に戻らないの、でもって酒場を巡り歩いてるわけ。新聞社の方では青年を探すんだけど、見つからないのよ、社から電話すると青年は出たわ、でもデスクの声を聞くと、電話を切っちゃうの。何日か経ったある日のこと、青年は街で新聞の広告を見るの、自分が勤めてた新聞社のよ、そこには次の日、芸能界から引退した大スターの秘密に関する大きな記事が出ると書いてあるじゃない。青年は怒りに身を震わせたわよ。そして社へ行くの、夜更けだったからすっかり閉まってるのよ、でも夜警は別に怪しみもしないで中に入れてくれたわ、青年は自分の机に行ってみるの、そうしたらどう、青年が使わなくなったその机、他の記者に回すんで、引き出しという引き出しが全部こじ開けられてるじゃない、例の資料はもちろんすっかり見つかっちゃってたわよ。そこで青年は印刷所へ飛んでったわ、そこから遠いところにあるの、着いたときにはもうすっかり夜が明けてたわ、で、見ると輪転機が回って、その日の夕刊の印刷がもう始まってるのよ。破れかぶれになった青年はハンマーでもって機械を叩き壊して、その夕刊を残らず駄目にしちゃうの、インクを撒き散らしたからよ、何もかも目茶目茶。何万じゃきかない、何百万ペソかそれ以上の大損害、どう見たってサボタージュ行為よ。青年は町から姿を消したわ、でも記者クラブから追放されちゃって、もう二度と新聞記者としては働けなくなるの。酔っては彷徨い酔っては彷徨う、そんなある日、青年はとある海岸に着いたわ、思い出を求めて来たのよ、そう、ベラクルス。海に面してしょぼくれた居酒屋が一軒あったわ、海岸から目と鼻の先よ、そこにいかにもカリブ海地方を思わせる楽団がいてね、小さい板を並べた机みたいなあの楽器で……」

「シロフォンだ」

「バレンティン、あなたって、なんでも知ってるのね、どうしてなの?」

「いいから続けてくれよ、乗ってるんだから」

「分かった、で、その楽器でえらく淋しい曲を演奏してるのよ。青年はテーブルにナイフで何か刻みつけ始めたわ、そのテーブル、ハートだとか名前だとかいやらしい言葉なんかがびっしり彫ってあるんだけど、青年はその曲のための歌詞を刻みつけるの、そして歌うのよ。こんな文句よ……〈……誰かが君に愛や夢を語り……君に太陽と空を残らずくれると言うとき、もしぼくのことを覚えていたら……ぼくの名前を出してはいけない! なぜならぼくの愛を……想い出すから。……誰かが君の過去を知りたがったら、嘘をつき、こう言わなくてはいけない、あたしは遠い国、知らない国から来た女……〉、ここで青年は彼女を思い浮べるの、つまり飲んでる焼酎のグラスの底に姿が映るのよ、で、それがだんだん大きくなり、ついに実際の彼女になると、その粗末な居酒屋の中を歩き出したわ、そして青年を見ながら、歌詞の続きを歌うわけ……〈……苦しみなんか知らないし、愛が何かも分からない、泣いたことなど一度もない……〉、すると今度は青年が、彼女を見ながら歌うのよ、周りの酔っぱらいたちには二人の声は聞えないし、姿も見えないの、歌はこうよ、〈……なぜならどこへ行こうとも、ぼくは君の愛が、金色の夢だったと話すから……〉、すると彼女が続けるの、〈……そして恨みを忘れてほしい、あたしとの別れがあなたを不幸にしたと言わないでほしい……〉、今度は、彼女との汚れのない思い出を慈しんでいた青年が、続きを歌うの、彼女は隣の席に坐ってたわ、〈……そしてもしぼくの過去を知りたいと言われたら、ぼくもまた嘘をつき、こう言わなくてはならない、ぼくは知らない国から来た男……〉、そして二人は涙を浮べて見つめ合いながら、デュエットで続きを歌うんだわ、すごく小さな声でね、ほとんどささやいてるって感じなの、〈……苦しみなんか知らない、素晴らしい愛を経験し、泣いたことなど一度もない……〉、ここで青年は涙を拭くの、男なのに泣いたりして恥ずかしかったからよ、するとあたりがはっきり見えるんだけど、彼女はもう隣にいないのよ。青年は慌ててグラスをつかむと、中をのぞき込んだわ、けれど底に映っているのは、くしゃくしゃの髪をした青年の顔だけ、すると青年はそのグラスを思いっ切り壁に投げつけて、粉々にしちゃうの」

「なぜ黙るんだい？」

「……」

「そんな風になるなよ……」

「……」

「くそっ！　さっき言っただろう、今日はしんみりするのはいやだって、しんみりするのは止めろっ！」

「そんなに揺すらないでよ……」

「いいか、今日は外のことは持ち込むんじゃない」

「こわい」

「おれのことで悲しんだり、こわがったりするな……、おれはただ約束を守りたいだけだ。そしてあんたにいやなことは全部忘れさせる。今朝、あんたに約束したじゃないか、今日はあんたに悲しいことを考えさせないって。だからおれは約束通りにする、おれにとっちゃなんの造作もないことだからな。あんたに悲しいことを忘れさせるなんて、楽なもんだ、……おれにそれができるうちは、少なくとも今日一日は、……あんたに悲しいことは考えさせないぞ」

13

「今夜は外、どうなのかしら？」

「さあ、どうかな。寒くなくて、えらく湿っぽい。ということは、きっと曇りだ、モリーナ、たぶん雲が低く垂れこめていて、街の明りがそこに反射してるんだ」

「そうね、きっとそんな晩だわ」

「通りはしっとり濡れている、特に石畳の道はそうだ、雨が降らなくとも、そして遠くにはいくらか霧がかかってる」

「バレンティン……あたし、湿っぽいといらいらするの、体中がむず痒くなるからよ、なのに今日は平気なの」

「おれも気分がいい」

「食事、お腹によかった？」

「ああ、食事は……」

「あら、これしか残ってないわ」

「おれのせいだよ、モリーナ」

「二人のせいよ、いつもよりたくさん食べたから」

「包みの差し入れがあってからどのくらい経つ？」

「四日になるわ。明日用に残ってるのは、チーズ少々、パン少々、マヨネーズ……」

「オレンジ・マーマレードがある。それからフルーツ・ケーキが半分。それにミルク・ペーストだ」

「それだけよ、バレンティン」

「いや、砂糖漬のフルーツがひとつ残ってる。あんたが自分用にはねた、パンプキンのだ」

「それ、食べるのが惜しくてさ、取っておいたんだけど、食べるチャンスがないのよね。でも明日、二人で半分ずつ食べればいいわ」

「だめだよ、それはあんたのだ」

「いいの、明日は刑務所の食事を食べなけりゃならないでしょ、だからデザートにこのパンプキンの砂糖漬を食べるのよ」

「この話は明日にしよう」

「そうね、今はなんにも考えたくないわ、バレンティン。ちょっとぼんやりさせて」

「眠いのかい？」

「ううん、だいじょうぶ、穏やかな気分なのよ。……ちがう、それ以上の気分……。あたしが馬鹿なこと言っても怒らないでね。あたし、幸せなんだから」

「そうでなけりゃ」

「幸せを味わってるときが素晴らしいのはねえ、バレンティン……それがいつまでも続きそうな気がすることなの、惨めな気持になんて二度とならないみたいな」

「おれもいい気持だ、このおんぼろベッドもいくらかあったまってきたし、どうやら熟睡できそうだ」

「あたしは胸の中がちょっぴりあったかいのよ、バレンティン、それが何より。頭は冴えてるし、ちがった、じゃなくて、頭はあったかい湯気でいっぱいって感じ。体全体がそんな感じなのよ。よく分からないけど、たぶんまだ……あなたに……触られてるみたいな気がするからだわ」

「……」

「こんなこと言って、気を悪くした？」

「いや」

「あのね、前にも言ったけど、あなたがここにいると、あたしはあたしじゃなくなるの、それで気が安まるのよ。それにその後だって、自分が寝ちゃうまでは、たとえあなたがそっちのベッドにいても、あたしはあたしじゃないの。不思議だわ……どう説明したらいいかしら？」

「言ってみてくれ、さあ」

「せかさないで、ちょっと考えさせて……。そしてベッドに独(ひと)りになったあたしは、あなたでもなくて、別の人間なのよ、男でもなく女でもなく、ただこんな風に感じているの……」

「……もう危なくない」

「そう、そうなのよ、どうして分かるの？」

「おれがそう感じてるからさ」

「なぜそう感じるのかしら？」

「さあ……」

「バレンティン……」

「なんだい？」

「言いたいことがあるの……でも笑わないでね」

「言ってごらん」

「あなたがあたしのベッドに来た後……いつも……眠っちゃったらもう二度と目が覚めないでほしいって思うの。そりゃもちろん、ママのことは悲しいわよ、独りぼっちになっちゃうんだから……でも自分だけのことだったら、二度と目を覚ましたくないわ。だけどこれ、頭の中だけのことじゃないのよ、嘘（うそ）じゃなく、あたしの唯一の願いは死ぬことなんだから」

「その前に映画の話を終らせてくれよ」

「ええっ、まだずいぶん残ってるわよ、今夜だけじゃ終らないわ」

「この二、三日、少しずつ続けて話してくれてたら、今日で終っただろうに。なぜ続きを話す気にならなかったんだい？」

「さあね」

「いいかい、あんたが話してくれる最後の映画になるかもしれないんだぞ」

「それが原因かもよ、もしかすると」

「寝る前にちょっと話してくれよ」

「でもラストまではだめ、たくさん残ってるから」

「疲れるまででいい」

「いいわ。どこまで話したっけ？」

「居酒屋で青年が歌いかけるところまでだ、彼女にだよ、焼酎（しょうちゅう）のグラスの底に現れたんだ」

「そうだったわ、で、二人はデュエットで歌うんだわ。さて、彼女だけど……大実業家と別れちゃうの、そんな生活を続けるのが恥ずかしくなったのよ、で、また仕事を始めようと決心するわけ。彼女はナイトクラブに歌手として出ることになったわ、そしていよいよデビューの日が来るの、彼女はひどく神経質になっていたわ、その晩、再び人前に立つはずだったからよ、で、今は午後、総リハーサルが始まるの。彼女の衣装は、他のも全部そうだけど、肩ひものないロングドレスよ、胸のあたりがピチッとしていて、ウエストが絞ってあって、スカートの部分がうんと広がっていて、上から下まで黒のスパンコールで飾ってあるの。でもスパンコールがどれもこれも光ってるから、ドレス自体が輝いてるように見えるのよ。髪形は実にシンプル、真ん中分けした長い髪を肩まで垂らしていたわ。歌の伴奏はピアノで、ステージには共切れのバンドで結んだ白いサテンのカーテンがあるだけよ、彼女はどこへ行ってもサテンの感触がほしかったのね、そして片方の隅には、白大理石に似せたギリシア風の円柱が立っていて、グランドピアノが置いてあるの、やっぱり白よ、だけどピアニストは黒のタキシードだったわ。そのナイトクラブでは誰もかれも、一心不乱に働いてるの、席を作ったり、床を磨いたり、釘を打ちつけたり、ところが、彼女が現れて、ピアノが鳴り出したそのとたん、全員しーんと静まり返っちゃうのよ。で、彼女が歌うわけ、ちがったかな、まだだったわ、ピアノが鳴り出すと、バックにマラカスのリズムが入るの、ほとんど聞えないくらいの音でね、彼女、自分の手が震えてるのに気がついたわ、するとなんとも言えず優しい目をするのよ、そして手を伸ばして書割りの陰にいたプロンプターから煙草をもらうと、ギリシア風円柱の脇の、自分の位置につくの、それから、低いけれどとてもきれいな声で、イントロを歌い出すのよ、まるで話してるみたいだったわ、青年のことを思いながらね、〈……いなければ忘れると誰もが言う、……けれどそれは本当じゃないとあたしはあなたに誓います、……あなたと過ごした最後のときから、あたしの人生は……辛く悲しいことばかり〉、ここで陰のオーケストラが目いっぱいの音で演奏を始めて、彼女は声を張り上げて歌うの、〈……あなたは、その唇で、あたしが大事にしていた聖なる口付けを……盗んで、自分のものにした〉だったかしら？　そう、〈自分のものにした……。あなたは、その瞳で、あたしの中に見つけた気まぐれな世界をそっくり盗んで、自分のものにした……〉、ここでオーケストラの演奏が入って、彼女はちょっと歩くの、そしてフロアの真ん中まで来ると、また声を張り上げて絶唱するんだわ、〈……あんなに愛し合っていたのに、なぜあたしを捨てたの！……あなたは知っていたはずなのに、あたしの狂おしい胸の裡（うち）を……あたしの狂おしい胸の裡を……。あなたは、たとえ遠くにいようとも、きっと子供みたいに泣いている、あたしが捧げた愛に似た、そんな愛を求めて……〉」

「ちゃんと聴いてるよ、続けて」

「歌い終えると、彼女はすっかり物思いに沈んだわ、するとその晩の準備をしていた連中が一斉に割れるような拍手喝采を送るのよ。彼女は満ち足りた気持で楽屋に戻ったわ、自分がまた仕事をしていること、したがってもう大実業家とは手を切ったことが、青年に分かるだろうと思ったからよ。ところが、まさかということが待ちかまえてたの。なんと、あの大実業家がそのナイトクラブを買い取っちゃったのよ、そして彼女のデビューの前に店をたためと命令したのよ。しかも彼女の宝石類を差し押える令状まで来てたの、大実業家が宝石商と口裏を合せて、彼女に買ってやったんじゃないように見せかけたから。すべてそんな調子なのよ。彼女はすぐにぴんと来たわ、大実業家は自分の仕事を邪魔して、生活させまいとしてるんだってね、もちろん彼女を取り戻すのが目的よ。だけど彼女も負けてはいなかったわ、マネージャーと組んで、条件のいい契約が結べるまで、どんな仕事でも続けていこうと決心するの。さて、ベラクルスにいた青年の方はと言うと、懐具合がそろそろ怪しくなってきたんで、働き口を探さなけりゃならなくなるの。記者クラブのブラックリストに載ってたから、もう新聞記者にはなれなかったわ、推薦状がないから他の仕事もだめ、飲んでばかりいるものだから人相が悪くなっちゃってるし、だらしなく見えるんで、雇ってもらえないのよ。ついに見つけた仕事は製材所の人夫、そこでもって何日か働くんだけど、力尽きちゃうの、アルコールのせいで体がぼろぼろだったからよ、食欲が全然なくて、食事が喉を通らないの。ある日の昼休みに、ひとりの仲間にしつこく言われて、青年は一口食べてみたわ、でも喉を通らないのよ、水以外、何もほしくないの。その日の午後、青年は気を失って倒れちゃうの。で、病院に運ばれるのよ。熱に浮かされながら、青年は彼女の名前を呼んだわ、そこで仲間の男が青年の手帳やらなんやらを残らず調べた揚句、彼女の住所を見つけて、メキシコシティーに電話するの、もちろん彼女はもう例の豪華なアパートにはいなかったわ、でもメイドが、とても親切な女だったものだから、今はすごく安い下宿屋で暮していた彼女に、伝言を送ってあげるのよ。彼女はすぐにベラクルスに飛んで行こうとしたわ、ところがここで、最悪の事態が起るの、彼女、切符代がないのよ、その下宿屋の親父というのは太った年寄りでいやな感じなの、で、彼女はその親父にお金を借りようとするんだけど、断られちゃうのよ。そこで彼女は後生だからと言って頼んだわ、そうしたら親父が答えたわ、よろしい、貸してやろう、ただしその代り……点々々。そして親父が彼女の部屋に入ったことが分かるの、それまでは決してそのひひ爺に許さなかったことよ。そのころ、青年は病院にいたわ、医者が尼僧を連れて入ってきて、患者の具合をメモした検診カードを見たわ、次に脈をとって、白目のところを調べるとこう言ったわ、反応がとてもよくなっている、だが十分気をつける必要がある、二度とお酒を飲んではいけない、栄養のある食事を取って、体を休めるようにって。すると彼は考えたわ、一文無しだというのに一体どうやって……、そのとき、病棟のはるか向うの端にあるドアのところに、信じられない姿が現れるの。彼女が近付いてくるのよ、青年がいないかと患者をひとりひとり見やりながら、ゆっくりと進んでくるの、患者たちはみんな、まるで幽霊でもあるかのように彼女を見ていたわ。彼女は全然飾り気のない格好なのに、白ずくめで素敵なのよ、すごくシンプルだけどふわっとした服よ、髪は後ろで束ねてあったわ、そして宝石類は一切つけてないの。当然よ、もうなかったんだから、でも青年にとってそれは特別な意味を持っていたわ、彼女が、大実業家から与えられる贅沢な生活とは縁を切ったということよ。青年を見たとき、彼女には自分の目が信じられなかったわ、お酒のせいですっかり変っちゃってたからよ、彼女の目にみるみる涙が溢れたわ、まさにそのとき、医者が青年にもう退院していいと言うの、だけど青年は、行くところがないと答えたわ、すると彼女が、いいえ、庭付きの家がありますと言うのよ、すごく小さくてつましいけれど、椰子の木蔭にあって、海からの潮風が心地よい家だって。そして二人は一緒に出て行くの、彼女は小さな家を一軒借りてたのよ、ベラクルス郊外の、鄙びたところにね。青年は体が弱ってるものだから、いくらか目まいがしたわ、で、彼女はベッドの用意をしてあげるんだけど、青年は、できれば庭にハンモックを吊ってほしいと頼むの、家を囲んでいる何本もの椰子の木の中から二本を選んでね。そして青年はそこに横になるわけ、二人は手を握り合い、じっと見つめ合ったままだったわ。すると青年が言うの、君がここにいてくれる嬉しさですぐに治るよ、治ったらいい仕事を見つけるつもりだ、君に負担はかけないってね、そうしたら彼女はこう答えたわ、心配しないで、あたしには貯金がある、あなたがすっかり良くなるまでは働きに出させない、そして二人は黙って、愛情のこもった目で見つめ合うの、そのとき漁師たちの遠い歌声が木霊みたいに聞えてきたわ、それにギターだかハープだか分からないけれど、弦楽器の妙なるメロディーが聞え出すの。すると青年は、囁くように、そのメロディーに歌詞をつけ始めたわ、歌うというより話すという感じ、はるか彼方で鳴っている楽器が刻むリズムに合せて、ゆっくりとね、〈……君はぼくの裡にいて……ぼくは君の裡にいる……泣くことなんてありゃしない……苦しむことなんてありゃしない……。この幸せを他人に言いたくはない……言っても分かりはしないから……でもぼくの心の中じゃ叫び声を上げている……生きること……愛することへの切なる願いが……。ぼくは幸せだ、そして君も……君はぼくを愛している……ぼくの愛はそれ以上……。君を深く愛するぼくは過去のことは忘れてしまった……そして今日、ぼくは幸せを味わっている、……なぜなら君が……ぼくのために……泣くのを見たから……〉」

「まだやめないでくれよ」

「何日も経って、青年ははるかに良くなったわ、だけど気がかりなことがあるの、それは彼女が、たとえ彼女と一緒でさえも、自分をホテルへ行かせないことよ、その豪華なホテルで彼女は毎晩歌をうたってたのよ。青年の心を次第に嫉妬が蝕み始めたわ。そこで訊いてみるわけ、なぜ新聞に彼女みたいなスターの宣伝広告が出ないのかって、すると彼女は答えたわ、それは大実業家に自分の後を追わせないためだ、仮に青年がホテルにいるのが分かりでもすれば、大実業家は青年を殺せと命じるだろうってね、そうしたら青年は、彼女が大実業家と会ってるんじゃないかと思い始めるのよ。そこである日、世界のショーが楽しめるナイトクラブのある、その超一流ホテルに行ってみたわ。ところが、出演予定者の中に彼女の名はないのよ、誰も彼女を知らないし、見たこともないって言うの、確かに彼女を覚えている者もいたけど、それは昔のスターとしてだったわ。青年はやけを起したわよ、で、港の方へ行って、居酒屋が並ぶ地区をうろつくの。とある街角に来たときよ、街灯の下に、なんと彼女が娼婦として立ってるじゃない、青年は自分の目を疑ったわよ、彼女は青年を養うお金を稼ぐために、そんな仕事をしていたのよ！　青年は見つからないように隠れたわ、そしてがっくりして家に戻るの。夜明けも近いころ、彼女が帰って来たわ、すると青年は、今までしたことがなかったんだけど、狸寝入りをするのよ。次の日、青年は朝早く起き出すと、仕事を探しに出かけたわ、彼女には適当な言い訳をしてね。で、日が暮れるころ戻るの、もちろん手ぶらで、彼女は心配し出していたわ。けれど青年は、すべてうまく行ってるように見せかけるの、そして彼女が街に出かける時間、彼女によれば歌いに行く時間になると、青年は、行かないでくれと頼んだわ、夜は危険で一杯だ、どうか自分と一緒にいてほしい、二度と会えないんじゃないかと心配だからって。すると彼女は青年に、落ち着いてくれ、家賃を払わなけりゃならないから、どうしても出かける必要があると、そう答えるの。それに医者が、青年には知られないようにして、彼女に言ったのよ、今度はうんと費用のかかる治療をするからって、で、まさに次の日、二人で医者のところへ行かなけりゃならなかったわけ。結局、彼女は出かけたわ……。そのとき青年は気がつくの、彼女は自分を救うために身を落してまで働かなければならない、彼女にとって自分はそれほど重荷になっているんだってね。青年は、日が暮れたのでそれぞれ船着き場に戻って行く漁船の群を眺めていたわ、それから波打ち際まで歩いて行くの、見事な満月が出ているのよ、南国の夜の浜辺に静かに打ち寄せる波、その波に映った月は、粉々に砕けてきらきら光ったわ。風もなく、何もかも本当に穏やかな夜なのよ、青年の心は別だけど。漁師たちはハミングで合唱するみたいに、やけに淋しいメロディーを口ずさんでいたわ、すると青年がそれに合せて歌うの、歌詞は青年の絶望的な思いを表していたわ、〈……ぼくの孤独な……心の闇の上で……消えて行く月よ、……どこへ、どこへ行くのだ?……彼女が行ってしまったように……今宵お前も巡り歩くなら、教えてくれ、……誰と、彼女は誰といるのだ?……彼女に伝えてくれ、ぼくは彼女を愛していると、彼女に伝えてくれ、ぼくは……待ちくたびれたと、……帰ってこいと言ってくれ、帰ってこい……夜遊びは……よくない、ためにならないと……辛い目にあう、……泣いて終ると……〉。そして明け方近く、彼女が戻ってみると、青年はもういなかったわ、メモが残っていて、こう書いてあるの、君が好きでたまらない、けれど君の重荷になることはできない、どうか探さないでほしい、なぜならもし神が二人をもう一度結ぼうとすれば……互いに探し合わなくとも、また出会うだろうから……。そばには煙草の吸い殻がたくさんあったわ、それに置き忘れたマッチ箱がひとつ、港の居酒屋でくれるマッチだったのよ、で、彼女は青年が自分を見たことを知るの……」

「そこで終りかい?」

「ううん、まだ続きがあるわ、でもラストのところはまたにしましょう」

「眠いのかい?」

「そんなことない」

「じゃあ、なんなんだい?」

「この映画、落ち込ませるのよ、なぜ話し出したのか分からないわ」

「……」

「バレンティン、いやな予感がするの」

「どんな?」

「別の監房に移されても、ただそれだけで、釈放されないんじゃないか、それに二度とあなたに会えないんじゃないかという」

「……」

「あたし、とてもいい気分でいたのよ……ところがこの映画の話をしていたら、また惨めになっちゃったの」

「先を見越すのは考えものだ、何がどうなるか分かりゃしないじゃないか……」

「何か悪いことが起きそうな気がする」

「どんなことが？」

「いい、あたしにとって娑婆に出ることは大事なの、他のことはともかくママの体のためにね。でも心配なのよ、あなたの世話……誰もしないいんじゃないかしら」

「自分のことは考えないのかい？」

「ええ」

「……」

「……」

「モリーナ、訊いてみたいことがあるんだ」

「なあに？」

「ちょっとややこしいんだが。要するに……こういうことだ。あんたは、肉体的にはおれと同様立派な男だ……」

「まあね……」

「そうさ、どこも劣っちゃいない。だったら、どうしてこういう気にならないんだ……

男らしくしよう、男として振舞おうって？　女のことは別にしよう、もし魅力を感じないって言うんだったらね。だが問題は相手が男のときだ」

「だめ、無理よ……」

「なぜ？」

「無理だからよ」

「そこんところがどうもよく分からない……。ホモといったって、みんながみんなそうとは限らないだろう」

「ええ、いろいろいるわ。でもあたしはだめ、あたしは……ああでないと楽しめないの」

「いいかい、おれにはそのあたりがさっぱり理解できないけれど、ちょっと説明したいことがある、うまく言えるかどうか、怪しいが……」

「聴くわよ」

「つまり、あんたが女でいるのが好きだとすると……そのことで自分が劣ってるとは感じてないわけだ」

「……」

「おれの言ってることが分かったかどうか知らないが、あんたはどう思う？」

「……」

「要するに、あんたは好きでそうしてるんだから、好意か何かで埋め合せをする必要もなければ許しを請う必要もない。あんたは……人に従う必要はないんだ」

「でも男というのが……あたしの亭主だとしたら、気持よくやるためには、彼、命令しなけりゃならないわよ。それが当然だもの、だってそうすることで彼は……一家の主(あるじ)になるんだから」

「そうじゃない、一家の主も一家の主婦も対等でなけりゃいけないんだ。でなけりゃ、搾取(さくしゅ)関係になる」

「それじゃ刺激がないわよ」

「なんだって？」

「ええと、これはまったくあたしだけのことなんだけど、あなたが知りたいと言うなら……。刺激というのはね、男の人に抱かれると……少し怖いなと思う、それなのよ」

「だめだ、そいつはよくない。一体誰からそんな考えを植え付けられたんだ、実によくない考えだ」

「でもあたしはそう思うんだもの」

「あんたがそう思うんじゃない、そういうばかばかしいことを吹き込まれてるうちに、自分でもそうだと思い込むようになったにすぎない。女であるために……なんと言うか……殉教者になる必要はない。いいかい……えらく痛いというんでなかったら、おれはあんたにしてくれと頼みたいところだ、男だからといって別になんの権利もないことを、あんたに教えてやるためにね」

「この話、もうやめにしない、話したってしょうがないもの」

「そんなことないさ、おれはもっと続けたい」

「でもあたしはいや」

「どうしていやなんだい?」

「いやだからいや、それだけのことよ。お願い、やめてちょうだい」

14

所長　そうだ、君の上司を頼む……。ありがとう……。どうもしばらくでした！　そちらはいかがですか？　こちらはあまり代り映えがしなくて。ええ、まさにその件でお電話したんですよ。二、三分後にまたあれに会うことになってます。覚えておられないかもしれませんが、モリーナに、もう一週間ばかり猶予を与えたんです。それに、仮釈放の候補になったから近々モリーナを別の監房に移すということを、われわれはアレーギに考えさせるようにしました。そのとおり、モリーナ自身のアイデアです、ええ。なんですって……。ええ、ぐずぐずしてられませんね。もちろんです、反撃に出る前にこの資料が入り用でしたら、分かっております、もちろん。ええ、じきにあれに会います、だからこそその前にお電話をさしあげたんです。つまり、何もなかった場合……まったく何も情報をよこさず、少しも進展しなかった場合ですが、モリーナをどういたしましょうか？

　そう思われますか……？　何日後に？　明日？　どうしてまた明日に？　ええ、もちろん時間を無駄にはできません。　ええ、なるほど、今日じゃなく、そうすればアレーギは何か企む時間があると。　結構です、もしモリーナが伝言を言付かれば、われわれはアジトまであれの後をつけることになっております。　問題は尾行を気づかせないことです。　しかし、よろしいですか……モリーナの様子がいささかおかしいんです、何か感じるんです、うまく説明できませんが、感じるんです……モリーナはわたしに対して正直じゃない……わたしに何かを隠しているとね。　モリーナは連中の方へ寝返ったとお思いですか？

　ええ、アレーギの仲間の仕返しを恐れて、それもありえます。
ええ、アレーギがあれに働きかけたかもしれません、方法は分かりませんが。

　それでということもありえます。　モリーナのような人間がどういう行動に出るかを予想するのは困難です、結局のところは変態ですから。　こんな可能性もあります。つまり、モリーナは、われわれ、アレーギ、そのどちらの側にもつかずに出ようとしてるのかもしれません。モリーナはモリーナの味方でしかないということです。

　ええ、試す価値は十分にあります。　それにこういう可能性もあります。

　ええ、話を邪魔して申し訳ありませんが……　つまりこういうことです。仮にモリーナがなんの役にも立たなかったら……要するに、今日も、明日も、出所前になんの情報もよこさず、……それに出た後、アレーギの仲間のところへわれわれを連れて行かない場合には、……ええと、もうひとつ可能性が残っています。　それはこうです。新聞に載せるんですよ、でなければなんらかの方法で、とにかく知らせるんです、モリーナこと警官某は、アレーギのアジトに関する資料を当局に提出した、その警官、警官某はこの刑務所で被告人として秘密裡に活動した、と。これを知れば、アレーギの仲間はモリーナを探し出して報復しようとするでしょう、そこをわれわれが一網打尽にするわけです。とどのつまりが、モリーナが出所すれば、様々な可能性が出てくるということですな。　それはありがたい。　どうも、どうも。

ええ、モリーナがこの事務室を出しだい、お電話いたします。　結構です、その線で行きましょう。　分かりました……。　すぐにお電話いたします……。

それじゃ、また。

所長　入りたまえ、モリーナ。

被告人　今日は、所長。

所長　よろしい、われわれだけにしてくれたまえ。

看守　分かりました、所長。

所長　どうだね、モリーナ？

被告人　まあまあです。
所長　何か変ったことは？
被告人　ご覧のとおりです。
所長　進展はあったかね？
被告人　特にないようです、所長……。わたしとしても、その、これ以上どうしたらいいか……。
所長　まったく何もないのかね？……
被告人　全然。
所長　いいかね、モリーナ、お前さんを仮釈放するための手筈はすべて整ってるんだ、お前さんが何か情報を提供してくれさえすればね。それにだ、仮釈放に必要な書類ももう揃ってる。あとはわしのサインを待つばかりだ。
被告人　所長……。
所長　残念だな。
被告人　できるだけのことはしたんです。
所長　なのに、これっぽっちの気配もないのかね？　ほんのわずかな手がかりすらも？……どんなに小さなことでもいいんだ……それがあればわれわれは行動できる。その小さなことによって、わしはお前さんの書類に堂々とサインができるんだよ。

被告人　いいですか、所長、そりゃここを出たいのはやまやまです……。でも何かをデッチ上げるのはもってのほかだし。嘘でなく、アレーギというのは墓石みたいな男なんです。むっつりしていて、人を全然信用しないんです、なんと言ったらいいか、まったく手に負えない、とても……人間とは思えません。

所長　わしの顔をまともに見るんだ、モリーナ、人間らしく話そうじゃないか、君もわしも、まちがいなく人間なんだから。……君のお袋さんのことを考えたまえ、どんなに喜ぶことか。お前さんの身ならわれわれがちゃんと守る、出所しても何も起りゃしない。

被告人　出所さえできれば、何がどうなろうと構いません。

所長　本当だよ、モリーナ、どんな仕返しもこわがる必要がない、常に見張りをつけるから、お前さんの安全は完璧だ。

被告人　所長、それは分かっています。わたしには護衛が必要だと、そこまで考えてもらってることには、大いに感謝しています……。でも、どうしようもないんです。あなたに何か本当でないことをデッチ上げたりすればなお悪いし。

所長　そうか……それは残念だな、モリーナ……。こんな状態では、お前さんには何もしてやれないな。

被告人　それじゃ、何もかもパーになっちゃうんですか？……つまり、わたしの仮釈放のことも？　希望は全然なくなるわけですか？

所長　そうだよ、モリーナ。お前さんが情報をまったく提供してくれない以上、お前さんを助けることはできないのだよ。

被告人　模範囚に対する推薦状ももらえないんですか？　何も？

所長　何もだ、モリーナ。

被告人　じゃあ監房はどうなるんですか？　少なくとも、同じ監房に置かれるんでしょう？

所長　どうして？　アレーギよりも話のできる連中と……一緒の方がいいだろう？　口をきかない人間と一緒じゃ淋しいにちがいない。

被告人　どうしてって……いつか何か話すだろうという希望をまだ持ってるからです。

所長　そんなことはないさ、お前さんはもう十分われわれに協力してくれたと思うよ、モリーナ。お前さんは別の監房に移すつもりだ。

被告人　お願いです、所長、後生ですから……。

所長　どうしたんだ……。アレーギびいきになったのかね？

被告人　所長……一緒にいれば、彼がいつかは何かを話すことが期待できます、……そして何か話せば、わたしは仮釈放させてもらえるかもしれない……。

所長　さあ、どうかな、モリーナ、考えてみる必要はありそうだが。しかし、うまくはいかんだろう。

被告人　所長、そこをなんとか、後生ですから……。

所長　落ち着きたまえ、モリーナ。もう話すべきことはないよ、戻るだけだ。

被告人　すいませんでした、所長。いろいろ骨を折っていただいて、ともかくありがとうございます……。

所長　もう戻っていいんだ。

被告人　どうも……。

所長　じゃあな、モリーナ。

看守　お呼びですか、所長？

所長　ああ。被告人を連れて行ってよろしい。

看守　分かりました、所長。

所長　その前に被告人に言いたいことがある。モリーナ……明日は監房を出られるように、仕度をしておくんだぞ。

被告人　お願いです……。どうか、最後の可能性だけは残して……。

所長　ちょっと待ってくれ、まだ話は終っちゃいない。明日はすっかり準備をしておけというのは、仮釈放になるからだよ。

被告人　所長……。

所長　そうなんだよ、明日、いの一番に。
被告人　ありがとうございます、所長……。
所長　幸運を祈るよ、モリーナ。
被告人　ありがとうございます、所長、本当に……。
所長　礼はいい、うまくいってくれれば……。
被告人　でも、まさか冗談では？
所長　もちろん冗談なんかじゃない。
被告人　信じられません……。
所長　信じたまえ……出所したら、真面目にやるんだぞ。もう小僧っ子にばかな真似はしないことだ、モリーナ。
被告人　明日ですか？
所長　そう、明日いの一番に。
被告人　ありがとうございます……。
所長　さてと、もう行きたまえ、わしは仕事がある。
被告人　ありがとうございます、所長。
所長　いいんだよ。
被告人　ああ！……ひとつ言うことが……。

所長　なんだね？

被告人　明日出所するとして……もしも今日、家(うち)からか、弁護士か、面会に来てたら……。

所長　言ってごらん……それとも看守に席をはずさせようかな？

被告人　いいんです、つまり……もし面会に来てたら、まさかわたしが明日出所するとは思ってないはずだから……。

所長　どういう意味かね？……よく分からないな。説明してくれたまえ、わしは仕事がたまっているから。

被告人　はい、もし来ていれば、包みを持って来てるはずだと……。アレーギの目をごまかすために……。

所長　いや、もう構わない。差し入れは何もなかったと言ってやればいい、弁護士はお前さんが出所するのを知っていたからと。明日はもう自分の家で食事ができるぞ、モリーナ。

被告人　自分のためじゃないんです。アレーギの……目をごまかすためです。

所長　大げさに考えなくてよろしい、モリーナ。今言ったようにすればいい。

被告人　すいませんでした。

所長　うまくいくことを祈るよ。

被告人 ありがとうございます。何から何まで……。

…………………………………………………………

…………………………………………………………


「可哀そうなバレンティン、あたしの手なんか見つめちゃって」

「気がつかなかった。そうしようと思ったわけじゃない」

「何かないかって、目がそう言ってたわ、可哀そうな人……」

「なんてことを……それで？　早く何か話してくれよ！」

「包みの差し入れはなかったの。許してちょうだいね」

「別にあんたが悪いわけじゃない……」

「ああ、バレンティン……」

「どうしたんだい？」

「ああ、信じられないことよ……」

「さあ、なんなんだい、その秘密は？」

「分かりっこないわ……」

「さあ……何があったんだい？　早く！」

「明日、出ることになったの」

「この監房からか？……そんなばかな」

「ちがうの、出所するのよ」

「まさか……」

「そうなのよ、仮釈放が認められたの」

「素晴らしいじゃないか……」

「どうだか……」

「だけど信じられないな……あんたにとっちゃ願ってもないことだ！」

「でも、あなたは？……独りになっちゃうわよ」

「まったく、信じられない、幸運がこうも突然転がり込むとは、モリニータ！　素晴らしいよ、最高だ……。本当だろうな、それともおれを担いでるのかい？」

「ちがう、本当のことよ」

「最高だ」

「あたしのことでそんなに喜んでくれるなんて、本当にいい人なのね」

「ああ、嬉しいよ、だが別の意味でも嬉しい……最高だ！」

「どんな意味で？　どうして最高なの……」

「モリーナ、ある素晴らしいことのためにあんたに一役買ってもらいたいんだ、危ないことはまったくないと保証するよ」

「なんなの？」

「いいかい……この二、三日考えてて、素晴らしい行動計画を思いついたんだ、ところがそれを仲間に伝えられないものだから、くやしくて仕方がなかった。何か方法がないかと頭をひねっていたんだ、……そこへ渡りに船ときた」

「だめよ、バレンティン。あたしなんて役立ちゃしないわよ、どうかしてるわ」

「ちょっと聴いてくれ。たやすいことなんだ。あんたはすっかり頭に入れてくれればいい。それでオーケーさ」

「いやよ、どうかしてるわよ。あなたとつるんでないかどうかを調べるために、後をつけられるかもしれないし、何されるか分かったもんじゃないわ」

「それなら解決できるさ。あんたはしばらくじっとしてればいいんだ、二週間ばかりね。つけられてるかどうかを知る方法を今教える」

「いやよ、バレンティン、出るといったって、仮釈放なのよ、何かあればまたブタ箱入りだわ」

「保証する、危ないことなんかこれっぽっちもない」

「バレンティン、お願い。なんにも知りたくない。どこにいるかも、誰なのかも、なんにも」

「いつかおれにも出てほしいと思わないかい?」

「ここを?」

「そうさ、自由の身で」

「思わないわけがないじゃない……」

「だったら力になってくれなけりゃ」

「あなたが自由になることは、あたしの何よりの願いだわよ。でも聴いて、あたしはあなたのために頼んでるの……なんの情報も教えないでくれ、あなたの仲間のことは何も話さないでくれって。だってあたし、そういうこと、下手なんだもの、それに捕まったりしたら、何もかも喋っちゃうわよ」

「仲間に対して責任があるのはおれだ、あんたじゃない。あんたに何かを頼むのは、危なくないと分かってるからさ。これだけのことをすればいいんだ、しばらくおとなしくしている、次に公衆電話から電話する、家からはだめだ。そして誰かとどこかで会う約束をする、ただし会う場所の名はにせでなくちゃいけない」

「どうしてにせの名を使うの？」

「それは、仲間の電話が盗聴されてるかもしれないからさ。だから場所の名には暗号を使うんだ、たとえばあんたがケーキ屋のリオ・デ・オロで、と言うとする、すると連中には別の場所だと分かるのさ、なぜならおれたちは電話するとき、必ずそうしてるからだよ、分かるかい？　われわれがある場所の名を言うとすれば、実際には別の場所を指してるわけさ。たとえば、映画館のモヌメンタル座はある仲間の家だし、プラサ・ホテルと言えばボエド地区のある街角のことなんだ」

「あたし、こわいわ、バレンティン」

「説明を残らず聞けば、こわくなくなるさ。いいかい、伝言を渡すなんて実に簡単なことなんだよ」

「だけど万一話を盗聴されてたら、あたしの身が危なくなるんじゃないの？」

「公衆電話からだったらだいじょうぶだ、それと声色を使うんだ、誰でもできることさ、おれが教えてやるよ。やり方はごまんとある、飴玉をしゃぶる方法、舌の裏につま楊子を入れる方法……。いいかい、どうってことはないんだ」

「いやよ、バレンティン……」

「後でまた話すことにしよう」

「いやっ！」

「勝手にしろ……」

「……」

「どうしたんだい？」

「……」

「そんな風に突っ伏さないで……。こっちを見てくれよ、頼むから」

「……」

「枕に顔を埋めたりしないでくれ、お願いだ」

「バレンティン……」

「なんだい？」

「あなたを独りぼっちにするのが辛いの」

「辛く思う必要はない。お袋さんに会えるんだから喜べよ、世話ができるじゃないか。そうしたいって言ってたろ、ちがうかい？」

「……」

「ほら、こっちを向いて」

「触らないでよ」

「そうか、分かったよ、モリニータ」

「……あたしがいなくて淋しくならない？」

「もちろん淋しくなるさ」

「バレンティン、あたし、願をかけたの、誰にかは分からないわ、たぶん神様によ、あんまり信じてないんだけど」

「ふーん……」

「あたしの最大の望みはここを出て、ママの面倒を見てあげることです。そのためだったら、どんな犠牲でも払います、あたしのことは全部後回しでいいです、何よりもまずママの面倒を見られるようにしてくださいってね。そうしたら願いが叶ったのよ」

「だったら喜べばいいじゃないか。あんたはえらく優しいから、まっ先に他人のことを考えるんだ、自分のことは二の次にしてね。そこのところは誇りにするべきだよ」

「でもそれは公平なことなの？　バレンティン」

「何が？」

「いつでもあたしには何も残らないってこと……。あたしはいまだかつて、本当に自分のものを持ったことがないってことよ」

「なるほど、だがあんたにはお袋さんがいるじゃないか、それはひとつの責任だ、あんたはその責任を取らなけりゃならない」

「そうね、そのとおりだわ」

「だとすると？」

「でも、いい？　ママはもう生きたのよ、人生を経験したの、夫を持ち、子供を持ち……。そしてママは今やお婆ちゃん、人生はほとんど終ってるのよ……」

「そりゃそうだ、だがまだ生きている」

「そうね、それにあたしも生きてるし……。でもあたしの人生、いつ始まるのかしら？　何かがあたしのものになるのは、あたしが何かを持てるのは、一体いつなの？」

「モリニータ、我慢しなけりゃ。あんたは籤に当ったんだ、おかげでここから出してもとなの」

「……」

「こんなこと言われて恥ずかしい？」

「いや……。まあ、そうだな」

「何がそうなの？」

「あんたの言ったことだ、ちょっと照れ臭い」

「バレンティン……。あたしがその伝言を渡せば、あなたはもっと早く出れると思う？」

「そうだな、われわれの運動になんらかの形で役立つよ」

「でも、それですぐ出してもらえるわけじゃないのね。そうすればもっと早く革命を起せるからだって、あなたはそう言うのね」

「そうだよ、モリニータ」

「他の理由で出してもらえるからじゃないのね」

「そうだ、モリーナ」

「……」

「そんなに頭をひねるなって、もう考えなくていい。後で話そう」

「話す時間がもうそんなに残ってないわ」

「一晩あるじゃないか」

「……」

「それに映画を終らせてくれなけりゃ。忘れちゃ困る。何日も前からちっとも話してくれないじゃないか」

「だってあの映画、あたしをすごく悲しい気持にさせるんだもの」

「なんにでも悲しくなるんだな」

「そのとおりよ……。あれ以外はなんにでも」

「冗談はよせよ」

「残念だけど、本当にそうなのよ。あたしはなんにでも悲しくなる、監房を替えられるのが悲しい。釈放されるのが悲しい。あれ以外はなんにでも」

「娑婆に出ればうまく行くさ、ブタ箱でのことは全部忘れちまうって」

「あたし、忘れたくないわ」

「分かったよ……冗談はもうたくさんだ！　おれをからかわないでくれ、頼むから!!」

「ごめんなさい」

「……」

「お願い、バレンティン、許すと言って」

「……」

「映画の話をするわ、よかったら最後まで。その後で、もう二度とあたしの問題であなたに迷惑をかけないって約束するわ」

「……」

「バレンティン……」

「なんか用かい？」

「あたし、伝言を渡さない」

「いいさ」

「だって、出る前にあなたのことで尋問されるかもしれないもの」

「どう思おうとあんたの勝手だ」

「バレンティン……」

「なんだい？」

「あたしのこと怒ってる？」

「別に」

「映画を終らせてほしい？」

「いや、だってあんたはその気じゃない」

「そんなことない、そうしてほしけりゃ、終らせるわよ」

「その価値はないよ、どんなラストかもう想像がつく」

「ハッピーエンド、でしょ？」

「分からないよ、モリーナ」

「ほら、分からないじゃないの。あたしがラストまで話すわ」

「勝手にしてくれ」

「どこまでだったっけ？」

「覚えてない」

「ええと……。確か、彼女が青年を食べさせるために娼婦になったことを、青年が知って、彼女がそれに気づいたところまでだったと思うわ。そして彼女が明け方近くに家に帰ると、青年の姿はもうなかったのよ」

「そうだ、そこまでだった」

「分かったわ。そのころ、大実業家は彼女を探していたの、彼女がひどい貧乏暮しをしているのを知ったからよ、大実業家は自分のしたことを後悔してたわ。で、その朝、海を望む小さな家の前に、すごい高級車が止まったわ。乗ってたのは大実業家の運転手、彼女を迎えに行けと言われて来たのよ。でも彼女はいやだと言ったわ、そこへ少し遅れて大実業家自身がやって来るの。大実業家は、許してくれと言ったわ、何もかも愛してたからこそしたことなんだ、彼女を失って自棄を起したからだって。彼女はその後の経緯を話すと、さめざめと泣いたわ。すると大実業家は心の底から後悔して、彼女に言うの、彼女がそれほどの犠牲にも耐えることができたのは、青年を愛しているからだ、その愛は死ぬまで変らないだろうからだってね。そして〈これは君のものだ〉と言って、彼女の宝石類を残らず詰めた箱を渡すわけ、で、彼女の額にキスをすると帰って行くの。それから彼女は青年を探すのよ、四方八方、無我夢中でね、宝石を売ったんで、青年を最高のお医者さんに見せて、最高のサナトリウムに入れてもまだ余るくらいのお金ができたからよ。なのに青年はどこにも見つからないじゃない、彼女はしまいには監獄や病院まで見て回ったわ。そして重病人ばかりの病室にいる青年をついに見つけるの。青年の体はすっかりだめになっていたわ。初めはアルコールで、次は飢えと寒さで。寒い夜も、行くところがないものだから、海辺で野宿してたのよ。彼女の姿を見ると青年はにっこりしたわ、そして抱き締めたいからそばに来てほしいと頼むの。彼女は青年の枕許に立ち、二人は抱き合ったわよ。すると青年が言うの、昨夜は容態がうんと悪化したんで、死ぬかと思った、だけど今朝、危篤状態を脱したことが分かったとき、体がよくなりしだい彼女を迎えに行こうと思った、なぜなら、何も二人を隔てることなんかできないからだ、二人でならなんとかやり直せるって。そこで彼女は、枕許にいた尼僧の看護婦の顔を見るの、青年の言葉どおりだ、彼は治る、と言ってほしいかのようにね。ところが尼僧は、ほんのかすかにだけど、首を横に振ったわ。でも、青年は喋り続けて、こんなことを言い出すのよ、いくつもの大新聞から自分に声がかかった、それに特派員として外国へ行く話もある、二人で、すべてを後に遠いところへ行けば、辛い過去は何もかも忘れてしまうだろうってね。そのときよ、彼女は突然気がつくの、青年が熱に浮されてうわ言を言ってたことにね、危篤状態だったのよ。青年は言ったわ、彼女のために新しい歌詞を考えた、だから歌ってほしい、そして少しずつ、囁くように口ずさむの、彼女はそれを繰り返したわ、するとバックに音楽が流れ出すのよ、まるで海から聞えてくるみたいにね、というのも青年は、熱に浮されながら思い浮べていたからなの、黄昏の金色の光に映える漁船の船着き場に、彼女と一緒にいるところをよ。青年は歌詞を口ずさみ、彼女は繰り返したわ、〈……悲しいとき……ぼくは君を想い出す。……嬉しいとき、……ぼくは君を想い出す。他の瞳を見るとき、他の唇に口づけるとき、他の香りをかぐとき……ぼくは君を想い出す……〉、そして二人は船着き場から水平線の方を見やるの、二本マストの帆掛け船が近づいて来るからよ、〈……君はぼくの裡にいる、ぼくの奥深くにいる……。君はぼくの心の裡にいる、ぼくは君を想い出す……〉、そして帆掛け船は、その船着き場の小さな桟橋に横づけになるの、すると船長が二人にもう乗れと合図したわ、風向きがいいのを利用して、すぐ出帆するからよ、そして船は二人を、はるか彼方の静かな海に運んで行くわけよ、その後、歌詞はこう続くの、〈……考えてもみなかった……君への思いが……これほど強くなろうとは……思ってもみなかった、君に心を奪われようとは……。だからこそ……ぼくは君を想い出す、……近くにいても、遠くにいても、ぼくは君を想い出す……。夜も昼も、妙なる調べのように、君はぼくの心の中にいる……ぼくは君を想い出す……〉、そして青年は、二人がもう船の上にいて、抱き合いながら遠い彼方を眺めているところを思い浮べるの、見えるのは海と空ばかり、太陽はもう水平線の向うに沈んでいたからよ。すると彼女が言うの、素敵な歌だって、でも青年は何も答えないの、目は開いたままだったわ、この世で最後に見たのは、たぶん、帆掛け船に乗り、永遠に抱き合ったまま、幸せを目ざす二人の姿だったのよ」

「えらく悲しい話だ……」

「だけどまだ終りじゃないわ。彼女はそこで青年を抱き締めるの、そしてさめざめと泣くわけ。それから、宝石で得たお金を全部、病院の尼僧に寄付しちゃうの、貧しい人たちのためにってね、そして歩き出したわ、まるで夢遊病者のように、歩き続けて、とうとうあの小さな家に着いたわ、二人がほんの短い間だけど幸せに暮した家よ、それから海辺を歩き出すの、もう日暮れどき、そのとき漁師たちの歌声が聞えてくるんだけど、それが青年の作った歌をうたってるのよ、漁師たちはその歌を聴いて覚えちゃったからよ、海辺には若いカップルが何組もいて、夕日が沈むのを眺めてたわ、そして青年が、再会できた嬉しさに彼女のために作った歌が聞えるの、その歌を今、うたっているのは漁師たちで、それを恋人たちが聴いてるのよ、〈……君はぼくの裡にいて……ぼくは君の裡にいる……泣くことなんてありゃしない、苦しむことなんてありゃしない……この幸せを他人に言いたくはない、言っても分かりはしないから……でもぼくの心の中じゃ叫び声を上げている……生きること……愛することへの切なる願いが……〉、そのとき年老いた漁師が彼女に青年のことを尋ねるの、すると彼女は答えたわ、青年は行ってしまった、でも構わない、なぜなら、たとえ歌が覚えられているにすぎないとしても、常にあなた方と一緒にいるからって、そして沈みかけた夕日を見つめながら、独りで歩いて行くんだわ、すると聞えてくるの、〈……ぼくは幸せだ、そして君も……君はぼくを愛してる……ぼくの愛はそれ以上……。君を深く愛するぼくは、過去のことは忘れてしまった……そして今日、ぼくは幸せを味わっている、……なぜなら君が……ぼくのために……泣くのを見たから……〉。もう暗くなりかけていたんで、彼女の姿はシルエットにしか見えないの、それがはるか彼方を、当てどなく、歩き続けるのよ、彷徨える魂のようにね。そのとき急に、彼女の顔がアップになったわ、目には涙が溢れているの、でも口許には微笑みが浮んでるのよ。……これで……この話は……おしまい」

「そうか……」

「ずいぶん不思議なラストでしょ、ね？」

「いや、妥当だ、この映画で最も優れた部分だよ」

「どうしてなの？」

「つまり、彼女は何もかも失ったにせよ、少なくとも、生きてる間に真の関係を持つことができた、たとえもう終ったとしてもだ、それで満足してるということを意味しているからさ」

「でも、幸せだった後に何もかも失うって、なおさら辛いんじゃない？」

「モリーナ、絶対に忘れちゃならないことがある。人生というのは短いかもしれないし長いかもしれない、それはともかく、人生において、あらゆることは一時的であって、永久に続くことなんて何もないんだ」

「そりゃそうだけど、少なくとも、ちょっとの間は続いてほしいわよ」

「起きたことはそのまま受け入れる、それができなくちゃいけない、そして自分に起きたいいことは大事にする、たとえ長続きしなくてもだ。というのも、永久に続くことなんて何もないからだよ」

「そりゃ、口で言うのは簡単よ。でも、それと気持とは別問題よ」

「だったら、理論的に考えて、自分を納得させるんだ」

「ええ、でも、理屈じゃ割り切れない、心の問題というものがあるじゃない。それに、フランスのすごく有名な哲学者がそう言ってるわ。だからあたし、こだわったの。名前だって覚えてるわよ、パスカルよ。どう、参った?」

「淋しくなるな、モリニータ……」

「少なくとも映画が」

「少なくとも映画が……」

「……」

「砂糖漬のフルーツを見れば、必ずあんたを思い出すだろう」

「……」

「そして、グリルのショーウインドーでチキンを丸焼にしてるのを見るたびに」

「……」

「おれだって、いつか籤が当って、娑婆に出られるかもしれないからな」

「あたしの住所を教えるわ」

「そうしてくれ」

「バレンティン……いろいろあったかもしれないけど、何か言い出したり始めたりするとき、あたしとしては十分気を遣ったつもりなの、だって、あなたに何も要求したくなかったんだもの。あなたから始めてほしかったの。それもいやいやじゃなく」

「分かってる」

「だけどね、お別れに、頼みたいことがあるの……」

「なんだい?」

「あなたがまだしてないことよ、あたしたち、もっとひどいことしたけどさ」

「なんなんだい?」

「キスよ」

「そりゃ確かに……」

「でも明日よ、あたしが出て行く前。あせらなくていいの、今、頼むわけじゃないから」

「そうか」

「……」

「……」

「知りたいことがあるんだけど……あたしにキスするの、すごくいやなことだったの?」

「うーん……。きっと、あんたが黒豹にならないかと心配だったからだ、最初に話してくれた映画に出てくるみたいな」

「あたしは黒豹女じゃないわ」

「確かに、あんたは黒豹女じゃない」

「黒豹女だったらすごく哀れね、誰にもキスしてもらえないんだもの。全然」

「あんたは蜘蛛女さ、男を糸で絡め取る」

「まあ、素敵！　それ、気に入ったわ」

「……」

「バレンティン、あなたとママは、あたしがこの世で一番愛してる人間だわ」

「……」

「あたしのこと、懐かしく思ってくれるかしら？」

「あんたからはいろんなことを教わったよ、モリニータ……」

「何言ってんのよ、あたしなんておつむが弱いのに……」

「機嫌よくここを出て行ってほしいな、そしておれのことをいい思い出にしてほしい、おれにとって、あんたのことが思い出になったみたいにね」

「あたしから教わったことって、なあに？」

「そいつを説明するのはえらくむずかしいよ。とにかく、あんたにはいろいろ考えさせられた、これは本当だ……」

「あなたの手、いつもあったかいのね、バレンティン」

「あんたの手はいつでも冷たい」

「ひとつ約束するわ、バレンティン、……あなたのことを思い出すときはいつでも、楽しい気持でそうする、あなたに教わったように」

「もうひとつ約束してくれないか……他人から大事にされるようにすること、自分を粗末にさせたり搾取させたりしないこと。他人から搾取する権利なんて誰にもないんだから。繰り返しになってすまないけれど、前に言ったとき、あんたがいやがったものだから」

「……」

「モリーナ、約束してくれ、他人にばかにされないようにすると」

「約束するわ」

「……」

「もう本をしまっちゃうの？　そんなに早く？」

「……」

「消灯まで待たないつもり？」

「……」

「服を脱がせても寒くない？」

「……」

「あなたってとても素敵……」

「……」

「ああ……」

「モリニータ……」

「なあに?」

「なんでもない……だいじょうぶかい?」

「だいじょうぶよ……ああ、そうよ、そういう風に、そう」

「痛いかい?」

「この前よりいいわ、脚を上げさせて、こうやって、肩の上に」

「……」

「そうよ……」

「黙って……ちょっと静かにしてくれ」

「ええ……」

「……」

「……」

「バレンティン……」

「なんだい?」

「別に……なんでもないわ……」

「……」

「バレンティン……」

「……」

「バレンティン……」

「どうした？」

「ううん、なんでもない、ばかみたいなことよ……ちょっと言いたかっただけ」

「なんだい？」

「いいの、言わない方がいいわ」

「……」

「……」

「モリーナ、なんなんだい？　さっき頼んだことをしてほしかったのかい？」

「何を？」

「キスだよ」

「ううん、他のことだったの」

「してほしくないかい、今？」

「してほしい、あなたさえ気持悪くなければ」

「おれを怒らせる気か」

「……」

「……」

「ありがとう」

「礼を言うのはこっちだ」

　…………………………………………………

　……………………………………………………

「バレンティン……」

「……」

「バレンティン、もう寝ちゃったの？」

「なんだい？」

「バレンティン……」

「言ってみろよ」

「あたしに全部教えて……あなたの仲間に知らせること……」

「そうしてほしけりゃ」

「あたしがしなくちゃいけないこと、全部教えてちょうだい」

「いいよ」

「あたしが残らずしっかり頭に入れちゃうまでよ……」

「分かった……。さっきおれに言いたかったことって、それかい？」

「そうよ……」

「……」

「でも、聞きたいことがあるの、ものすごく大事なことよ……。バレンティン、出る前に尋問されないって、保証できる？」

「できるさ」

「だったらあたし、あなたの言うこと、全部やってあげるわ」

「そう言ってくれて、本当に嬉しいよ」

15

本月九日付をもち仮釈放処分となった被告人第三〇一八号、ルイス・アルベルト・モリーナに関する報告。本報告は、TISLによる電話盗聴の協力を得て、CISLによる監視の結果に基づき作成された。

九日（水曜日）被告人は午前八時三十分に出所の後、タクシーのみを用い、午前九時五分、自宅に到着。フラメント街五〇二〇番地の自宅より、終日外出せず。窓辺に繰り返し現れ、各方向を見やるが、とりわけ北西方面を数分間にわたり眺める。被告人の部屋はアパートの四階に位置し、向かいには高層家屋無し。十時十六分、ラロなる男に電話、本人が出た後、数分間にわたり、女言葉で話を交わす。会話中、両者は互いに相手を呼ぶのにさまざまな名を用いる。それらはたとえば次のようなものである、テレサ、ニ、チナ、ペルラ、カラコラ、ペピータ、カルラ、ティナ、等々。前述のラロは、まず最初に、被告人に刑務所内での〈戦果〉を報告するよう執拗に要求する。被告人は、刑務所における性的関係に関する噂は事実無根であり、〈愉(たの)しむ〉機会は皆無であったと返答する。両者は、週末に会って映画に行く約束を交わす。両者とも、互いに相手を新たな名で呼ぶたびに、笑い合う。

十八時二十二分、被告人は、当人が叔母ロラと呼ぶ婦人に電話、長時間にわたって話す。彼女は明らかに、母親の姉妹と思われる。両者は、まず最初に、被告人の母親の健康状態について、ならびに、当該(とうがい)の婦人による被告人の母親の世話が不可能である旨について話し合う。当該の婦人自身、病気であることが、不可能の理由である。

十日（木曜日）　午前九時三十五分、被告人は外出し、パンパ街およびトゥリウンビラート街の交差点、すなわち自宅より二区画離れた地点に位置するクリーニング店に向かう。衣類の大きな束を預ける。次に、そこから半区画先、ガマーラ街に入った地点に位置する食料品店に向かう。自宅への帰途、売店に立ち寄り煙草を買い求める。売店は、アバロ街の、パンパ街に近接した地点に位置する。そこより帰宅。

十一時〇四分、親戚の者より電話あり。被告人はその者たちを、叔父アルトゥーロおよび叔母マリア・エステルと呼ぶ。彼らは被告人の出所を歓迎する。直後に、エステラと名乗る若い女性の声の人物より電話あり。おそらく従妹と思われる。なぜなら、彼女は母親に受話器を渡し、その母親を被告人が時折、チチャもしくは叔母チチャと呼んでいるからである。通話の相手方は、模範囚として刑期満了を待たず出所できたことで被告人を祝福、被告人を翌週日曜日の昼食に誘う。ここで奇妙な言葉のやりとりがあったが、おそらく、被告人が料理の数を増やすよう要求した際、幼児語を用いたのを、相手方が復唱したためと思われる。意味は必ずしも明確ではないが、食事に何を希望するのか問われ、被告人は、〈ライオンのお肉（カルネ・デ・レオネス）（?）〉、と答える。すべては単なる幼児語に過ぎないと思われるが、注意する必要あり、十七時、寒いにもかかわらず、被告人は窓を開け、（昨日同様）北西方面をしばらく眺める。十八時四十六分、昨日のラロ本人より電話、被告人を女友達の車でのドライブに誘う。被告人は、母親および叔母とともに夕食をとるため、二十一時までに帰宅するという条件で承諾する。後者の叔母の名前はクカ、同じアパートに住み、午前中はパン屋および牛乳屋に買物に出かける。また午後にも時に、六区画離れた、トゥリウンビラート通りとルーズベルト街の交差点に位置するスーパーマーケットに出かけることあり。通話の数分後、被告人は階下に下り、入口にて待機する。やがて男性二人がフィアットで到着。予告の男女にあらず。一方は四十歳前後と思われ、車を下りるやいなや被告人を抱擁し、明らかに感動をこめて両頬に口づけをする。その間、もう一方の男は車の運転席に留まる。握手の仕方から判断すると、被告人とは初対面と思われる。この男の年齢は五十歳前後である。車はまずパンパ街をカビルド通りまで直進した後、カビルド通りをパシフィコ街まで進み、サンタ・フェ通りに入る。その後、レティーロ街、レアンドロ・アレム街、五月広場、五月通り、国会前、カジャオ街、コリエンテス通り、レコンキスタ街、およびサン・テルモ区のさまざまな街路を通る。車は途中、当該地区においても近年増加中のナイトクラブの新店舗に次々と立ち寄る。また骨董品店数軒の前でも停車。被告人は周囲を訝る(いぶか)ようにしきりに振り向く。尾行の有無を確認していたことは明らかである。サン・テルモ区からは、途中、停車することなく、被告人宅へ戻る。

被告人と前述のラロの間で使用された女性名に暗号が含まれているか否かを詳細に研究する必要性に関し、TISLのメンバーが昨日検討した結果、会話の調子は不真面目であり、会話自体まったく無秩序であるとの見解に達した。しかしながら、この件に関しては然るべき注意が必要であろう。

十一日(金曜日)午前十一時四十五分、しゃがれ声の人物より被告人に電話あり。被告人は当該の人物を〈名付親〉と呼ぶ。被告人の声が緊張していたところから、一時、不審な電話と思われた。しかし会話のテーマは、被告人の今後の素行に関するものであることが判明。当該の人物は、実際の名付親と思われ、被告人に対し、外に出た際、とりわけ勤務中は、素行に注意を払うよう勧告するとともに、今回の投獄の原因が、被告人がウインドー・デコレーターとして勤務する店舗における一未成年者との性的関係にあることを想起させる。会話はきわめて冷淡な調子の、なじり合いに近い形で終る。数分後、前述のラロより電話あり。いつものようにさまざまな女性名が用いられるが、今回は女優名と推察される、次のようなものである。グレタ、マレーネ、マリリン、メルレ、ジーナ、ジュディ(?)。暗号との関係は認められず、今回も両者の間で交わされた冗談にすぎないと思われる。会話の調子には活気があり、相手の友人は被告人に、知人数名が多くのショーウインドーを持つ洋装店を開く寸前にあるが、予算の都合上、他のウインドー・デコレーターと金銭面で折り合えずにいる旨を伝える。また被告人に住所および電話番号を教え、ベルッティ街一八〇五番地、四二局—五八七四に来週月曜日に電話で連絡することを示唆する。十五時、被告人は外出し、二十区画以上離れたカビルド通りまで徒歩で行き、映画館、ヘネラル・ベルグラーノ座に入場。場内の観客は少なく、被告人は単独で着席。場内では誰とも話さなかった。退場前、小用を足しに洗面所に入ったが、狭い場所であるため、怪しまれぬよう尾行は避ける。小用を足した後、直ちに退場。行きの街路と並行する別の街路を、徒歩で自宅に向かう。多くの交差点で立ち止り、家屋および店舗を注意深く眺める。十九時数分前、自宅に入る。

まもなく某所に電話をかける。通話相手は〈レストラン〉と答えるが、それに続く名称は、バーもしくはレストランのカウンターの人声と雑音により、聴き取れず。被告人は通話相手にガブリエルを要求。後者は直ちに電話口に出るとともに、大きな驚きを示すが、その後の声の調子はきわめて友好的であった。その声は男性的であり、おそらくブエノスアイレスの下層地区出身者と思われる。レストランのボーイと想像される、ガブリエルなる男の出勤時間に被告人が行けない場合、同じ時刻に電話をかけ合うことで、両者の意見は一致する。会話には曖昧な部分が認められるため、ガブリエルの身許を確認することが必須であろう。通話終了と同時に、被告人は窓辺に現れるが、窓は開けなかった。寒さのためであることは明らかである。しかしカーテンは開けるとともに、数分間、外を凝視するが、いつものように街を眺めるのではなくもっと上の方であった。これまで同様、本日も北西方面を望む。すなわち、フラメント街およびバウネス街の合流点方面、より正確に言うなら、本刑務所の位置するビジャ・デボト地区方面である。

十二日（土曜日）　被告人は母親および叔母とともに外出、タクシーを拾い、十五時二十五分、カビルド通りの映画館、グラン・サボイ座に着く。三名は隣合せに席を取るが、いずれも他人と口をきくことはなかった。十七時四十分、揃って退場、今回はモンロー街およびカビルド通りの交差点でバスに乗る。三名は自宅より一区画離れた地点でバスを降り、談笑しつつ歩く。途中、パン屋に立ち寄り、練り粉を買い求める。十九時、被告人は前述のレストランに電話、今回は〈レストラン・マジョルキン〉、と明確に聴き取れる。ガブリエルらしき男が電話に出ると、被告人は、母親に付き添わねばならぬため会いに行けぬ旨を告げる。ガブリエルは、明日の日曜日はいつものようにレストランは休業だが、月曜日は早番の日であると答える。だが予定の変更に幾分立腹の様子。先の報告における示唆に従い、CISLの当該地区での活動を通じ、ガブリエルの身許調査が開始された。その件に関する報告は、明日、当調査室に届く予定である。

十三日（日曜日）　身許調査に関する報告を入手。レストラン・マジョルキンは、創業以来約五十年を迎えるスペイン・レストランで、所在地はサルタ街五六番地。支配人は、ガブリエル・アルマンド・ソレが、実際その店に五年前からウェイターとして勤務し、問題の人物の誠実さについては疑う余地がないと断言する。ソレは特に過激な政治思想を示してはおらず、組合の集会にも出席していない。また政治活動家とのつながりも知られていない。

十時四十三分、被告人宅に本日唯一の電話あり。相手は数日前の人物と同じ、叔母チチャで、被告人に対し幼児語を交え、説得調の口をきくが、今回は、被告人らを十三時に自宅で待つこと、料理を作るため遅れないでほしい旨を伝えたものと判明。料理の名は当初特殊な語を用いたため判然としなかったが、その後、カネロニと判る。十二時三十分、被告人、母親、叔母の三名は外出、トゥリウンビラート通りおよびパンパ街の交差点にてタクシーを拾う。パトリシオス区に位置する平屋の前で降車、住所はデアン・フネス街一九九八番地。被告人らは、当該家屋の玄関先にて、きわめて肥大した白髪の婦人により、大いなる親愛の情を示す仕草をもって迎えられる。十八時五十五分、被告人らは辞去し、年齢不詳の若い女性にフィアット六〇〇で自宅まで送り届けられる。ここで注意すべきことは、往きのタクシーの運転手が、かなりの距離に及ぶ走行中、しきりに後方を見やり、尾行の有無を確認しようとしていたことである。また被告人も盛んに後ろを振り返ったが、二名の婦人はそのような行動をとらなかった。他方、帰路、被告人らをフィアットで送り届けた女性が何かに気づいた様子は、特に認められなかった。

十四日（月曜日）　午前十時〇五分、被告人は前述の洋装店の番号に電話。この番号は十一日金曜日より直ちに盗聴され、ベルッティ街に位置する当該店舗のものであることを確認。しかし、なんらかの事態の発生が期待されるため、当該店舗の捜査は行なわれなかった。電話に出た相手の人物は、被告人の仕事を事実上必要としていると述べ、来る二十一日月曜日に俸給の問題を話し合うために立ち寄るよう被告人に求めた。これと同時に当該人物は、新装工事を請け負った責任者が、一週間で完了するはずの予定を延長し、そのためウインドー・デコレーターに然るべき俸給を支払うことができないであろうとの不満を述べた。続いて被告人は、当該レストランに電話し、ソレと話す。被告人は、母親に付き添わねばならぬため、中心街には行けぬ旨をウェイターのソレに告げる。ソレは不快を示す。新たな会う約束は取り決められず、被告人は今週半ばにソレに電話することを約束する。ソレが被告人と接触する可能性はほぼ消えたが、レストラン・マジョルキンの電話の盗聴は継続する必要があろう。十五時、被告人は窓辺に現れ、いつものようにしばらくの間、北西方面を凝視する。十六時十八分、被告人は外出し、キオスクに行って雑誌を二冊買い求める。活字が大きかったため、片方はモード雑誌クラウディアであることが判明。また同キオスクでは政治関係の雑誌は販売されていない。

…………………………………………

…………………………………………

二十日（日曜日）　午前十一時四十八分、ラロより電話あり。ラロは、先週の日曜日同様、メチャ・オルティスを伴ってのドライブに被告人を誘う。メチャ・オルティスは、前回のドライブの際、フィアットを運転していた人物の渾名（あだな）と思われる。用いられる名前は変化するが、それらがなんらかの暗号となっているとは考えられない。それらの名前とは、デリア、ミルタ、シルビア、ニニ、リベル、パウリーナ等であり、アルゼンチン映画界の往年の女優の名に関連していることはほぼ間違いない。被告人は、母親との約束を理由に、ドライブの誘いを断る。十五時十五分、被告人は窓辺に現れる。今回、窓は開いていたが、日が照っており、ほとんど寒くなかったためと思われる。被告人は、いつもの方角を長い間眺める。十七時〇四分、母親とともに外出。両者はパンパ街およびトゥリウンビラート通りの交差点にてバスに乗り、五月通りおよびリマ街の交差点で下車。そこから二区画歩いてアベニーダ劇場へ行き、スペインのオペレッタ（サルスエラ）鑑賞のために切符を二枚買い求める。その後、通りの反対側に渡り、十八時十五分の開演時間までウインドー・ショッピングを行なう。被告人は幕間に洗面所に行くが、他人と話すことはなかった。両者は平土間席で鑑賞したが、他人とは口をきかず、二十時四十分に退場。五月通りおよびサンティアゴ・デル・エステロ街の交差点に位置する喫茶店にて、ホット・チョコレートと揚げパン（チューロ）を注文、誰とも話さず。五月通りおよびベルナルド・デ・イリゴージェン街の交差点にて、往きと同じ系統のバスに乗り、帰宅。

二十一日（月曜日）　午前八時三十七分、被告人は外出、カビルド通りまでバスに乗り、そこでバスを乗り換え、サンタ・フェ通りおよびカジャオ街の交差点まで行く。ここからさらに五区画歩き、ベルッティ街一八〇五番地の店舗に行く。被告人は二人の男性と話し、ショーウインドー用のスペースを見て回る。コーヒーが出る。被告人は店を出て、二系統のバスを乗り継ぎ、往きと同じ経路を経て帰宅。午前十一時三十分、勤務先のガリシア銀行にいる友人ラロに電話。両者は真面目な調子で話す。ラロが勤務中だったためであることは明白である。被告人は、俸給は未決定であるが、翌日より仕事を開始する旨を伝えるに留める。本日、被告人宅にかかってきた電話はただ一度、叔母ロラからのもののみであった。ロラは被告人の母親と話し、ともに被告人の就職を喜び合う。

二十二日（火曜日） 午前八時〇五分、被告人は外出。最後の二区画を走り、九時に洋装店に着く。十二時三十分、外出し、アジャクーチョ街およびリオ・バンバ街の間のフンカル街に位置するミルク・ショップで昼食をとる。当該の店には公衆電話があり、被告人はそこから電話をかける。指摘すべきことは、被告人がダイヤルを三回かけ直してから電話を切り、約三分間の通話を行なったことである。この事実は、被告人の勤務先に電話があることを考慮すると、奇妙である。しかも、当該のミルク・ショップでは、電話が空くまで列を作って待たねばならない。したがって、直ちに被告人宅、レストラン・マジョルキンおよび被告人の友人が勤務するガリシア銀行の電話の調査が行なわれたが、それらのいずれとも通話はなされていないことが確認された。被告人は十九時に勤務先を出て、二十時数分過ぎに帰宅。

二十三日（水曜日） 午前七時四十五分、被告人は外出し、八時五十一分、勤務先に着く。午前十時、そこから友人ラロ宅に電話し、本人に勤務先紹介の礼を述べる。その後、店の所有者のひとりが被告人から受話器を渡され、ラロと話す。この人物はラロを常にイランの王妃ソラジャ（ソラヤ）と呼んでいるが、その愛称の由来は会話の途中で判明した。なぜなら、当該の人物はラロに対し、本人の言葉を用いれば〈あんたの名前がいつでもソラジャなのは、あんたが子を生めない女だからさ〉、と述べたからである。一方、ラロはその人物を、ベルギー最初の女王ファビオラと呼んでいるが、それも同じ理由による。このように呼び名が絶えず変るのは、すべて予め考えられたものではなく、暗号を含まぬ単なる遊びにすぎないためであると思われる。十二時三十分、被告人は外出、タクシーを拾い、商業銀行（バンコ・メルカンテイル）本店に着く。銀行では貯金を扱う窓口へ行き現金を引き出す。そこからタクシーでスイパチャ街一五七番地に行き、公証人の事務所に入る。当然ながら、事務所内での尾行は不可能。被告人は十八分後に当該事務所を出ると、タクシーを拾い、ベルッティ街の洋装店に行く。その場所で持参したサンドイッチの包みを開く。被告人は、今朝、自宅で用意したそのサンドイッチを立ち食いしながら、店の所有者二人のうちの一方とともに、布地の寸法を測る。十九時二十分、被告人は店舗を出ると、通常どおりの交通機関を利用し、二十時十五分に帰宅。二十一時〇四分、再び外出、バスでフェデリコ・ラクロセ街およびアルバレス・トマス街の交差点まで行き、そこで他系統のバスに乗り換え、コルドバ通りおよびメドゥラノ街の交差点まで行く。そこからは徒歩で、ソレル街およびメドゥラノ街の交差点まで行く。メドゥラノ街に位置する街角付近で立ち止まり、その地点で約一時間、誰かを待つ。前述の街角は、そこから数メートル先で別の街路、すなわちコスタリカ街との合流点になっているため、約束に従ってこの地点を訪れる者にとり、四つの異なる視点から全体を見渡せるという利点を提供している。このことから、当該地点は、警察による監視を避けることに慣れた人物により選択されたと考えられる。被告人は、他人と口をきくことなく、待ち続ける。何台もの車が通りかかったが、一台も停止せず。被告人は帰宅する。尾行には気づかなかった模様。司令部の推測では、密会の約束はありながら、訪れるべき人物が監視を察知したと思われる。

二十四日（木曜日）別の報告によれば、被告人は、商業銀行から、口座確保に必要な最小額を除き、預金をすべて引き出した。なお当該の預金は、被告人入獄以前から存在していたものである。公証人役場〈ホセ・ルイス・ネリ・カストロ〉において被告人は、当公証人役場の責任者の申立てによれば、母親名義で密封した封筒を託したが、内容は引き出した現金に他ならない。被告人はさしたる行動を示さず。朝、出勤し、勤務先の店舗でサンドイッチとコーヒーの昼食をとる。被告人は当該店舗で、終日にわたり、頻繁にコーヒーを飲む。二十時十分、途中立ち寄ることなく帰宅。また、司令部によれば、被告人モリーナに対するアレーギの架空の告白および前者の諜報部員としての秘密活動に関する記事を、新聞を通じて流す計画は、中止された。被告人とアレーギの一味の接触が近日中に行なわれると予想されることがその理由である。

二十五日(金曜日)　朝、被告人は出勤。十二時三十分、勤務先を出て、そこより数区画離れた、ラス・エラス街二四七六番地のピザ・ハウスにて、単独で昼食をとる。食事の前に、公衆電話を使用、前回同様、ダイヤルを三回かけ直してから、受話器を置く。通話時間は短かった。単独で食事をとる。さらに正確に言えば、辛うじて口をつけただけで、大部分を皿に残す。勤務先に戻る。十八時四十分、勤務先を出て、カジャオ街でバスに乗り、国会前まで行く。そこで地下鉄に乗り換え、ホセ・マリア・モレノ駅まで行く。次に徒歩にてリグロス街およびフォルモサ街の交差点まで行く。当該地点で三十分間待機。すでに司令部からは、この時間以前に何者も接触のために現れない場合、被告人を検挙し、取調べのために連行せよとの命令あり。警邏隊とすでに連絡を取っていた、CISLの部員二名が、被告人を検挙する。被告人は部員に身分証明書の提示を要求。このとき、走行中の一台の車より発砲があり、CISL部員ホアキン・ペローネおよび被告人が負傷し倒れる。数分後、警邏隊が到着するが、過激派の車を捕えることはできなかった。負傷者二名のうち、モリーナは、警邏隊が応急手当を施す前に息を引き取る。部員ペローネは大腿部負傷、また倒れた際の打撲により重傷を負う。事件の経過についてのバスケスおよび警邏隊員の所見によれば、過激派はモリーナに自白されるのを防ぐため、その抹殺を謀ったと思われる。さらに、被告人が予め銀行預金を引き出したことは、自分の身になんらかの事態が発生するのを恐れていたことを示している。また、尾行を察知していたとすれば、過激派との接触中にＣＩＳＬにより不意打ちされた場合に備え、被告人は次の二つのうちのいずれか一方を考えていたと思われる。すなわち、過激派とともに逃亡するつもりでいたか、あるいは過激派に抹殺される覚悟を決めていたか、である。

本報告は、その原本が作成されるとともに、関係各課に配布する目的でコピー三部が作成された。

16

「一番痛むのはどの傷かな？」

「ああ……ああ……ああ……」

「口はきかなくていいよ、アレーギ……そんなに痛むんだったら」

「こ……こ……ここが……」

「第三度の火傷（やけど）だ、なんてやつらだ」

「ああ……うっ、やめてくれ……頼む……」

「何日間食事抜きにされてたんだね？」

「み……み……三日……」

「ひどいことを……」

「……」

「いいかい……口をきくんじゃない、約束するんだ」

「……」

「イエスかノーか、首を振って答えればいい。まったく、野蛮なことをされたものだ、二、三日はひどく痛い思いをするだろう。……いいかい、今、応急手当を施す間、誰もいないのを利用して、モルヒネを打ってあげるから、そうすれば楽になる。よければ首を縦に振ってくれ。だがこのことは決して口外しないでくれよ、でないとわたしはここを首になる」

「……」

「さあ、すぐ痛くなくなるぞ」

「……」

「ほら、チクッとするだけさ、これで楽になる」

「……」

「四十まで数えるんだ」

「一、二、三、四、五、六、七、八、九、十、十一、十二、十三、十四、十五」

「信じられないほどひどく殴られたんだな。それにこの股の火傷ときたら……。治るのに何週間もかかるな。だがこのことは口外しないでくれよ、でないとわたしは首だ。明日になれば痛みは和らぐ」

「……二十九、三十、三十一、三十二、三十……三、三十……次はいくつだ？　もう足音が全然聞えない、おれがもう追われないなんてことがあるだろうか？　あんまり暗いから、道を知ってて前に進めるあんたの手引がなかったら、穴に落っこちそうで、一歩も進めやしない、それにしても、飯抜きで、すっかり参っちまってるこのおれが、よくこれだけ歩いてこれたものだ、だけど、時々眠気に襲われながら、転ばずに歩けるだろうか？〈心配しないで、バレンティン、その看護人はいい人よ、あなたの面倒を見てくれるわ〉、マルタ……、どこにいるんだ？　いつ来たんだ？　おれは眠ってるから目を開けられない、でも頼む。そばに来てくれ、マルタ……話すのを止めないでくれ、おれに触ってくれないか？〈心配しなくていいのよ、聞いてるわ、でもひとつ条件があるの、バレンティン〉、どんな？〈考えてることをあたしには何も隠さないということ、だってあれをしてるときは、たとえ聞きたいと思っても、あなたの声はもう聞えてないんですもの〉、おれたちの話、誰にも聞かれてないかい？〈誰にもよ〉、マルタ、ものすごく痛かったんだ……、〈今はどうなのか知りたいの〉、聞いてるやつはいないかい、おれが仲間を裏切るのを待ってるやつは？〈いないわ〉、ああ、マルタ、君はおれの体の中で喋ってるみたいだ、〈だってあなたの中にいるんですもの〉、本当かい？　いつでもそうなのかい？〈ちがうわ、こうなるのは、あたしがあなたに隠し事がないときよ、あなたがあたしに何も隠さないようにね〉、だったら全部話すよ、なぜなら、このとても良心的な看護人が、ものすごく長いトンネルを通って、おれを出口まで連れて行ってくれるところだからだ、〈真っ暗なの?〉、ああ、看護人は奥に光が見えると言ってる、うんと奥にだ、だけどおれにはそれが本当かどうか分からない、おれは眠ってるからだ、どう頑張ってみても目が開かないんだよ、〈今、何考えてるの?〉、瞼が あんまり重いものだから、開けられないんだ、眠くてたまらない、〈水が流れるのが聞えるわ、あなたは?〉、石の間を流れる水はいつもきれいだ、水の流れに手が届けば、指先を浸して、それから瞼に水をつけて、目を開けるんだけれど、でもこわいんだ、マルタ、〈目を覚ましたら監房の中にいるのがこわいのね〉、じゃあ、おれが逃げるのを誰かが手伝ってくれるというのは、本当じゃなかったのかな? よく覚えてない、だけど、手や顔に感じられ出したこのほんのりとした温かさは、太陽の熱みたいだ、〈明るくなってきたのかもしれないわ〉、水がきれいなのかどうか分からない、思い切ってすすってみようかな? 〈水の流れる方向に進めば、きっとどこかに出るわ〉、確かにそうだ、だけど、おれの目の前にあるのは砂漠みたいだ、木もなければ家もない、見渡す限り、砂丘が続いてる、〈砂漠じゃなくて、海じゃない?〉、そうだ、海だ、焼けつくような砂浜が広がってる、足の裏を火傷しないように、走らなけりゃ、〈それから何が見えるの?〉、海岸のどっちの端から見ても、ボール紙に描いた帆掛け船の姿はないよ、〈何が聞えるの？〉、何も、マラカスの音は聞えない、聞えるのは波の音だけだ、時々、ものすごくでかい波が勢いよく砕けて、椰子(やし)の林が始まるあたりまで洗ってる、マルタ……砂に花が一輪落ちたみたいだ、〈野生の蘭の花？〉、波が来たら、海の中へさらわれちまう、そんなばかな、おれがつかもうとしたとたん、風にさらわれちまった、海まで運ばれちゃったよ、だが、水の中に潜ったってかまやしない、おれは潜水ができるんだ、だから飛び込んでやる、それも花が落ちたまさにその場所にだ……今、見えるのは女、島の娘だ、あんなに早く泳いで逃げなけりゃ、捕まえられるのに、とても追いつけないよ、マルタ、それに水の中からじゃ叫ぼうにも叫べない、こわがるなと言ってやれない、〈水の中では思うことが聞えるのよ〉、こわがりもせず、おれを見ている、男物のワイシャツを着て、胸のところで結んである、だが、おれはもうくたくただ、水中を泳いだから、肺に酸素がもう残ってない、でも、マルタ、娘がおれの手を取って、水面まで連れてってくれたよ、指を唇に当てて何も言うなと合図した、ワイシャツの結び目は濡れているから固くなっていて、おれが手伝わなけりゃほどけそうにない、おれがほどいてやってる間、娘は目をそらしてる、……おれは自分が裸なのも忘れて、娘を撫(な)でてやってる、娘は恥ずかしさで顔を真っ赤にしながら、おれに抱きつく、おれは火照った手で娘に触り、拭いてやる、娘の顔に触る、それから、腰まで届く長い髪、尻、へそ、胸、肩、背中、腹、股、足、もう一度腹、〈彼女をあたしだと思ってくれる？〉、ああ、〈でも、彼女には何も言わないで、どんな文句も言っちゃだめ、彼女には自分があたしだと、そう思わせておいて、何かへまをするかもしれないけれど〉、唇に指を当てて、娘はおれに何も言うなと合図する、だけどマルタ、君には何もかも話すよ、おれはかつて君に感じたのと同じ感じを今、味わってる、君がおれと一緒にいるからだ、もうおれの体の中から白く熱いものが噴き出しそうだ、彼女をそいつで満たしてやるんだ、ああ、マルタ、なんて幸せなんだろう、君が行ってしまわないように、おれは何もかも残らず話すよ、君がずっといてくれるように、特に今、この瞬間に、この素晴らしい瞬間に行ってしまおうなんて考えないでくれよ！　最高の瞬間だ、今だ、そう、動かずに、黙ってる方がいい、今だ、今、後で、しばらくしたら、また話すよ、娘は眠いので目を閉じた、休みたいんだ、だけどおれの方は、目を閉じたら、一体いつまた開くんだろう？　瞼が重くて仕方がない、もし暗くなるところなら、おれは話すのを止す、おれは目をつぶっているからだ、〈寒くない？　今は夜よ、あなたは裸で眠ってるのよ、海の風はひんやり冷たいわ、あなたは一晩中寒くなかったの？　話してちょうだい〉、ああ、寒くなかった、背中の下には肌触りがよくて温かなシーツがある、島に来てからは毎晩この上で眠ったんだ、うまく説明できないが、このシーツは……実際、とても柔らかくてあったかい肌みたいなんだ、女の肌だよ、それにあたりは見渡す限り、この肌で覆われている、横たわった女の肌しか見えない、おれはその女の掌（てのひら）にあるトウモロコシの小さな粒みたいなものだ、彼女は海の上に横になり、片手を上げる、この高いところからだと、島全体が女なのが分かる、〈島の娘?〉、顔は見えない、はるか彼方にある、〈海は?〉、いつもと同じさ、おれは水の中を泳いでいる、底は深すぎて見えない、だけど水の中で、おれの考えることを全部、お袋が聞いている、おれたちは話してるんだ、お袋に何を訊かれたか教えてやろうか? 〈教えて〉、ええと……新聞に載ってたことは全部本当かって訊かれたのさ、監房の相棒だった男が撃たれて死んだということが、それはおれのせいじゃないか、あいつをあんな目にあわせて恥ずかしくないのかって、そう訊かれたんだ、〈なんて答えたの?〉、おれのせいだ、おれはすごく悲しい、と答えた、だけどこうも答えた、悲しがってもしようがない、本当のことを知ってるのはあいつだけなんだから、悲しいのか、それともああして、正義のために犠牲となって死んだことで満足してるのか、それを知りえたのはあいつだけなんだって、だけど願わくば、マルタ、おれは心から願うんだが、願わくば満足して死んだのであってほしい、〈正義のために? うーん……あたしは、自分から殺されたんだと思うわ、そうすれば映画のヒロインみたいに死ねるもの、絶対正義のためなんかじゃないわ〉、それが分かるのはあいつだけだ、それに、ことによるとあいつにだって分からないかもしれない、だけどおれは、ブタ箱の中じゃもう眠れないんだ、あいつに毎晩、子守唄みたいに、映画の話を聞かせてもらう癖がついちまったからさ、それに、いつかここを出られたとしても、あいつに電話して、夕食をおごってやれなくなった、あいつはしょっちゅうおごってくれたのに、〈今、一番食べたいものは何?〉、おれは頭を水から出して泳いでる、こうすれば島の海岸を見失うことはない、砂浜に泳ぎ着いたが、へとへとだ、砂はもう焼けてない、日射しがもうそれほど強くないからだ、夜にならないうちに、森で何か果物を見つけなけりゃ、椰子の木が茂り、蔦葛の絡まるこの風景ときたら、なんて素敵なんだ、夜なので、何もかもが銀色に輝いている、映画は白黒だからだ、〈音楽は?〉、マラカスがかすかに鳴っている、それに太鼓だ、〈危険を知らせる合図じゃないの?〉、ちがう、強烈なスポットライトが当てられて、絶世の美女が現れるのを知らせる音楽だったんだ、ロングドレスがきらきら光ってる、〈銀ラメで、さやみたいに体にフィットしてるんでしょう?〉、そうだ、〈顔は?〉、仮面をつけてる、これも銀色だ、けれど……可哀そうに……動けないんだ、ジャングルの木や草が一番茂ったところで、蜘蛛の巣にかかってるんだよ、いや、そうじゃない、蜘蛛の巣は彼女の体から出ている、腰や尻から糸が出ている、あれは彼女の体の一部なんだ、縄みたいにけば立った、えらく気味の悪い糸だ、でも撫でてみれば、たぶんすごく柔らかなんだろう、しかし触る気がしない、〈口はきかないの?〉、ああ、泣いているんだ、いや、そうじゃなく、微笑んでいるのに、涙が仮面をつたってるんだ、〈ダイヤみたいにきらきらした涙?〉、そうだ、で、おれはなぜ泣いてるのか訊いてみた、すると、映画のラスト の、スクリーン全体を覆い尽すクローズアップで、彼女はおれに答えた、それは自分にも分からない、なぜならこれは不可解なラストだからと、そこでおれは言ってやった、これでいいんだ、ここはこの映画で一番よくできているところだ、なぜならそれが意味してるのは……すると彼女はおれの言葉をさえぎって言った、あなたはなんにでも説明をつけようとする、だけど本当は、認める勇気はないけれど、空腹しのぎに喋ってるんだってね、そしておれをじっと見つめるんだ、だけどますます悲しげな表情になり、涙が止めどもなく溢(あふ)れてくる、〈ダイヤが止めどもなく溢れてくる〉、おれには彼女の悲しみをどうしたら晴らせるか分からなかった、〈あなたが彼女に何をしたか、あたし知ってるわ、でも焼きもちなんか焼かない、だってあなたはもう二度と彼女には会えないんだもの〉、あんまり彼女が悲しそうだったからじゃないか、分からないのかい？　〈でもそうしてよかったと思ったんでしょ、それが許せないわ〉、だけど彼女にはもう二度と会えないんだ、〈あなた、お腹がぺこぺこだって、本当なの？〉、ああ、本当さ、その蜘蛛女はジャングルの中の道を指さした、そして今、おれは、見つけた山のような食い物を前に、どれから食べればいいか分からないでいる。〈とてもおいしい食べ物なの？〉、そうさ、ローストチキンのもも一本、ぶ厚く切った生チーズや丸ハムの輪切りを載せたクラッカー、飛び切りうまい砂糖漬のフルーツ一個、カボチャのだ、そして最後に、好物のミルク・ペーストをスプーンでもって壜の底まできれいに食べるんだ、たくさんあるからなくなる心配をせずにね、すると猛烈に眠くなってくるんだよ、マルタ、蜘蛛女のおかげで見つけた食い物を全部平らげた後、そしてミルク・ペーストをもう一さじなめた後、おれがどんな眠気に襲われたか、想像もつかないだろう、で、眠った後は……〈もう目を覚ましたいの?〉、いや、もっとずっと後でだ、うまいものをたらふく腹に入れた後、こんなにぐっすり眠れたんだから、おれは眠ったままで君と話を続けるよ、できるかな?〈できるわよ、これは夢なのにあたしたち話してるじゃない、だから眠ってからだって平気よ、心配ないわ、あたしたちを引き離すことなんて、誰にもできやしない、だってあたしたち、一番むずかしいことが何か分かったんですもの〉、その一番むずかしいことって、なんだい?〈あたしがあなたの頭の中にいつでもいること、そうすればあたしはいつもあなたと一緒で、あなたは決して独りぼっちにはならないということよ〉、そのとおりだ、それを絶対忘れちゃいけないんだ、二人が同じことを考えれば、二人は一緒にいるわけだ、たとえ君が見えなくてもね、〈そのとおりよ〉、それじゃ、おれが島で目を覚ましたら、一緒に出かけてくれるのかい?〈そんなにきれいなところなのに、もっといたくないの?〉、ああ、これでもういい、十分に休んだ、食い物は平らげたし、眠ったから、体に力が戻ったよ、いつもの闘いを始めるのを、仲間が待ってるんだ、〈聞きたくないわ、あなたの仲間の名前だけは〉、マルタ、ああ、どんなに君を愛してることか！　これだけが君に言えなかったんだ、おれはそれを君に訊かれないかと心配だった、そうしたら君を永久に失うんじゃないかと、〈だいじょうぶよ、バレンティン、そんなことにはならないわ、だって、この夢は短いけれど、ハッピーエンドの夢なんですもの〉」

〔原注〕

261　抑圧という概念の変形として、フロイトは、〈昇華〉という用語を導入し、そうすることによって不都合なリビドーの衝動を流出させる精神作用を理解する。昇華のための流出経路はわれわれの社会の規準に従えば過剰な性的エネルギーを用いることのできるいかなる活動──芸術、スポーツ、労働──でもよい。フロイトは抑圧と昇華を、後者は健全なものであると看做すことにより、区別している。なぜなら昇華は文明化された共同体を維持するためには不可欠だからである。

しかしこの意見は、『エロスとタナトス』の著者、ノーマン・O・ブラウンによって攻撃されている。ブラウンは反対に、フロイトの発見した〈多形倒錯〉に戻ろうとする。つまり抑圧という概念を完全に排除するのである。フロイトが部分的に抑圧を擁護したのは、人間の破壊的衝動を抑える必要があったからだ。だが、マルクーゼ同様ブラウンはこの説に反論し、リビドーの衝動──すでに存在する──がその実現すなわち充足の方法を見出すとすれば、攻撃的衝動はそのような形では存続しないと主張する。

一方、ブラウン自身も、抑制すなわち抑圧という歯止めのない人間には、いかなる形の永続的活動も組織できないのではないか、という批判を受けている。ここでマルクーゼは〈過剰抑圧〉という概念を持ち出す。彼はこの用語を、構成員すべての人間としての必要性に留意する社会組織の維持には必ずしも必要ではないにもかかわらず、支配階級の権力を維持するために作り出された性的抑圧という要素に当てはめるのである。したがって、フロイトが、現在の社会を保持するためにある種の抑圧を認めるのに対し、マルクーゼは、原初的な性的衝動を考慮するという進歩的な考え方に基づく社会変革こそ必要と看做している。その点でマルクーゼはフロイトを越えたことになる。

マルクーゼらによる批判は、精神医学の新傾向を代表する人々が正統フロイト派の精神分析学者に対して行なう批判の基盤となっていると言える。この批判によれば、正統フロイト派は、患者の個人的葛藤はすべて、彼らの住む抑圧的社会に容易に適応するためのものであって、その社会を変革する必要性を認めるためのものではないということを結論づけようとしたわけである。だが、正統フロイト派のこうした考え方に対する批判は、六〇年代末に顕著になる。

マルクーゼは『一次元的人間』の中で、性欲が本来〈多形倒錯〉的である以上、性本能にはもともと主体と客体という時間的、空間的限定は存在しなかったと主張する。彼はさらに進んで、〈過剰抑圧〉の例として、われわれの性生活における性器結合への限定化とともに、嗅覚や味覚の抑圧のような現象を挙げている。

一方、デニス・アルトマンは、前出の自著において、マルクーゼのこの主張に賛意を示しつつさらに、解放は、性的束縛を取り除くだけでなく、そのような性的欲求実現の可能性を実際に与えることを目ざさなければならないと述べる。また彼は、正常で本能的と看做されてきたものの多く、特に家族構成及び性交渉におけるそれは、実際には学習されたものであると言い、それゆえ、性の領域外の競争的、攻撃的行為を含め、これまで常識であると看做されてきたものの多くは、疑ってみることが必要なのだと言っている。これと同じ流れに属するが、女性解放の理論家、ケイト・ミレットは自著『性の政治学』の中で、性革命の目的は、伝統的な性的提携すなわち結婚に基づく搾取(さくしゅ)的経済基盤に毒されない、偽善抜きの自由でなければならないと述べている。

また、マルクーゼは、リビドーの自由な流出ばかりでなくそれ自体の変化、すなわち性器のみに限定された性から全人格的性への移行を称揚する。つまり彼が言うのは、リビドーの単なる発展ではなく、拡張、たとえば労働のような、私的かつ社会的な人間活動の他の領域を覆うに至る拡張なのだ。彼はさらに、これまで市民道徳は総力をあげて、肉体を単なる物、快楽の手段や道具として用いることに反対してきた、そうした物体化はタブー視され、娼婦、変質者、倒錯者の忌まわしい特権と看做されてきた、と言っている。

この主張とは異なり、『性と文化』の著者J・C・アンウィンは、八十の未開社会における婚姻に関する慣習を研究した後、性的自由は社会を退廃に導くというきわめて一般的な仮説を支持しているように見える。というのも、正統的精神分析学によれば、人が神経症に陥らない限り、性的束縛を課すれば、そのエネルギーを社会的に有益な方面に向けるのに役立つからである。アンウィンはその徹底的な研究から、組織化された社会の最も重要な基盤の確立、その後の発展、隣接する土地の領有、すなわちあらゆる逞しい社会の歴史的特徴は、性的抑圧があって初めて与えられるのだと結論する。一方、自由な性的関係――婚前交渉、配偶者以外との交渉、同性愛――の認められている社会は、ほとんど動物的な後進状態に留まる。しかし、アンウィンは同時に、厳しい一夫一婦制が敷かれたきわめて抑圧的な社会は長続きせず、仮にある程度続くとしてもそれは女性の心身両面にわたる従属によると述べている。したがって、アンウィンによれば、性の必要性の軽視が惹き起す自滅的苦悩とその対極にある性的放縦がもたらす社会的混乱の間に、この重要な問題を解決するための妥当な方法が見出されねばならない。すなわち、マルクーゼが言うところの、〈過剰抑圧〉の排除である。

304　社会学者J・L・シモンズが自著『逸脱』の中で引用しているアンケート調査は、アルコール中毒患者、やくざ、前科者、元精神病患者などよりも同性愛者の方が、人々から拒絶される度合がはるかに大きいことを示している。

J・C・フルゲルは『人間、道徳、社会』において、幼児期にきわめて厳格な父親または母親と自分とを強く同一視した者は、成長後、保守的になり、圧制的政体に魅力を感じるようになると言っている。指導者が圧制的であればあるほど、彼らは信頼の度を強め、伝統、階級差、厳格な規律に基づく教育制度、宗教団体の維持のために戦うときは、愛国心や強い忠誠心を示す一方、性的異常者に対しては容赦なく非難を浴びせる。それに引き替え、幼児期に何とか両親の厳格な躾（しつけ）を――無意識、感情もしくは理性のレベルで――拒んだ者は、革新的になり、階級差を拒絶し、同性愛者のようなあまり因襲的でない傾向を持つ人間に理解を示すようになるという。

一方、フロイトは「アメリカの母親への手紙」の中で、同性愛は、長所ではないにせよ、恥ずべきことでもない、なぜならそれは悪癖でもなければ下劣なことでも病でさえもないからだ、と言い、さらに、それは性的発達がある段階で停止したことから生じる性機能の一変種にすぎないと言っている。事実、フロイトは、子供が〈多形倒錯〉期――両性的衝動が存在する――を社会文化的圧力によって克服することは、成熟の徴（しるし）であると考えている。

この点に関し、今日の精神分析学のいくつかの派は意見を異にしている。それらは〈多形倒錯〉の抑圧に、性格の変形、特に攻撃性の異常発達の主要な原因のひとつを見ている。同性愛そのものについてはマルクーゼが、同性愛者の社会的機能は批判的哲学者に類似している、なぜならその存在自体が社会の抑圧された部分を絶えず想起させるからだと指摘している。

西洋における多形倒錯の抑圧に関し、デニス・アルトマンは前掲書の中で、次のように言っている。すなわち、その抑圧の二つの主な要因のうち、ひとつは、必ずしも性的とは言えないあらゆる人間の活動からエロティックのものを排除したこと、そしてもうひとつは、人間に固有の両性愛を否定したこと、つまり社会が、何ら顧慮することなく、異性愛を正常な性活動であると看做していることである。アルトマンによれば、両性愛の抑圧は、〈男らしさ〉と〈女らしさ〉という、まやかしの歴史・文化的概念を強引に植えつけることを通じて行なわれるが、それらの概念はわれわれの無意識の衝動を圧殺し、唯一の行動規範として意識の中に現れる、そしてその一方で、何世紀にもわたり、男性の主権、換言すれば、子供時代から教え込まれる男女の役割の明確な相違を維持するのである。さらにアルトマンによれば、男であるか女であるかは、何よりもまず他者を通じて確立している。すなわち男性は、自分が男性であることは女性を征服する能力にあると感じ、女性は、男性と結びつくことによってのみ女性でありうると感じているのだ。またアルトマン及びマルクス主義者は、競争するための最適なモデルとして男性に示される、強い男というステレオタイプを非難する。なぜならそのステレオタイプは、世界において攻撃的症候群が絶えず有効であることの理由でもあるのだが、男性をその暴力性によって肯定することを暗黙裡に意味するからである。最後にアルトマンは、現代社会にはいかなる形であれ、両性愛者のための身許証明が欠如し、両性愛者は双方の側から圧迫されていることを指摘し、その理由を次のように述べる。すなわち両性愛は、異性愛者のそれと同様、同性愛のみを実践する人間のブルジョア的生活形態を脅かすのだ。自分が両性愛者であることを公然と認める人間が少ないのはそのためと言える。そして、好都合でありながら、理想にすぎなかった――数年前までは――階級解放闘争と性解放闘争との並行に関しては、アルトマンは次の事実を想起する。すなわちソ連では、反同性愛法を廃絶するなど、レーニンが性の自由のための配慮を行なったにもかかわらず、この法は一九三四年、スターリンにより再び導入された。その結果、世界のほとんどすべての共産党において、〈ブルジョア的退廃〉としての同性愛に対する偏見は固定したのである。

一方、セオドア・ローザックは自著『対抗文化の思想』において、性解放運動について触れている。彼はそこで、解放を最も必要としていながら、その見込みがきわめて薄い女性は、それぞれの男性が自分の精神（プシケ）の牢獄の中に閉じ込めている〈女性〉であると言う。そして次に取り除く必要があるのは、その抑圧形態以外の何物でもなく、それぞれの女性が自分の裡（うち）に束縛している男性について同様であることを指摘する。ローザックによれば、そのような考え方は、人類史において、性生活についてのコペルニクス的転換とも言うべき再解釈である。というのも、性の役割とともに現在有効な性における正常の概念に関するすべての再構築を意味するからである。

319　フロイトは子供のリビドーを――乳児が自分の体及び他者の体から無差別に快感を得ることを引合いに出して――〈多形倒錯〉的であるとしたが、これはノーマン・O・ブラウン、ハーバート・マルクーゼら、現在第一線にいる研究者たちによっても認められている。すでに指摘したが、彼らとフロイトの間には次のような違いがある。すなわちフロイトが、リビドーが部分的に昇華され、また異性愛にだけ、それも性器愛にのみ向けられるのを至当と見ているのに対し、今日の思想家たちは、〈多形倒錯〉への、そして単なる性器愛を越えた性愛化への回帰を考慮するばかりか、擁護さえ行なっている。

いずれにせよ、フェニケルの主張によれば、西洋文明は女児あるいは男児に、唯一可能な性的同一性として、母親もしくは父親のモデルをそれぞれに押しつけるのだ。同性愛者になる可能性は、子供が、普通とは異なり異性の親に自らを同一視する、その度合が強いほど高いとフェニケルは言う。母親から与えられたモデルに満足できない女児、父親から与えられたモデルに満足できない男児は、したがって、同性愛者となりがちである。

ここで引用するに相応しいのが、デンマークの女性研究者、アネリ・トーベ博士による最近の著作である。たとえば、『性と革命』において、彼女は、きわめて感受性の強い男児が、抑圧的父親――圧制的で暴力的な男性的態度の象徴――を拒否するとすれば、それは意識的に行なわれる。その男児は、父親に与えられる世界——武器の使用、極度に競争的なスポーツ、女性の属性としての感受性の蔑視等——に固着しまいと決心したとき、自由な、あるいは革命的決断を行なっている。なぜなら、より強い役、搾取者的役割を拒否するからである。だがしかし、その男児は次の事実にかすかに気づくこともないだろう。すなわち、西洋文明は、男児が父親から離れると、その危険で決定的な幼児期——特に三歳から五歳まで——に、母親のそれ以外に代わりとなる行動のモデルを与えてはくれないということである。したがってその男児は、母親の世界——優しさ、寛容、芸術——に、とりわけ攻撃性がないため、はるかに魅力を感じることになる。しかし、ここで子供の直観が誤るのだが、母親の世界もまた服従の世界なのだ。なぜなら彼女は、女性の男性に対する従属としての夫婦関係しか考えていない、圧制的男性と対を成しているからである。母親の世界へ固着しないことを決心した女児の場合はそれと反対に、従属者の役割を拒否する姿勢を示す。というのも、その役割以外には、西洋文明は自分に抑圧者としての役割しか与えてくれないことには気づかないのだが、それが屈辱的であり不自然であることを直観するからだ。しかしその女児と男児の反逆行為が、勇気と自尊心の徴を意味することは言うまでもない。

その一方で、トーベ博士は、西洋の夫婦が一般に搾取関係の典型となっているのに、なぜそうした結果が頻繁に生じないのかという問題を提起する。ここで彼女は、抑圧装置として働く二つの要因を考える。ひとつは、家庭において、妻が——教育、知性等の不足により——実際に夫より劣っているときで、この場合、夫の確固たる権力はより妥当と考えられる。もうひとつは、男児ないし女児の知性と感受性の発達が遅れているときで、この場合、彼らには状況が把握できない。この説によれば、反対に、ある家庭の中で、父親がきわめて素朴で、母親が非常に洗練されていながら従属している場合、感受性が豊かで知的に早熟な男児は、ほぼ必然的に母親のモデルを選ぶことになる。同様にして女児は、そのモデルを圧制的であるとして拒否する。

同一家庭内に同性愛と異性愛の両方の子供が生じる理由について、トーベ博士は、いかなる社会集団においても、役割分担の傾向があり、そのため子供たちのうちひとりが両親との葛藤を引き受けることになり、残りの子供たちはすでにある程度中和された状況に置かれるのだと説明している。

それにもかかわらず、トーベ博士は、同性愛の主因について考察し、その革命的、造反的性格を指摘した後、次のような見解を示している。すなわち、他に行動のモデルが存在しないことにより——この点に関しては、両性愛のモデルが身近にいないためその実践はそれほど一般的でないとするアルトマンの説と一致している——たとえば将来同性愛者となる男児は、抑圧的父親の欠点を拒否した後、なんらかの行動形態と自己を同一視する必要性を痛切に感じ、母親のように従属することを〈学ぶ〉のだ。女児の場合も同じ経過をたどる。彼女は搾取を嫌い、したがって従属した母親のようになることをいやがる。だが、社会的圧力により、次第にもうひとつの役割、抑圧的父親の役割を〈覚え〉させられるのである。

五歳から思春期にかけて、それらの〈異なる〉男児と女児の原初的両性愛に動揺が生じる。だが、たとえば、性的には男性に魅力を感じても、父親との同一視によって〈男性化した〉女児は、因襲的男性から強制される受動的な人形の役割を認めない。しかし落ち着けない彼女は、不安を克服する唯一の方法として、女性との遊戯のみを認める役割を身につけるようになる。母親との同一視によって〈女性化した〉男児の場合は、たとえ女児に性的魅力を感じたとしても、因襲的女性から強制される大胆な襲撃者の役割を認めない。そして落ち着けない彼は、男性との遊戯のみを認めるという普通とは異なる役割を身につけるに至る。

こうしてアネリ・トーベは、ごく最近まで同性愛者の多くに見られた模倣的姿勢、とりわけ異性愛者の欠点を模倣する姿勢を説明している。男性同性愛者に特徴的なのは、従順な心、保守的姿勢、どんな犠牲を払っても、わけても、たとえ自分たちが周縁に留めおかれる状態が永久に続いても平和を愛する心である。一方、女性同性愛者に共通した特徴は、元来が組織立っていないのだが、激しく異議を唱える、アナーキーな精神である。しかしいずれの姿勢も熟慮の上で選択されたのではない。どちらも、幼児期と思春期を通じて、ブルジョア的異性愛行動をモデルとし、また後の同性愛を身につける時期には〈ブルジョア的〉同性愛行動をモデルとした、ゆっくりとした洗脳によって課された、強制に基づく姿勢なのである。

同性愛者に関するこうした偏見もしくは正当な説により、彼らは階級解放運動及び一般にあらゆる政治行動において、周縁に置かれることになった。社会主義諸国での同性愛者に対する不信は顕著である。幸い、とトーベ博士は言っているが、このような状況は六〇年代、女性解放運動の出現とともに大きな変化を示し始めた。というのも、それにともなって、〈強い男〉、〈弱い女〉という役割が裁きを受けたため、性に関し周縁的存在である人間たちが、なりきることは不可能でありながら必死に模倣してきた、そのモデルの権威が失われたからである。

その後、同性愛解放戦線が形成されたことは、そのひとつの証明と言えるだろう。

原題　EL BESO DE LA MUJER ARAÑA

本書は一九八八年十月に、集英社文庫として
刊行された作品の、改訂新版です。

訳者あとがき

野谷文昭

『蜘蛛女のキス』をはじめて読む読者は、まず冒頭で面食らうのではないだろうか。正体不明の話し手がえんえんと映画のストーリーを語り、話し相手が突っ込みをいれる。この人物も誰だかわからない。それを教えてくれる第三者の語り手が不在なのだ。プイグ特有の手法である。村上春樹はエッセー「ファニー・ファニー・プイグ」（集英社『ラテンアメリカの文学』第十六巻月報所収）でプイグの言語を「場末の三番館の暗闇の中に響き渡るハリウッド映画の科白（せりふ）と同質」だと言っている。彼によるとそれは「匂いを有し、音を有し、光を（あるいは闇を）有した」映画言語を小説言語へ転換させたものである。プイグ同様かつてシナリオ・ライターを目指したことのある作家が指摘するこの特徴がもっとも効果を上げているのが『蜘蛛女のキス』だろう。

　夜毎の語り部という意味では『千夜一夜物語』のシェヘラザードにあたるモリーナは、まさにその語りでバレンティンを絡め取ろうとする。なぜなら彼が語る物語には様々な仕掛けがあるからだ。つまりそれは彼の憧れ、欲望、誘惑、不安などによってデフォルメされているのである。逆に言えば、デフォルメの具合がそれらの感情を語っているのだ。一例を挙げてみよう。プイグが戯曲版でも使っている「黒豹女」すなわちハリウッド映画「キャット・ピープル」では、建築家がイレーナのアパートを訪れる。ところが小説では、反対にイレーナがアパートに招かれる。なぜだろう。

モリーナがイレーナに感情移入するのは、禁断のキスというタブーを背負っていることに対する共感がひとつの理由だろう。つまり彼はイレーナの悲哀を語りつつ自らの秘められた悲哀も語っているのだ。一方、ストーリーを聞いたバレンティンは、建築家がマザコンであることを指摘する。モリーナによるデフォルメが、バレンティンに心理学や思想に関する知識を披露する機会を与え、バレンティンの教養がいかなるものであるかを読者に知らせると同時に、当事者二人の間に対話を成り立たせるのだ。手が込んだデフォルメなので、実際に映画を見ていない読者は気がつかないかもしれない。

対照的なキャラクターの対話からなる小説と言えば、スペイン語圏の人間ならずともただちに『ドン・キホーテ』を思い浮かべるのではないだろうか。理想主義者と現実主義者、教養ある田舎貴族と無教養な農民等々、対立項はいくつもあり、『蜘蛛女のキス』のモデルのひとつと見なすことも可能だ。バレンティンは理想に燃える騎士であり、モリーナは彼を現実主義の目で批評する役割というわけである。しかも二人の間に相互浸透が生じるところも似ている。いや、そんなに単純ではない。映画のファンタジーに生きるモリーナも革命によって歴史を動かす夢に生きるバレンティンも、ある意味では同じ夢見男と言える。しかもすべてをイデオロギーやセオリーで解釈しようとするバレンティンは、原理主義者とさえ見ることができるし、「搾取」を否定しながらモリーナに対して搾取を行っている。しかしそこに悪意はない。現在なら性同一性障害者と呼べそうなモリーナが純粋なら、革命思想に囚われているバレンティンも純粋である。だからこそ、モリーナと同様彼にも好感が持てると同時にある種の哀れさも感じられるのだろう。

ここで原注について少し説明を加えておこう。スペイン語の原書ではすべて横書きの脚注で、本文を読むときその波のようなうねりが目に入るようになっている。プイグの最初のアイデアでは、その内容は会話の中で語られるはずだったという。しかし訳文では本文の読みやすさを優先させ、大きく二つに分けて後注にした。とはいえ、作者が注も読まれることを望んでいたことは確実であり、そこにはプイグの思想も示されてもいるので、読者にはぜひお読みいただきたい。主人公二人の会話は平易だけれど、実は内容が濃く、映画をめぐってのやり取りなどはカルチュラルスタディーズ的な見方と美学的な見方の戦いになっているし、ジェンダーやセクシュアリティーについての議論を見出すこともできる。通俗小説の装いに目をくらまされてはならない。さらにつけ加えると、最後の注は架空のものであり、アネリ・トーベ博士は実在しない。ここを本書の中で唯一作者の声が聞こえる個所と見なす批評家もいる。

本書を最初に訳してからずいぶん時間が経つ。それなのに今でも登場人物の言葉がふとロをつくことがあるのが不思議だ。翻訳の間、主人公の二人に成りきっていたことを思い出す。その一人モリーナの口調をどうするかあれこれ試し、いわゆるオネエ言葉にしたとき、二人の会話がにわかに生きいきとしてきた。これは日本語だからこそ可能なことである。しかもモリーナの女言葉をくどくするという工夫もしたつもりだ、というより、彼を演じていたら自然にそうなっていた。最近若い編集者から、女子高時代にクラスでこの小説を読むのが流行ったという話を聞いた。モリーナのいじらしさと哀れさにみんなで泣いたそうだ。訳者冥利に尽きるとはこんなときに使う言葉なのだろう。

今回、改訂新版を出すに当って読み直したところ、警察の報告に矛盾があるのが見つかった。それは四一八ページの記述にある曜日である。「二十日（日曜日）（……）ラロは、先週の日曜日同様」とあるが、モリーナがラロに誘われてドライブに出掛けたのは二週間前の「十日（木曜日）」なので、「二週間前の木曜日」ということになる。原文が正しいとすれば警察の担当者が勘違いしたことになるのだがどうだろう。『南国に日は落ちて』にもひとつ矛盾があるのだが、英訳者はそれをあっさり訂正している。ところがその矛盾自体を問題にしている研究者もいる。したがってこの改訂新版でも「日曜日」のままにして解釈は読者に任せ、矛盾があることを指摘するだけにとどめたい。

マヌエル・プイグ 著作年譜

La traición de Rita Hayworth, 1968
『リタ・ヘイワースの背信』内田吉彦訳（国書刊行会）
Boquitas pintadas, 1969
『赤い唇』野谷文昭訳（集英社）
The Buenos Aires Affair, 1973
『ブエノスアイレス事件』鼓直訳（白水社）
El beso de la mujer araña, 1976
『蜘蛛女のキス』野谷文昭訳（集英社）
Pubis angelical, 1979
『天使の恥部』安藤哲行訳（国書刊行会）
Maldición eterna a quien lea estas páginas, 1980
『このページを読む者に永遠の呪いあれ』木村榮一訳（現代企画室）
El amor de la sangre correspondida, 1982
Cae la noche tropical, 1988
『南国に日は落ちて』野谷文昭訳（集英社）
Gli occhi di Greta Garbo, 1991
『グレタ・ガルボの眼』堤康徳訳（青土社）

解説

あの光を見てごらん

三浦しをん

学生時代に新刊書店でアルバイトをしていた。そこの店長さんは大変な本好きで、給料の大半を書籍代に注ぎこんでいたようだ。ご自身の膨大な蔵書のなかから、私にもいろいろと貸してくれた。

マヌエル・プイグの作品も、店長から借りてはじめて読んだ。たしか、『ラテンアメリカの文学』（集英社）という全集の一冊だったと思う。うつくしい箱に入ったハードカバー本だ。

私は世界文学に特に疎く、南米の作家が書いた作品というと、ガルシア＝マルケスのものをいくつか読んだ程度だった（そしてその後も、積極的に既読作品を増やしていったとは言えない状態だ）。そんな身でなにかを申すのは憚（はばか）られるが、プイグの作品を読んだときに感じたのは、「あたりまえだけれど、南米の文学にもいろいろあるんだな」

ということだ。

風土から発散される渦巻くようなエネルギーに満ち、不可思議で幻想的な事象が出来(しゅったい)する。南米文学に対して漠然と抱いていた印象は、そのようなものだったのだが、プイグの作品はちがった。最初に読んだのは『蜘蛛女のキス』だが、刑務所内が舞台の作品であるにもかかわらず、湿ったにおいはあまりなく、どちらかといえばプラスチックっぽいというか都会的だ。一見、どこの国の、どんな場所であろうと、入れ替え可能な物語のように感じられた。

そこがおもしろかった。すっかりプイグに魅了され、『赤い唇』『リタ・ヘイワースの背信』など、いろいろと読んでみたが、それらは「習慣も風習もよくわからない遠い国の話」ではなく、「いままさに身近で起こっていてもおかしくない話」のようだった。

今回、改めてプイグの作品を読み返してみて、初読時に私が覚えた感覚は、半分はまちがっていて半分は当たっていたのではないか、と思う。

どんな作家にとってもそうだが、生まれた時代と環境は、作品とは切っても切り離せないものだ。プイグの作品にも、時代が色濃く反映されていることが（特に、アルゼンチンの政治状況と同性愛者の置かれた立場において、それは顕著だ）、朧気(おぼろげ)ながらようやく私にも読み取れるようになった。

しかし、プイグの作品を唯一無二の文学たらしめている特徴を、初読時と同じ部分に感じたのも事実だ。それは、生まれた時代や環境とは関係なく、普遍的（あるいは不変的）に、彼の作品を読むものに伝わるだろう。

プイグの作品が宿す普遍性、強靭さと繊細さの源は、主に以下の三点から来るものではないかと私は思う。

一、映画との親和性。
二、語り手（もしくは語り口）の実験性。
三、コミュニケーションに対する探求。

本書は、『蜘蛛女のキス』を例に、順に考えてみたい。

本書は、ゲイのモリーナが政治犯のバレンティンに、さまざまな映画のストーリーを語る、という体裁で話が進む。読者は最初、モリーナが男性なのか女性なのかも、二人が刑務所内にいるということもわからない。バレンティン同様、モリーナの語りに引きこまれるうちに、だんだんと二人の置かれた状況を察知していく仕掛けだ。

モリーナが愛と情熱をもって語るのが、演劇でも絵画でも文学でもなく、映画だというのは象徴的だ。

映画の一番の特色は、明滅する光の連なりである、ということだろう。スクリーンに映しだされる一瞬一瞬の光を、私たちの目は連続した映像として感受している。

モリーナは好きな映画について、生き生きと語る。決して手に取ることのできない、明滅する光の連なり、幻影のような物語を、言葉にしてバレンティンに伝えようとする。ここに切なさが生じる。生まれた時代や国を超え、映画を一度でも見たことのあるものの胸に、モリーナの行いが帯びる儚さと切実さが忍び寄ってくるのだ。映画という一瞬の光の連なり、幻影は、すべてのひとにとっての「生」の象徴でもあるからだ。

また、映画という新しい表現媒体は、小説という文章表現にとって、刺激でもありライバルでもある。プイグはそのことに非常に自覚的だった作家だと言えるだろう。従来の文章表現のままでは、映像の持つ威力には対抗しきれない。そう考え、語り手と語り口にさまざまな工夫をこらしたのではないか。

モリーナはバレンティンに映画のストーリーを語る。映像を言葉に変換しようとする。しかしバレンティンにとっては、それは映像と同じように、耳にした次の瞬間には消えゆく言葉だ。一瞬の音の連なり、幻影だ。ところが、読者にとってモリーナの語りは、文字として定着した言葉となって伝わる。バレンティンとちがい、ページを開けば、いつでも、何度でも、モリーナの語りに接することができる。この時点で、モリーナの語りは「消えゆかない語り」にも変換されているのだ。

ところがところが、ここにもうひとつからくりがある。映画は演劇とちがい、同じ映像を何回でも繰り返し上映できる。にもかかわらず、それはあいかわらず、一瞬の光の連なり、幻影なのだ。となると、そういう「映画」について語られ、文字化されて定着したかに見えるモリーナの言葉とは、いったいなんなのか？　それはやはり、あいかわらず幻影にすぎないのではないか？

映画について語ることで、モリーナは（そしてプイグは）、耳で聞く（あるいは目で読む）物語の「揺らぎ」を、さまざまなレベルで読者に突きつけてくる。その揺らぎは、各人が持つ「人生」という物語の揺らぎ、不確定さと不可解さをも射程に収めている。あなたをあなたたらしめている物語と、私を私たらしめている物語とは、はたして通じあい、理解しあうことができるのか？　それらは各個人のなかでも揺らぎ、たやすく変容していくものであるのに。

こうして「映画」や「語り」について追及していくと、当然、コミュニケーションの問題に行き着く。

コミュニケーション（あるいはディスコミュニケーション）という主題を際立たせるために、『蜘蛛女のキス』においてプイグは、「主要登場人物はモリーナとバレンティンだけ」というミニマムな状況設定をした。いわゆる「地の文」は排し、全編ほぼ二人の会話のみで進行する。

もうひとつ、コミュニケーションの問題に絡んで、プイグの作品（特に『蜘蛛女のキス』）で重要なのは、同性愛が描かれていることだ。この点に関して、「作者自身が同性愛者かどうかとは関係なく、普遍的な男女あるいは人間同士のつながりの一環として、モリーナとバレンティンも位置づけられている」などと言うのは、トンチンカンだし失敬なのではないかと私は考える。本書を読むかぎり、プイグは相当自覚的かつ、自身にとって大切な戦いの表明として、同性愛およびモリーナとバレンティンの関係を描いていると感じられるからだ。

いわれなき差別や偏見、排斥によって、会話と相互理解の道筋を断たれてしまった人々。両者のあいだにある溝を飛び越え、互いの心と肉体でコミュニケートすることは、本当に不可能なのか。いや、そんなはずはない、という希望を託し、プイグはモリーナとバレンティンの人物造形をしたのではないか。

さて、モリーナとバレンティンは会話を交わしまくる。膨大な言葉のやりとりが、はたして二人のあいだに真の理解と愛を生んだのか……。その判断は、読者に委ねられている。『蜘蛛女のキス』を最後まで読んで、「灰色の決着だ」と感じるかたも、もしかしたらおられるかもしれない。個人的には、この「わからなさ」、二人の真意が明確にされないことこそが、人間の真実、言葉の無力と希望を、これ以上なく表現していると感じる。自分の心と思考と感情のすべてを解き明かすような言葉は、モリーナとバレンティンも持ちあわせていなかったのではないか。本書を読む私たちもそうであるように。

ただ、切なく哀しいこの物語は、同時に、ユーモアとぬくもりを兼ね備えた希望の書でもあると思うのだ。

「ストーブの作る影を見てごらん」
「ええ、あたしはいつも見てるわ、あなたは見たことなかったの？」

バレンティンとモリーナが交わすこの会話は、本書のなかで私が一番好きなシーンだ。二人が目にした「壁に映る影」が、どんな形をしていたのか、二人とも本当に同じ影を見ていたのか、それはいっさい語られない。けれど二人はこの瞬間、たしかに同じ影を見たと感じたのだし、そう信じることができた。

一瞬の光の連なりにすぎない映画を見て、映画館にいる観客が不思議な高揚と一体感を覚えることがあるように。モリーナとバレンティンが口にするさまざまな食べ物の味が、このうえない魂の食事であるかのごとく、『蜘蛛女のキス』の読者の口内にも広がるように。

モリーナとバレンティンが「壁に映る影」を眺めた瞬間、本書に描かれた希望と、希望を求める心は永遠になった。たとえ、一瞬後には形を変えてしまう影だったとしても。またいつかの瞬間、二人が同じものを見るときが来るかもしれないのだ。

そんな瞬間はもう二度と訪れやしないさと、いったいだれが断言できるだろう？

復刊！　ラテンアメリカの文学

族長の秋

ガブリエル・ガルシア＝マルケス　鼓　直・訳

大統領府に押し入った国民が見たものは、正体不明の男の死体だった。大統領による独裁の時代は気が遠くなるほど長きに渡り、その悪行は数知れない。複数の人物による独白と回想が、大統領の一生の盛衰とグロテスクなまでの出来事を次々に明らかにしていく。

集英社文庫

蜘蛛女のキス

2011年5月25日　改訂新版第1刷
2021年10月11日　改訂新版第5刷

定価はカバーに表示してあります。

著　者　マヌエル・プイグ
訳　者　野谷文昭
編　集　株式会社　集英社クリエイティブ
東京都千代田区神田神保町2-23-1　〒101-0051
電話　03-3239-3811
発行者　徳永　真
発行所　株式会社　集英社
東京都千代田区一ツ橋2-5-10　〒101-8050
電話　【編集部】03-3230-6095
【読者係】03-3230-6080
【販売部】03-3230-6393（書店専用）
印　刷　中央精版印刷株式会社　株式会社美松堂
製　本　中央精版印刷株式会社

フォーマットデザイン　アリヤマデザインストア　　マークデザイン　居山浩二

ISBN978-4-08-760623-2 C0197